Se você ficasse

Obras da autora publicadas pela Editora Record

ABC do amor
Um amor desastroso
Arte & alma
As cartas que escrevemos
Um encontro com Holly
Depois daquele inverno
Eleanor & Grey
Landon & Shay (vol. 1)
Landon & Shay (vol. 2)
No ritmo do amor
A playlist
Se você ficasse
Sr. Daniels
Vergonha

Série Elementos
O ar que ele respira
A chama dentro de nós
O silêncio das águas
A força que nos atrai

Série Bússola
Tempestades do Sul
Luzes do Leste
Ondas do Oeste
Estrelas do Norte

Com Kandi Steiner
Uma carta de amor escrita por mulheres sensíveis

BRITTAINY CHERRY

se você ficasse

Tradução de
Carolina Simmer

1ª edição

EDITORA RECORD
RIO DE JANEIRO • SÃO PAULO
2025

CIP-BRASIL. CATALOGAÇÃO NA PUBLICAÇÃO
SINDICATO NACIONAL DOS EDITORES DE LIVROS, RJ

C449s Cherry, Brittainy
Se você ficasse / Brittainy Cherry ; tradução Carolina Simmer. - 1. ed. - Rio de Janeiro : Record, 2025.

Tradução de: If you stayed
ISBN 978-85-01-92401-8

1. Ficção americana. I. Simmer, Carolina. II. Título.

25-98949.0 CDD: 813
CDU: 82-3(73)

Carla Rosa Martins Gonçalves - Bibliotecária - CRB-7/4782

Título original:
If You Stayed

Esta é uma obra de ficção, todos os nomes, pessoas, fatos ou situações são frutos da imaginação da autora e qualquer semelhança é uma mera coincidência.

Publicado mediante acordo com Bookcase Literary Agency.

Texto revisado segundo o Acordo Ortográfico da Língua Portuguesa de 1990.

Impresso no Brasil

ISBN 978-85-01-92401-8

Seja um leitor preferencial Record.
Cadastre-se no site www.record.com.br
e receba informações sobre nossos
lançamentos e nossas promoções.

Atendimento e venda direta ao leitor:
sac@record.com.br

EDITORA AFILIADA

Para as almas atormentadas.

"O luto é apenas o amor que não tem para onde ir."

— Jamie Anderson,

All My Loose Ends: Nourish Your Roots (blog)

Nota da autora

Este livro foi escrito pela compaixão por mulheres que já passaram por muitos momentos sombrios e lutaram para encontrar uma luz depois de tanto sofrimento. Eu queria escrever uma história real que lidasse com um assunto difícil para ajudar qualquer pessoa que esteja passando pela mesma situação que a heroína deste livro, para que possa saber que existe uma luz no fim do túnel.

Por esses motivos, gostaria de salientar que partes desta história podem ser dolorosas para alguns leitores por causa dos temas, que incluem violência doméstica (verbal e física), adultério, tentativa de abuso sexual, perda de um filho e gordofobia.

Se você ou alguém que você ama for vítima de violência doméstica, ligue para 180, a Central de Atendimento à Mulher.

Com amor e nada menos que toda a compaixão do mundo,

BCherry

Prólogo

Kierra

19 anos

Escorria sangue pela minha testa, ele ia parar nos meus lábios levemente afastados. Eu o lambi da boca enquanto olhava para a mãe de Gabriel, Amma, em busca de qualquer sinal de perdão nos seus olhos castanhos, de qualquer sinal de compreensão. Busquei desesperadamente qualquer indício de que ela não colocava a culpa em mim, de que ela ainda conseguia me enxergar como eu mesma e não como o monstro que havia destruído a vida da família dela, de que a culpa não era minha, embora eu soubesse que era.

A culpa era toda minha.

Continuei em busca de compreensão no rosto de Amma, mas não havia esperança.

Eu via a verdade nos olhos dela. O momento em que começou a me culpar. O segundo em que esqueceu qualquer forma de amor que sentia por mim. Estremeci nas minhas roupas ensopadas enquanto ela permanecia imóvel diante de mim.

Meu corpo tremia de medo das suas próximas palavras ou ações conforme eu me aproximava dela. Era como se eu tivesse esquecido como respirar, como fazer o ar entrar e sair dos pulmões. Tudo parecia pesado, e difícil, e confuso, e...

O que foi que eu fiz?

— Amma...

Parei quando ela colocou a mão na minha frente. Ela balançou a cabeça uma vez e me disse tudo sem proferir um som sequer.

Ela queria que eu mantivesse distância. Ela queria que eu me afogasse na minha tristeza enquanto ela sofria sua própria.

— Eles estão... Eles estão bem? — perguntei. — Elijah e Gabriel estão bem?

— Eles estão passando por uma cirurgia. Eles... — Ela fechou os olhos e soltou um gemido sofrido.

Ai, minha nossa.

Eles não estavam bem.

Eu queria vomitar.

As luzes do hospital oscilaram enquanto a dor no meu peito aumentava. Lágrimas se misturavam ao sangue que escorria, embaçando a visão. Um soluço de choro escapou de mim enquanto eu balançava a cabeça e me lançava contra ela, puxando seu uniforme de trabalho. Implorando, suplicando, rogando por seu perdão, por alguma notícia, por qualquer sinal de que, de algum jeito, Elijah e Gabriel ficariam bem.

— Me perdoa, me perdoa. Por favor, Amma.

Eu chorava descontroladamente. Enrosquei os dedos com força no pano da camisa dela, puxando-a como se minha vida dependesse disso.

— Me solta, Kierra — sussurrou ela. Lágrimas escorriam por suas bochechas enquanto ela balançava a cabeça. — Me solta.

— Não — respondi choramingando e apertando-a ainda mais. Porque sabia que, quando a soltasse, seria atingida pela gravidade da situação. Quando a soltasse, abriria mão dela para sempre. — Não me solta, Amma — implorei.

Queria me enterrar nela e encontrar um consolo que não merecia. Queria voltar ao dia de ontem, quando tudo estava bem. Quando tudo era pura alegria. Quando o simples ato de respirar não doía tanto.

Quando ela ainda me amava como se eu fosse a filha que nunca teve.

Antes que ela conseguisse responder, seu marido, Frank, virou no corredor. Ele esfregou o nariz com o polegar e fungou.

— Acabei de conversar com o médico... e Eli... Ele não... Ele... — Frank caiu no choro antes de terminar de falar.

Amma soltou um grito que perfurou meus tímpanos enquanto seus joelhos começavam a ceder.

Elijah.

Ele não sobreviveu.

Elijah era filho de Frank. Gabriel, enteado dele.

Amma e Frank se conheceram há alguns anos, em um grupo de terapia para pessoas que tinham perdido os companheiros. Em meio ao luto por essas perdas, os dois se reconfortaram e se apaixonaram. Desse amor nasceu Elijah, o meio-irmão de Gabriel.

Gabriel...

Como *ele* estava?

Quais eram as notícias sobre ele? Eu precisava de notícias de Gabriel.

Ai, minha nossa, Elijah não sobreviveu.

Meu peito parecia queimar enquanto Amma caía no chão, gritando de sofrimento. Frank veio correndo e a envolveu nos braços, os dois desmoronando juntos.

O pânico instalado me impedia de respirar. Dei um passo na direção de Amma e Frank em uma tentativa de reconfortá-los, mas ela balançou a cabeça para mim.

— Não! — berrou ela. — Fica longe da gente, Kierra! A culpa é sua! Você matou ele. *A culpa é sua!*

Cambaleei para trás. Quando olhei nos olhos dela, vi. Vi todo o sofrimento que seu corpo emanava. Frank passou a mão pelo cabelo bagunçado enquanto as lágrimas escorriam cada vez mais rápido.

— Merda! — gritou ele, a raiva misturada com a tristeza.

Uma raiva que não existiria se não fosse por mim.

Elijah se foi. Morreu. Ele estava vivo, e já não mais. E ele morreu por minha causa. Tudo aconteceu por minha causa.

Frank murmurou o palavrão de novo antes de levar a palma das mãos aos olhos. Desta vez, a palavra carregava um sofrimento do qual certos corações provavelmente jamais se recuperariam — tão dolorido que parecia que ele ficaria preso naquele desgosto para sempre. Foi silencioso. Quase um sussurro. Um encerramento. Uma despedida.

— *Merda*.

— Vai embora — ordenou Amma. — Agora.

Eu não sabia mais o que fazer nem o que dizer, então saí de perto deles. Saí do hospital, voltei para a nevasca e parei no meio do estacionamento. Enquanto estava parada ali, um carro chegou. Os faróis me iluminaram, lembrando-me de que eu tinha sobrevivido, mas que mal estava viva. Eu deveria ter morrido, não Elijah. Não era justo. Não era certo.

Ah, Elijah... Me perdoa. Me perdoa de verdade...

Meus pais saíram em disparada do carro, os olhos focados em mim.

— Kierra! — gritou minha mãe enquanto ela e meu pai se precipitavam contra mim.

— Você está bem? — perguntou meu pai com uma voz preocupada.

Os faróis continuaram acesos, refletindo-se na neve que caía.

Meus pais não esperaram por uma resposta. Assim que seus braços me envolveram, meus joelhos cederam e eu desabei no cimento enquanto lágrimas incontroláveis escapavam de mim. Eles me apertaram, e eu só sabia repetir as mesmas palavras, sem parar.

— Desculpa, desculpa, desculpa — falei chorando e engasgando cada vez que respirava o ar gelado. — Desculpa, desculpa, desculpa — repeti enquanto meus pais tentavam ao máximo me consolar e juntar os caquinhos da minha alma.

Respirar foi se tornando cada vez mais difícil, e meus gemidos foram ficando cada vez mais intensos.

Merda.

1

Kierra

Dias atuais

Claire Dune estava tendo um dia ruim. Ou uma série de dias ruins. Estava convencida de que tinha uma vida ruim. Três vezes por semana, ela se sentava em uma das cadeiras confortáveis diante de mim para me contar como tudo de ruim acontecia na sua vida.

Continuei segurando o caderno enquanto escutava atentamente cada sílaba que saía de sua boca. Analisava não apenas as palavras que ela escolhia mas também o jeito como se movia ao expressá-las. Nos últimos meses, eu tinha percebido que sua história parecia se tornar cada vez mais intensa. Também tinha percebido que, se não concordasse com ela, ela me acusaria de me comportar como a mãe.

— *Você não me entende* — reclamou ela, jogando-se para trás na poltrona. — Ninguém me entende.

— Eu te entendo, Claire. Eu te enxergo e estou aprendendo mais e mais sobre você a cada consulta. Sei que nossa relação ainda é recente, mas acho que fizemos alguns avanços. Estou muito orgulhosa do seu progresso nas últimas semanas. Infelizmente, nosso tempo de hoje acabou.

Ela ergueu o olhar para o relógio, fez uma careta e voltou a me encarar.

— Mas tenho mais coisas para contar.

— Eu sei, e quero ouvir tudo na nossa próxima sessão. — Eu me levantei. — Mas, nos próximos dias, não se esqueça de fazer uma lista diária. Sempre que tiver um pensamento negativo, pense no que seria o oposto dele e tente refletir sobre isso por um instante. Para sentir o oposto de...

— *Horror?*

Sorri.

— De qualquer emoção que seja. Então pense um pouco e veja quais passos você pode dar para se aproximar mais dessa sensação.

— Beleza. Mas, se não der certo, não vou te pagar — alertou ela.

— Bom, não é bem assim que as coisas funcionam. Por enquanto, tenha um bom fim de semana. A gente se vê na semana que vem.

Ela se levantou e foi arrastando os pés.

— Se eu chegar até lá — murmurou ela.

— Você precisa chegar. Estão dizendo que Kehlani vai lançar uma música nova na semana que vem.

Isso pareceu animá-la um pouco.

— Vai?

— Ã-hã. Vi na internet. E aquele filme novo da Zendaya vai estrear daqui a pouco. Você nunca perdeu um filme dela e seria uma pena começar a fazer isso agora.

Ela franziu as sobrancelhas espessas e fez beicinho. Coçou a nuca e disse:

— Bom, acho que eu não seria o tipo de mulher que apoia outras mulheres se morresse antes de dar uma força para elas.

— Isso é bem verdade. E é importante apoiar outras mulheres — falei, cutucando-a de leve. — Três coisas antes de você ir, além de Kehlani e Zendaya.

— Aah. Elas não podem contar?

— Não. Três coisas que fizeram você sorrir essa semana.

No fim de toda sessão, eu pedia aos meus pacientes que me contassem três coisas que os fizeram sorrir. Podiam ser coisas bobas ou importantes. Só para ajudá-los a enxergar que não estavam cercados de tristeza, que ainda havia algo bom a almejar na vida.

Ela resmungou e pressionou as sobrancelhas com os dedos.

— Tá. Bom, terminei de cavar e preparar meu jardim. Meu vizinho me ajudou e comprou umas sementes para eu plantar.

Ergui as sobrancelhas.

— Peter?

— Pois é, Peter. — As bochechas dela ficaram um pouco coradas. — Foi só um gesto simpático. Nem tenta ver coisa onde não tem.

Ergui as mãos.

— Não estou vendo nada.

Mas obviamente eu estava. Claire tinha me dito que fazia dois anos que estava a fim do vizinho Peter, mas nunca havia tido coragem de falar com ele. Aquele era um passo muito maior do que ela imaginava. Voltaríamos a esse assunto na próxima semana.

— Ah! E ganhei um aumento no trabalho. É só um dólar a mais por hora, mas já é alguma coisa — acrescentou ela, curvando os lábios de leve.

— Claire! Isso é incrível e uma conquista enorme. Sei que você estava com medo de pedir o aumento, mas deu certo.

— Pois é. Acho que as pessoas precisam mesmo se impor de vez em quando... Ah! Já sei a terceira coisa. — Ela quase sorriu de verdade diante da memória. — Minha sobrinha disse sua primeira palavra e foi "Claire".

Senti um frio na barriga ao ouvir falar da menininha.

— Ai, nossa. Isso com certeza merece estar entre os três melhores momentos. Ela deve te amar muito.

— Ama mesmo — concordou Claire. — Ela é uma criança ótima.

— Que te *ama* — acrescentei. — Tantas pessoas te amam, Claire. E o mundo de todas elas é melhor com você nele.

Ela ficou um pouco envergonhada e deu de ombros.

— Até que você não é tão incompetente.

Soltei uma risada.

— Acho que é por isso que você sempre volta.

— É, imagino que seja. Mas as balas também ajudam — completou ela meio brincando enquanto pegava uma na minha mesa. Ao fazer isso, ela parou e analisou a foto da minha filha, Ava. Seu sorriso desapareceu. — Essa é a sua filha?

— É.

— Ela é uma das suas coisas boas?

Concordei com um aceno de cabeça.

— Ela é a melhor coisa.

— Vocês são muito diferentes — comentou ela, inclinando a cabeça. — Ela se parece com o pai?

Não respondi, embora a resposta fosse sim. Minha filha se parecia mais com o pai do que jamais poderia se parecer comigo. Ouvir Claire mencionar esse fato me deixou mais triste do que deveria.

Dei um sorriso, sem querer entrar em mais detalhes sobre minha vida pessoal. Ava era minha filha do meu casamento com Henry. Eu a conhecia desde que ela estava com 5 anos. Agora, tinha acabado de completar 14 e era, sem sombra de dúvidas, a melhor coisa que já havia acontecido comigo. Ainda assim, eu não queria compartilhar coisas demais com Claire. Era importante manter a postura profissional. Quanto mais meus pacientes soubessem de mim, pior poderia ser.

Claire franziu a testa. Era uma expressão comum no rosto dela, e eu detestava que fosse assim. Seu sorriso era incrível sempre que aparecia.

— Sempre quis ter filhos.

— Isso ainda é uma possibilidade.

— Sei lá. Tem dias que não consigo imaginar isso acontecendo. — Ela se remexeu e indicou a foto com a cabeça. — O pai dela é que nem você? — perguntou, a voz falhando um pouco.

Ergui uma sobrancelha.

— Igual a mim?

— Você sabe... — Ela cruzou os braços e ergueu o ombro esquerdo. — *Legal*.

Abri mais um sorriso, mas esse não pareceu tão natural quanto os outros.

— Ele ama a filha. — Ela franziu ainda mais a testa, porém, antes de o interrogatório continuar, falei: — A gente se vê na semana que vem.

— É, beleza. Tá bom. Até semana que vem, Kierra.

Ela saiu do meu consultório parecendo tão triste — ou talvez mais — quanto quando entrou, o que era difícil para mim. Mas eu entendia que pessoas faziam avanços de formas diferentes na terapia. Alguns pacientes iam embora chorando e se sentindo pior do que quando chegavam. Mas isso fazia parte do tratamento. Certas coisas pareciam piorar antes de melhorar.

Minha mãe sempre diz que resolver problemas é como arrumar uma casa. É preciso esvaziar todos os armários no meio da sala e fazer uma bagunça imensa antes de organizar tudo e jogar fora o lixo que atrasa a vida. É uma parte importante do processo.

Deixe para trás tudo que te prende, minha filhinha. Então você vai conseguir caminhar melhor, diz sempre minha mãe ao me aconselhar.

Era um bom conselho, no qual eu pensava com frequência.

Assim, como Claire, eu mantinha em mente três coisas boas que tinham me ajudado na última semana.

1. Eu e Ava teríamos muita sobra de bolo de aniversário para comer.
2. Na hora do almoço, ganhei uma porção extra de guacamole no meu restaurante mexicano preferido.
3. Tínhamos oficialmente nos mudado para a casa nova alguns meses antes, depois de comprarmos um terreno grande, e a construção oficial do nosso lar estava prestes a começar. No momento, estávamos morando em uma casa antiga no terreno até a nova ser concluída.

Enquanto eu juntava as coisas para ir embora, alguém bateu à porta. Olhei para a frente e vi Joseph, um dos outros terapeutas da clínica particular. Joseph era o fundador do Centro de Terapia Águas Curativas.

O Águas Curativas usava vários tipos de terapia diferentes no tratamento de pacientes. A especialidade de Joseph era hidro e musicoterapia, que pareciam ajudar muitas pessoas. Ele era um gênio no que fazia e, ao longo dos anos, tinha se tornado um dos meus melhores amigos. Joseph era a personificação do otimismo, sempre capaz de enxergar o lado bom de qualquer situação. Além disso, era extremamente culto e uma das pessoas mais inteligentes que já conheci. Tínhamos comemorado na clínica seu aniversário de 60 anos havia duas semanas, mas, do jeito que aquele homem gostava de uma aventura, parecia até que tinha vinte e poucos. No mês passado, ele inventou de escalar uma *montanha* só por diversão. Por isso eu sabia que minha ideia de diversão era bem diferente da dele. Para mim, divertido era passar uma semana de pijama, maratonando *Below Deck* e pedindo delivery de comida.

— Já está indo se preparar para o seu grande jantar? — perguntou Joseph.

— Estou. Queria que você fosse. Os amigos e os colegas de trabalho de Henry são chatos — falei meio de brincadeira.

Os eventos do meu marido não eram simples jantares casuais. Eram festas de verdade. Eu tinha quase certeza de que já havíamos dado jantares mais chiques que o nosso próprio casamento, que tinha acontecido alguns anos antes. Com fogos de artifício e tudo. Aquele era ainda mais empolgante para Henry, já que seria o primeiro evento no terreno novo. Infelizmente, as festas sempre incluíam os amigos e os colegas de trabalho de Henry, nunca os meus. Nossos grupos eram como água e óleo: não se misturavam. Enquanto meus amigos eram simpáticos e inclusivos, os amigos de Henry, bem... não eram. Minha melhor amiga, Rosie, dizia que os jantares de Henry pareciam competições entre ricaços metidos para ver quem tinha o maior iate.

Ela não estava totalmente errada.

Por mim, os jantares incluiriam uma maratona de *Below Deck* de pijama e comida chinesa. Obviamente. Se juntássemos *Vanderpump Rules* à mistura, ninguém iria embora antes de meia-noite.

Joseph sorriu, sabendo o quanto eu detestava esses jantares.

— Eu iria se pudesse. Pode contar comigo no próximo, quando eu voltar.

Dei um sorriso.

— Onde você vai passar o fim de semana?

— Em Austin — respondeu ele. — Vou visitar uma velha amiga que acabou de ter bebê. Mas acredite em mim, eu preferia ir a uma das festas de Henry Hughes. Dizem por aí que o champanhe de vocês é incrível.

— Meu marido só gosta do bom e do melhor — brinquei.

— Foi por isso que ele se casou com você — respondeu Joseph, cutucando meu braço antes de se despedir.

Depois que ele foi embora, tirei alguns minutos para me preparar psicologicamente para o quanto precisaria socializar naquela noite. Tem gente com talento para passar horas conversando com grandes grupos de pessoas sem nunca perder o ânimo. Eu, por outro lado? Sempre funcionei melhor com uma pessoa de cada vez. Esse era um dos motivos para eu ter mergulhado na minha carreira. Adorava focar a atenção nas pessoas e entender como elas funcionavam. Nas festanças de Henry, havia muita bebida e muitas personalidades fortes com as quais eu tinha dificuldade de me conectar.

Eu adorava me aprofundar nas pessoas, mas era quase impossível fazer isso nessas festas. Eu tinha dificuldade em conhecer alguém em meio a tanto caos. Ainda assim, eu usaria meu maior talento: fingiria que estava feliz e me divertindo.

Caso contrário, acabaria brigando com Henry quando a noite terminasse. E, por brigar, quero dizer que ele listaria todos os motivos pelos quais eu era uma péssima esposa.

Eu tomava muito cuidado ao escolher minhas batalhas matrimoniais.

Os jantares eram uma batalha que eu estava disposta a perder.

2

Kierra

Algumas pessoas sonhavam com festas. O ambiente perfeito com elegantes arranjos de flores. Pratos e talheres dourados. Música clássica tocando ao fundo. Convidados bem-vestidos, bebendo vinho e champanhe em um ritmo ridículo. Havia tanta sofisticação em jantares com pessoas ricas, e, ainda assim, parecia faltar alma em tudo.

Meu marido, Henry, era perfeccionista. Por um acaso, ele também era uma das mentes mais brilhantes do Maine, talvez até do mundo. Porém, quando não estava ocupado sendo um supergênio, meu marido fazia questão de ser minha maior decepção.

Conheci Henry Hughes durante a fase mais difícil que vivi.

Eu me arrependia de muitas coisas na vida. Escolher Henry como marido talvez estivesse entre as três piores decisões que já tomei. Eu não o amava mais. Na maioria dos dias, questionava até se gostava dele. Vi os sinais de alerta desde o começo, mas decidi ignorá-los. Na época, parte de mim provavelmente achava que aquele era o amor que eu merecia. Parte de mim acreditava que eu tinha sorte por alguém me querer, mesmo com minhas cicatrizes.

Essa era parte do problema de se apaixonar por alguém quando você não se ama: até monstros parecem interessantes. Há quem acredite que são nos piores momentos da vida que podemos encontrar uma pessoa que nos ofereça os verões mais cálidos ou os invernos mais gélidos. Henry era minha frente fria, um castigo gelado durante minha estação do desespero.

Não nos amávamos; estávamos presos em um casamento sem paixão. Pelo menos eu estava. Por muito tempo, acreditei que ele era meu carma pelos erros do passado.

Às vezes, eu me perguntava por que continuava em um casamento tão difícil, mas então via o rosto dela: Ava Hughes. O maior presente que Henry deu ao meu mundo. No fundo, eu sentia medo de deixar Henry e ele me impedir de ter qualquer contato com ela — e isso sempre era suficiente para me convencer a ficar com ele.

Nossa filha era profissional em ficar escondida no quarto, lendo, sempre que dávamos uma festa. Queria tanto poder me esconder com ela. Com um livro também, é claro. Eu sempre iria preferir reinos fictícios com dragões à realidade com Henry e seus amigos.

— Você não deveria estar se arrumando para receber os convidados? — perguntou Ava assim que entrei no quarto dela com duas fatias do bolo do aniversário de três dias antes.

Havíamos acabado de comemorar o aniversário dela, e eu estava chocada com o fato de ter uma filha de 14 anos.

— Eu precisava de um segundo de paz antes de todo mundo chegar. Bolo? — ofereci, sentando-me na beira da sua cama.

— Sempre — respondeu ela, pegando a fatia e atacando-a. — Sabe, você pode falar para o papai que não gosta dos jantares — declarou em um tom prático.

Como se fosse possível contrariar os planos de Henry. Quando não conseguia o que queria, ele ficava insuportável. Era preciso escolher minhas batalhas, e isso resultava em jantares e sorrisos falsos para pessoas que eu mal suportava.

— Os jantares são divertidos — menti.

— Mentirosa — retrucou ela.

Ava me entendia como ninguém. Às vezes, eu achava que ela me conhecia melhor que meu próprio marido.

— Esse jantar parece muito importante — expliquei.

— Todas as festas do papai são importantes — comentou Ava enquanto enfiava uma garfada de bolo com granulado colorido na boca. — Porque *ele* é importante.

Ela não estava errada. Além de ser brilhante, Henry era muito importante em sua área de atuação. Seguia linhas de raciocínio diferentes das de outras pessoas, o que me parecia muito interessante quando a gente se conheceu. Sua empresa de tecnologia de ponta, a Doce, estava revolucionando o setor doméstico. Ela abrangia tudo, tudo mesmo. As últimas inovações usavam inteligência artificial para aprender como humanos se comportavam dentro de casa, para saber exatamente quando uma pessoa queria uma xícara de café, antes mesmo de ela pensar nisso. Também estava sendo criado um sistema para melhorar o humor das pessoas em um instante.

Embora as conquistas dele fossem impressionantes, eu ficava um pouco assustada com o quanto sua tecnologia parecia roubar a autonomia das pessoas. Se fosse possível usar inteligência artificial para melhorar o humor de alguém, ela também poderia fazer o oposto. Eu não gostava dessa ideia, mas Henry havia me dito que eu apenas não entendia o suficiente sobre o assunto para compreender o que ele estava fazendo.

Henry não só falava comigo e com Ava sobre tecnologia. Com frequência, o trabalho vinha para casa com ele. E, é claro, meu lar era o laboratório em que tudo era testado. Eu morava em uma *smart home* totalmente computadorizada, que me conhecia melhor que eu mesma.

Apesar disso, de vez em quando eu questionava o sistema do café. Ele me passava uma sensação de "quem veio primeiro, o ovo ou a galinha". Era a IA que sabia que eu queria café, ou o cheiro de café sendo passado que despertava a minha vontade?

De toda forma, a Doce seguia seu lema. *Nós cuidamos das pequenas tarefas para tornar a sua vida Doce.*

Era impossível passar uma semana sem ver o nome dele estampando as manchetes. Quando se tratava de inovações, ele era praticamente o próximo Steve Jobs. Tinha até passado por uma fase de gola rulê preta e jeans quando estava começando.

Como eu disse, Henry Hughes era um empresário brilhante. E também era um bom pai, quando não estava viajando a negócios pelo mundo. E quando se tratava de amizades? Maravilhoso. O homem era amado por tanta gente que eu sentia um pouco de inveja da versão dele que o mundo recebia. Sentia inveja de todos que cruzavam seu caminho. Quando o meu marido falava com alguém, tratava a pessoa como se ela fosse o centro do seu universo. Ele girava ao redor dela. E, quando eu interagia com ele na frente dos outros, recebia raios dessa luz. Na frente dos outros, eu era tudo para ele. Eu era o amor da sua vida, seu sol, sua galáxia. Mas, entre quatro paredes, eu me tornava sua sombra.

Não foi sempre assim. Houve uma época em que eu acreditava que ele me amava de verdade, que me valorizava. Só que esses dias eram raros. Ainda assim, eu me esforçava para parecer feliz com ele, porque queria manter meu relacionamento com Ava tão forte quanto possível. Ava não era minha filha biológica. Conheci Henry quando ela estava com 5 anos. Ela era a luz mais brilhante e foi o maior presente que já recebi na vida. Mas, na primeira fase ruim que eu e Henry passamos, ele ameaçou nunca mais me deixar ver Ava se nos divorciássemos.

Essa ameaça por si só já era suficiente para me prender a ele. Para mim, uma vida sem minha filha não seria vida. Mesmo que isso significasse continuar em um casamento sem amor. Eu nunca reclamava com Ava sobre viver à sombra de Henry, porque sabia o quanto ela amava o pai.

Para ser justa, eu costumava desejar ter por Henry os mesmos sentimentos que Ava nutria. Talvez, assim, eu gostasse mais dele e de seus jantares.

— O que você está achando do livro? — perguntei, mudando de assunto. — Em que página está?

— Na duzentos e noventa e cinco. Ai, nossa, mãe! Você não vai acreditar no que Fania faz!

— Não quero spoiler! — falei, dando um tapinha no braço dela. — Como você me passou? Talvez eu devesse faltar ao jantar e adiantar a leitura...

Ela deu risada.

— Seu lado introvertido está muito na cara, mãe.

— É óbvio assim?

— Ã-hã. Você ainda nem tirou o pijama. E os convidados estão chegando...

A campainha tocou.

Olhei para o relógio.

— Ai, droga! — exclamei, pulando da cama. — Preciso botar o vestido.

— Você tem sorte que o papai escolhe todas as suas roupas — disse Ava. — Senão, ia levar uma eternidade para ficar pronta.

Dei um beijo na testa dela.

— A gente se fala depois do jantar. Vou pedir a Lena que mande um prato para você.

Lena era a chef que cozinhava para nós durante a semana havia alguns meses. Ela era brilhante, e a única coisa que não era comandada por um software de tecnologia de ponta. Apesar disso, às vezes, Lena parecia perfeita *demais*. Não me surpreenderia se houvesse uma bateria instalada nas costas dela. Mesmo assim, eu era grata por ela durante os jantares. Na maior parte do tempo, me escondia na cozinha para conversar com ela e evitar os amigos metidos de Henry.

Lena não era apenas uma chef incrível mas também tinha se tornado uma das minhas amigas mais próximas. Sua personalidade animada trazia a sensação de raios de sol em uma tarde fria. Meu passatempo preferido era fofocar com ela sobre quão ridículos eram os convidados da festa.

— Você pode pedir para ela colocar mais molho no meu macarrão? — indagou Ava.

— Pode deixar, mas sei que ela já sabe que você gosta assim.

Ava Hughes era o tipo de garota que sempre queria mais molho.

Ela havia puxado a mim.

— Onde você estava? — sussurrou Henry quando desci a escada para a grande sala de jantar.

Ele passou um braço ao redor da minha cintura e me puxou para me dar um beijinho na bochecha. Ele cheirava a uísque e canela. O aroma do perfume exalava do caro terno cinza. O vestido vermelho-maçã que ele havia escolhido para mim combinava perfeitamente com sua roupa. Mesmo assim, eu teria preferido usar uma das minhas criações. Eu tinha passado boa parte da juventude no mercado da moda, mas fazia muito tempo que não criava peças para mim ou meu marido. Henry dizia que seria exibicionismo demais usar roupas que eu mesma havia desenhado. Então completava comentando que preferia estilistas de luxo renomados.

Que doce de pessoa.

Eu não conseguia me lembrar da última vez em que tinha desenhado uma peça de moda. Eu costumava me perder por horas só desenhando. Sentia falta dessa parte minha.

— Precisei me trocar. — Sorri para ele, sentindo seus dedos apertarem a lateral do meu corpo um pouco forte demais. Ele estava irritado com meu atraso, mas não reclamaria na frente dos outros. — Como estou? — perguntei, afastando-me.

— Atrasada — respondeu ele com um sorriso presunçoso. Então gesticulou para o salão. — Vá falar com as pessoas. A esposa de Freddrick, Wendy, perguntou por você.

Olhei ao redor e reuni coragem. Uma máquina robótica empunhando uma bandeja com taças de champanhe veio até mim e Henry, parando à nossa frente.

— Sra. Hughes, posso lhe oferecer uma taça de champanhe? — perguntou o robô.

— Obrigada, Jacob.

Escolhi a taça mais cheia. Se eu quisesse aguentar a noite toda, precisaria encontrar uma taça de champanhe sempre que possível. Passei a mão pelo rabo de cavalo que havia demorado demais para conseguir alisar. Meu cabelo costumava exibir cachos apertados e bater no ombro, mas, quando eu o alisava, ele passava do meu peito. Minha mãe sempre dizia que meu cabelo fazia parte da nossa herança negra, e cada cachinho carregava o amor dos ancestrais que vieram antes de mim.

Eu detestava meu cabelo quando era pequena, mas aprendi a amá-lo conforme fui crescendo. Ele era algo que definia a mim mesma e a minha personalidade. Quando eu me olhava no espelho, via minha mãe e minha avó me olhando. Eu só o alisava para os jantares, porque Henry queria. Ele achava que eu parecia mais sofisticada desse jeito. Brigamos por causa disso uma vez, mas ele nunca deixava que eu ganhasse uma discussão. De algum jeito, era sempre eu quem acabava pedindo desculpas depois dos seus jogos de palavras inteligentes.

Henry segurou minha mão e me puxou de volta para um beijo.

— Você está linda demais, Kierra.

Suas palavras carregavam uma sinceridade inesperada. Inclinei a cabeça, um pouco atordoada e confusa com o tom gentil. Por um milésimo de segundo, o frio na barriga que eu costumava sentir por ele quando éramos mais jovens voltou com toda força. Seus olhos exibiam tanto carinho que quase chorei com a sensação que ele despertava pelo meu corpo.

Abri um pouco a boca e hesitei por um instante, na dúvida se ele estava falando mesmo comigo.

— Obrigada, Henry — respondi, bastante confusa com o elogio sem espectadores.

Era bem provável que eu estivesse com cara de quem tinha visto um fantasma. O fantasma do passado do meu marido, quando ele me amava de verdade.

Mas então alguém pigarreou às minhas costas e disse:

— É sempre bonito ver um homem que ama a esposa.

Meu coração disparado? Voltou ao ritmo normal. Não havia nada íntimo naquele momento afetuoso. Eu devia ter vergonha por criar expectativas sobre algo que não passava de uma farsa.

— Ah, você veio! — exclamou Henry, olhando para a pessoa atrás de mim. Então ele se aproximou e voltou a passar a mão pela minha cintura. Ele começou a me virar como se eu fosse um dos seus robôs, gesticulando à minha frente. — Essa é a minha esposa brilhante, Kierra, e, Kierra, esse é Gabriel Sinclair, o homem incrível de quem te falei mais cedo.

Ele disse Gabriel *Sinclair*?

Enquanto meu olhar subia para encontrar o homem à minha frente, meu coração perdeu o compasso. Minha mente virou uma poça de lama quando olhei nos seus olhos. Olhos que eu conheci bem *demais* no passado.

Olhos castanhos, pele marrom-escura linda, e uma barba grossa, espessa, acompanhada de um sorriso impressionante.

Um sorriso que eu também conheci bem demais.

Impossível...

Sem que eu percebesse, a taça escapuliu dos meus dedos, espatifando-se no chão.

Todo mundo se virou para me encarar. Era engraçado como algo tão sólido era capaz de ser destruído tão rápido. Enquanto todos os olhares se voltavam para mim, os meus permaneciam nele. Gabriel Sinclair. *O* Gabriel Sinclair. *Meu* Gabriel Sinclair.

Por um instante, eu não consegui lembrar como respirar. Senti um aperto no peito ainda maior uma vez que seus olhos castanho-escuros permaneceram em mim. Mantivemos contato visual por pouquíssimos segundos, mas foi suficiente para saber que ele me via. Ao mesmo tempo, ele não me *via*. Ele nem se lembrava de mim. Ele me encarava como todo mundo, como se eu não passasse da esposa de Henry Hughes.

— Perdão — falei para o salão repleto de pessoas chiques usando roupas chiques que me encaravam como se eu fosse a pessoa mais estabanada do mundo.

Rapidamente desviei minha atenção de Gabriel, me agachei e comecei a tentar juntar os cacos de vidro. Em questão de segundos, senti minha mão ser segurada.

— Está tudo bem, deixe aí — declarou Henry, agarrando meu braço.

— Não, perdão. Eu não queria causar uma comoção — falei com um tremor na voz que refletia a minha alma.

O que Gabriel estava fazendo aqui? Por que ele estava parado à minha frente? Que raios estava acontecendo?

— Kierra — grunhiu Henry entre os dentes. — Você está me fazendo passar vergonha. Já mandei Jacob limpar. Não se preocupe. É melhor você subir e trocar de roupa.

Obviamente, ele disse tudo isso com um sorriso. Henry sempre sorria perto dos outros, apesar de eu saber que mais tarde ouviria um sermão sobre ser desajeitada, depois que todos fossem embora.

Olhei para meu vestido molhado, então para Gabriel. Ele me encarava com pena, como se estivesse com vergonha por mim.

E foi então que uma mulher ruiva linda se aproximou e parou bem ao lado de Gabriel.

— Está tudo bem? — perguntou ela.

Eu queria vomitar.

Quem era essa?

Eles estavam apaixonados?

Ele a amava?

Por que olhei rápido para ver se eles usavam alianças?

Não usavam.

Mas por que, ah, por que eu olhei se havia uma aliança pesada no meu próprio dedo?

O que estava acontecendo?

— Kierra — chamou Henry enquanto Jacob se aproximava para aspirar os cacos. — Vá trocar de roupa — repetiu.

Forcei um sorriso para Gabriel e a mulher que parecia estar colada a ele.

— Me perdoem. Que vergonha. Juro que nem sempre sou tão estabanada — expliquei.

Gabriel sorriu. Era um sorriso bem reconfortante. Ele esfregou a nuca e deu de ombros.

— Eu devo ser a pessoa mais estabanada do mundo. Se a minha cabeça não estivesse presa no pescoço, eu provavelmente a deixaria cair.

A mulher soltou uma gargalhada. Meio *exagerada*, na minha opinião. Ela jogou a cabeça para trás e empinou os seios enquanto batia no peito de Gabriel com a palma da mão. Henry também riu, mas o tom de sua risada era um alerta para eu sair dali.

Eu me esforcei para acalmar o nervosismo. Mas não fez muita diferença.

— Venho falar com vocês assim que me trocar, e prometo causar uma segunda impressão melhor — falei antes de subir correndo para o quarto.

Depois de chegar lá, fechei a porta e levei a mão à barriga. O redemoinho que girava dentro de mim me fez hesitar por um segundo. Tentei engolir em seco, mas, no meio do movimento, já estava correndo para o banheiro, vomitando o bolo que tinha comido pouco antes.

Eu me sentia fraca e tonta.

Cambaleei para trás no chão de azulejos preto e branco e esfreguei a boca com a mão.

Era como se o passado e o presente se misturassem.

Gabriel Ayodele Sinclair.

Em carne e osso.

Em questão de segundos, todas as lembranças que eu tinha daquele homem voltaram. Todas as risadas e todas as lágrimas que compartilhamos me acertaram como um saco de tijolos. Ele parecia tão diferente em tantos sentidos, mas ainda o mesmo.

Era a cara do pai quando éramos mais novos. A mãe de Gabriel era uma nigeriana linda, e seu pai, um francês extremamente bonito. Gabriel tinha sido batizado em homenagem ao pai, e seu nome do meio, Ayodele, significava "a alegria voltou para casa" em iorubá.

A alegria voltou para casa.

Gabriel parecia uma mistura perfeita dos pais. Seu corpo, antes magro, havia ganhado músculos impressionantes. Ele parecia ter passado as últimas duas décadas fazendo levantamento de carros como passatempo. Seu cabelo também estava maior. Os fios escuros estavam raspados nas laterais e mais altos no topo, exibindo seus cachos. Ele usava óculos pretos de armação grossa, e, apesar de estar usando um terno elegante, tinha sido impossível não notar as tatuagens que subiam pelo pescoço vindo do peito levemente exposto. Dava para perceber que ele não havia esquecido o amor por tatuagens desde que tínhamos nos visto pela última vez.

Tínhamos só 16 anos quando ele fez a primeira no porão assustador de um amigo. As idiotices que os jovens fazem... Eu me perguntei se ele ainda tinha as tatuagens que havia feito para mim, ou se sabia o significado delas.

Ele usava colares de ouro, um com um pingente de cruz e outro com uma águia. Os mesmos colares que usava quando éramos mais novos. Eram do pai dele, e ele tinha começado a usá-los depois da morte do Sr. Sinclair.

Gabriel usava preto da cabeça aos pés, mas seus olhos carregavam muita luz. Uma luz pela qual eu havia sido desesperadamente apaixonada. Uma luz que havia me salvado muitas vezes. Ainda assim, aqueles olhos não exibiam nem um pingo de reconhecimento quando me fitaram. Era como se, para ele, eu não fosse nada além da esposa de Henry Hughes.

Por que isso me deixava com tanta vergonha?

Abri o zíper nas costas do vestido e me livrei dele, ainda me sentindo tonta. Depois de escovar rápido os dentes, fui até o guarda-roupa com o intuito de encontrar outra coisa para usar. Peguei um vestido azul-marinho justo e calcei saltos bege.

Após retocar um pouco a maquiagem, me encarei no espelho.

— É só agir normalmente, Kierra — falei para mim mesma, balançando de leve a cabeça. — Não seja esquisita.

Mesmo dizendo essas palavras, eu sabia que a situação seria desconfortável de um jeito ou de outro, porque, quando eu voltasse para o andar de baixo, precisaria encarar meu marido e meu primeiro amor.

Um primeiro amor que nem sequer lembrava o meu nome.

3

Gabriel

8 anos

Ela não parava de tamborilar.

Tec-tec-tec, faziam suas unhas nos painéis de madeira enquanto ela me encarava.

Tec-tec-tec-encara.

Era irritante à beça.

— Quer parar com isso? — bradei para a garota idiota que não parava de olhar para mim feito uma esquisita.

Ela simplesmente ficou parada, me encarando com seus enormes olhos castanhos esbugalhados, como se nem imaginasse que era insuportável. A gente só estava passando tempo junto porque, um ano antes, os novos vizinhos idiotas disseram para a minha mãe que Kierra estava tendo dificuldade para fazer amizades. É óbvio que a minha mãe achou que eu seria a melhor pessoa para ela se tornar amiga, então eu era obrigado a passar o tempo com Kierra.

Eu odiava como os pais sempre faziam o que queriam sem se importar com as vontades dos filhos. A última coisa que eu queria era conviver com a menina esquisita que usava uma espécie de capacete que se conectava com o aparelho dental.

O pessoal da escola a apelidou de Boca de Ferro. Eu não a chamava assim. Parecia maldoso *demais*. Mas gostaria que ela parasse de me encarar como se estivesse apaixonada por mim. Uma parte minha queria lhe dizer que eu era obrigado a passar tempo com ela depois da escola, mas meu pai pediu que eu não fosse escroto.

Eu nem sabia o que significava ser escroto. Minha mãe gritou com ele e deu um tapa na sua nuca por dizer isso. Então ela pediu que eu nunca repetisse aquela palavra e que o meu pai era uma péssima influência. Mas eu não achava que ele era uma péssima influência. Eu achava que ele era o cara mais maneiro do mundo. Queria ser igualzinho a ele quando crescesse. Também queria trabalhar na empresa de arquitetura dele e usar as mesmas palavras que ele usava o tempo todo. Então eu tinha passado o dia seguinte na escola chamando todo mundo de escroto.

— É sério — bufei para Kierra. — Para com isso!

— Parar o quê? — cantarolou ela, enrolando o cabelo no dedo, deitada de bruços na minha casa da árvore, balançando as pernas para a frente e para trás no ar.

— Com *isso* — insisti, apontando para ela. — Para de me encarar como se você estivesse apaixonada por mim ou coisa assim.

— *Não estou apaixonada por você!* — rebateu ela, parecendo incomodada com a ideia.

Ela não precisava parecer *tão* irritada assim.

— Você não precisa ser escrota — murmurei.

Ela se sentou.

— Eu não sou escrota!

— Mas se comporta feito uma.

— Não me comporto, não! — Ela estreitou os olhos e cruzou os braços, bufando. — O que é ser escrota?

— *Você* — respondi, só porque eu não sabia muito bem como responder, já que também não sabia o que era. Eu só sabia que não queria passar as próximas horas e minutos intermináveis na minha casa da árvore com ela.

— Bom, você é um escroto maior ainda!

Eu me levantei com um pulo e fui marchando até ela.

— Não sou, não!

— É, sim! Você é o escroto mais escroto que já escrotou no mundo!

— Você nem sabe o que isso significa!

— Não importa. Sei que é verdade. É por isso que você se veste que nem um sapo.

Arfei.

— Eu não me visto que nem um sapo!

Ela fez que sim com a cabeça enquanto se levantava, parando a poucos centímetros de mim.

— Ã-hã. Você se veste que nem o sapo mais feio do mundo. Se tivesse um pingo de bom senso, deixaria que eu escolhesse as suas roupas, porque sou a pessoa mais fashion do universo, mas você deve gostar de parecer feio!

— Bom, pelo menos eu não ando que nem um pinguim!

— Eu não ando que nem um pinguim!

— Anda, sim! No outro dia, eu te vi saindo da piscina, e você ficou se balançando feito um pinguim ridículo!

— Bom, que ótimo então, porque eu adoro pinguins!

— Que bom, Pinguim!

— Não me chama de "Pinguim"! Só porque eu gosto deles não quer dizer que você pode me chamar assim.

— Eu posso te chamar do que eu quiser! Agora, sai da minha casa da árvore, *Pinguim*! — ordenei.

— Eu saio quando eu quiser, Sapo!

— Você quer calar a boca? Eu nem queria que você viesse na minha casa da árvore.

— Queria, sim.

— Não — sibilei —, eu não queria.

Ela esticou o pescoço e balançou um dedo na minha cara.

— Então por que me convidou?

— Porque os meus pais me obrigaram, sua tonta! A sua mãe disse para a minha que você era uma otária que não tinha amigos, então a minha mãe me obrigou a falar com você!

Ela arfou.

— Eu não sou otária!

— É, sim. É por isso que você não tem amigos!

— Eu não quero ter amigos — rebateu ela. — Gosto de ficar sozinha. As pessoas são irritantes, que nem você!

— É, bom, então acho melhor você ir ficar sozinha!

— Eu vou!

— Que bom!

— Que ótimo!

— Que ótimo mesmo!

— Que ótimo mesmo, mesmo!

— Que seja, otária. Vai logo embora — falei, revirando os olhos. Eu estava de saco cheio dela na minha casa da árvore, respirando o meu ar. Eu odiava saber que uma menina como ela estava respirando o mesmo ar que eu. Eu odiava tudo em Kierra e queria que ela saísse da minha vida o mais rápido possível. — É por isso que você é esquisita com essa boca de ferro — berrei para mostrar que não queria nada com ela mesmo.

Vi os olhos dela brilharem com lágrimas e me senti mal na mesma hora.

Eu era igual ao pessoal da escola.

Eu era um escroto.

Antes de conseguir pedir desculpa, Kierra estufou o peito, fechou um punho e o acertou bem na minha barriga, me derrubando no chão.

— Ui! — exclamei, esfregando o cotovelo que havia batido no chão de madeira. — Doeu.

— Bem feito, seu idiota! Nunca mais quero falar com você.

Antes que eu conseguisse responder, ouvi minha mãe gritando do lado de fora da casa da árvore.

— Gabriel! Gabriel, pode descer daí? Você também, Kierra.

Fiquei de estômago embrulhado, sabendo que ela provavelmente iria gritar com a gente por estarmos brigando. Eu me levantei.

— Viu só o que você fez? A gente vai levar uma bronca.

— Eu não fiz nada de errado — declarou Kierra enquanto descia pela escada.

Fui atrás dela, pronto para me defender.

— Foi culpa dela, mãe! Ela... — Depois que cheguei ao último degrau, eu me virei para encarar a minha mãe e fiquei paralisado ao ver seus olhos. Ela chorava descontroladamente enquanto balançava a cabeça de um lado para o outro. — O que houve?

Eu nunca tinha visto a minha mãe chorar, só quando ela ria tanto que lágrimas escorriam pelas bochechas. Mas aquele choro não era assim. Aquele choro era do tipo que me assustava.

Ela prendeu o cabelo atrás das orelhas e veio correndo até mim.

— A gente precisa ir para o hospital, tá, Gabriel? A gente precisa ir agora. Kierra, tentei ligar para os seus pais, mas eles não atenderam, então você tem que ir também.

— Por que a gente vai para o hospital? — perguntei, confuso.

— É... — A voz da minha mãe falhou. Ela fungou e recomeçou. — É por causa do seu pai, Gabriel. Aconteceu um acidente. A gente precisa ir. *Agora.*

Kierra

Eu e Gabriel ficamos na sala de espera do hospital com a mãe dele. Não trocamos uma palavra, e, enquanto aguardávamos, a Sra. Sinclair andava de um lado para o outro. Ela ficava olhando para o relógio na parede, então ia até a recepção para perguntar se tinham alguma notícia do pai de Gabriel, então reclamava que ninguém lhe dava nenhuma resposta.

Então voltava a andar.

Havia algumas outras pessoas na sala com a gente. Eu nunca tinha entrado em uma sala de espera de hospital. Fiquei me sentindo meio enjoada e assustada.

Podia não gostar de Gabriel, mas gostava bastante do pai dele. O Sr. Sinclair sempre me dava dinheiro quando eu visitava sua casa, já que não podia me dar balas por causa do aparelho.

— Guarde para comprar Skittles e balinhas ácidas depois de tirar o aparelho. E me dá um pouco. São as minhas balas preferidas — dizia ele.

Graças às suas contribuições, eu já tinha cinquenta dólares para gastar em bala.

E, sempre que eu descia do ônibus da escola, ele me perguntava como estava sendo o meu dia, como estavam os meus projetos de moda e como ia o softbol. Essas eram as minhas duas coisas preferidas: moda e softbol. Gabriel também jogava beisebol, mas eu era boa, ao contrário dele.

E o Sr. Sinclair sempre fazia questão de deixar claro que eu era boa. Ele até ia assistir aos meus jogos com meus pais sempre que tinha tempo livre.

Eu queria que ele ficasse bem.

Eu *precisava* que ele ficasse bem. Se não por mim, então pelo sapo sentado ao meu lado.

Gabriel parecia triste. Mais triste do que eu jamais tinha visto alguém. Sua cabeça estava baixa enquanto ele remexia os dedos no colo. Ele não parava de balançar as pernas para cima e para baixo e não tinha dito uma palavra desde que havíamos chegado ao hospital. Eu também não tinha dito nada. Não sabia o que dizer.

Eu me perguntava o que a minha mãe diria se estivesse aqui. Ela era ótima em fazer as pessoas se sentirem melhor quando estavam tristes, e, embora eu detestasse Gabriel, não queria que ele ficasse triste.

Quando o médico por fim veio falar com a Sra. Sinclair, eu e Gabriel olhamos para a frente. Não dava para escutar o que eles diziam de onde estávamos, mas eu sabia que não era nada bom. O olhar do médico parecia triste, e ele balançou a cabeça.

— Sinto muito — ouvi-o dizer antes de a Sra. Sinclair cair de joelhos em um choro atormentado.

Gabriel foi correndo para o lado dela e a envolveu nos braços. Ele apertou a mãe com força enquanto ela desmoronava. Ele começou a chorar também, e desmoronou com ela, então fiz a única coisa em que consegui pensar.

Fui abraçá-lo, porque ele não tinha ninguém que *o* segurasse durante a parte triste. Todo mundo deveria ser abraçado durante as partes tristes.

Enquanto o escutava chorar, comecei a chorar também.

Foi um ataque cardíaco.

O coração do Sr. Sinclair simplesmente parou de funcionar de repente. Os médicos se esforçaram para trazê-lo de volta, mas não deu certo. Minha mãe disse que era uma tragédia. Papai não disse muita coisa. Ele e o Sr. Sinclair eram próximos, e, quando papai descobriu sobre a morte dele, se trancou no escritório e passou horas lá dentro.

O velório do Sr. Sinclair aconteceu na semana seguinte. Eu me sentei entre a minha mãe e o papai no banco da igreja, duas fileiras atrás de Gabriel e a mãe dele. Os dois estavam no primeiro banco. Minha mãe disse que o banco da frente era reservado para as pessoas mais próximas de quem tinha falecido, o que significava que era o banco mais difícil de ocupar. Eu queria nunca ter que me sentar no primeiro banco... Torci para Gabriel também não precisar fazer isso nunca mais.

Eu não conseguia parar de olhar na direção da família Sinclair. Gabriel não tinha ido à escola na última semana, o que dava para entender. Eu nunca que ia querer voltar para a escola se tivesse perdido o meu pai. Eu não ia querer fazer mais nada.

— Tudo bem, campeã? — perguntou o papai, se inclinando para sussurrar para mim.

Acenei que sim com a cabeça.

Ele segurou a minha mão e a apertou de leve. Minha mãe segurou a minha outra mão e fez o mesmo.

Eu só conseguia enxergar a nuca de Gabriel com seu cabelo escuro. Ele usava um terno todo preto, como todo mundo, e não ergueu a cabeça para cumprimentar nenhum dos adultos que se aproximavam na tentativa de puxar papo. Em certo momento, o tio dele tentou convencê-lo a ir até o caixão aberto para se despedir, mas ele não quis.

Eu também estava assustada demais para subir lá.

O pastor fez um discurso, e algumas pessoas compartilharam histórias sobre o Sr. Sinclair. Houve música, e, depois do velório, o caixão foi levado para um carro. Gabriel e a mãe tiveram que andar atrás do caixão, e achei que era meio maldoso obrigá-los a fazer isso. Parecia que os dois estavam prestes a desabar no chão de tanta tristeza.

Em certo momento, Gabriel olhou para mim, e seus olhos estavam tão vermelhos e cheios de lágrimas que comecei a chorar também. Eu não entendia por que, mas, na semana que se passou, sempre que via Gabriel chorar, eu chorava. Era como se suas lágrimas despertassem algo em mim que fazia o meu peito doer tanto que eu também era obrigada a chorar. Antes disso, eu não sabia que era possível chorar no mesmo ritmo que outra pessoa.

No fim do enterro, todo mundo jogou uma rosa em cima do caixão, e começaram a baixá-lo para o chão.

— *Não, não, não* — disse chorando a Sra. Sinclair enquanto isso acontecia.

Ela caiu de joelhos e se jogou na direção do marido, e fiquei de coração partido porque o Sr. Sinclair não estava ali para recebê-la.

Eu não entendia a morte. Como ela podia ser tão cruel?

Mas Gabriel se prontificou e pegou a mão dela.

— Está tudo bem, mãe. Está tudo bem — disse ele, apesar de eu ter minhas dúvidas se ele acreditava mesmo nisso.

Como ele poderia acreditar que estava tudo bem? Ele não tinha mais pai. Mesmo assim, estava se esforçando para cuidar da mãe.

Acho que foi aí que passei a odiá-lo um pouco menos.

Acho que foi aí que comecei a me perguntar quem estava cuidando dele se era ele quem estava tomando conta da mãe.

Eu não queria criticar a Sra. Sinclair quando pensei nisso, mas ela parecia não ser capaz de cuidar de si mesma no momento, que dirá cuidar do filho que estava sendo obrigado a crescer tão depressa. Eu tinha a sensação de que a Sra. Sinclair nunca mais seria a mesma. Talvez a morte fizesse isso com as pessoas que permaneciam vivas: ela as transformava para sempre. Eu não sabia se isso era bom ou ruim.

Gabriel

— Gabriel Sinclair! Volte aqui! E chega de ficar batendo as portas, mocinho. Está me ouvindo? — berrou minha mãe enquanto me seguia pelo quintal.

Não respondi. Eu estava de saco cheio de tudo. Estava de saco cheio de ela ficar me mandando fazer o dever de casa. Estava de saco cheio de ela tentar fazer comigo as coisas que o meu pai sempre fazia. Estava de saco cheio de ela perguntar se eu queria praticar arremesso com ela. Estava de saco cheio de tudo! Mas, principalmente, estava de saco cheio de o meu pai ter morrido.

Como ele podia ter feito isso?

Como podia ter morrido?

Eu o odiava por isso! Eu o odiava tanto que queria explodir.

Olhei de relance para a esquerda e vi Kierra sentada no balanço de pneu no quintal dela, e, por algum motivo, isso também me deixou com raiva. Eu odiava o jeito como ela me olhava ultimamente. Como se sentisse pena de mim. Preferia quando ela me chamava de sapo. Não queria que ela sentisse pena de mim. Não queria que ela sentisse *nada* por mim, porque eu a *odiava*. Odiava que ela tivesse pai e mãe. Não era *justo*. Nada mais era justo.

Lancei um olhar feio para ela antes de seguir batendo os pés para a casa da árvore. A casa da árvore que o meu pai construiu para mim. Subi a escada e ignorei minha mãe o caminho inteiro. Quando cheguei lá em cima, senti como se fosse chorar. Ou gritar. Ou gritar e chorar. Eu sentia tanta coisa e não entendia o que nada significava, e isso só me deixava com mais raiva.

Quando ouvi alguém subindo a escada, tive certeza de que era minha mãe vindo me dizer para voltar para dentro e terminar o dever de casa. Só que, em vez disso, Kierra e seu rosto idiota invadiram o meu espaço.

— Você não pode tratar ela mal! — berrou Kierra para mim ao entrar na casa da árvore. — Você não pode falar assim com a sua mãe!

— Cuida da sua vida — respondi, meu peito subindo e descendo.

— Você está deixando ela muito triste, Gabriel. Você precisa parar com isso.

— Quem é você para mandar em mim? — resmunguei, irritado com a cara idiota dela, que, por algum motivo, causava uma sensação esquisita na minha barriga sempre que olhava para mim.

Eu estava tão irritado que chutei a bola de beisebol que estava no chão para o outro lado da casa da árvore. A bola nem deveria estar ali. Ela deveria estar na luva do meu pai no quintal para a gente jogar junto.

Kierra endireitou a postura, parecendo alta, apesar de ser baixa.

— Eu sou eu! E tenho todo o direito de te avisar que você está sendo um garoto idiota.

— Que seja, Kierra. Vai embora — bufei, sentindo os olhos começarem a se encher de lágrimas.

Queria que isso parasse de acontecer com tanta frequência. Mas, sempre que eu sentia raiva ultimamente, também sentia vontade de chorar. E eu sempre sentia raiva, o que significava que sempre chorava.

Kierra deve ter percebido, porque parou de falar. Eu nem sabia que ela era capaz de calar a boca. Na maior parte do tempo, ela vivia tagarelando sobre qualquer coisa.

Mas, então, ela estava quieta.

Bizarramente quieta.

E então fez algo inesperado.

Ela me abraçou.

Então eu fiz algo inesperado.

Eu a abracei também.

Eu não entendia por quê, mas algo no abraço de Kierra fez com que eu me sentisse seguro. Não tinha percebido que me sentia inseguro antes dos braços dela me envolverem, do mesmo jeito que fizeram no hospital, no dia da morte do meu pai. Na maior parte do tempo, eu não queria que ninguém conversasse comigo, que dirá me abraçasse.

Só que, quando Kierra me abraçava, eu sentia que voltava a respirar. Era como se os abraços dela me lembrassem de que o meu coração continuava batendo.

Ela me abraçou por um bom tempo, e não tentei me afastar. Queria ficar ali, com os braços ao redor dela, por mais cinco minutos. Por mais dez minutos. Por mais sessenta minutos.

Enquanto ela me abraçasse, eu queria abraçá-la também.

— Gabriel? — sussurrou ela enquanto continuávamos abraçados.

— O quê?

— Você quer brincar de arremesso?

Dei um passo para trás e sequei os olhos com as costas da mão.

— Você é boa nisso?

Ela balançou a cabeça.

— Não.

— *Tá bom* — resmunguei, revirando os olhos enquanto pegava a bola de beisebol do meu pai. — Vou te mostrar como se faz, mas, se você for péssima, vou te dizer.

— Se você me disser que eu sou péssima, vou te dizer que você é narigudo, Sapo.

Dei um sorriso. Talvez pela primeira vez em semanas, porque, por um instante, tudo parecia normal de novo.

— Combinado. Vamos, escrota.

4

Kierra

Dias atuais

— Por que você demorou tanto? — sussurrou Henry quando voltei para a festa.

Ele me analisou de cima a baixo antes de fazer cara feia. Estava nítido que não tinha gostado da minha nova roupa, mas não podia dizer isso em um salão cheio dos seus colegas de trabalho e amigos.

— Desculpa. Precisei encontrar outra roupa. — Passei as mãos levemente trêmulas pelo vestido, enquanto meus olhos percorriam o salão, em busca de Gabriel. Quando meu olhar voltou a encontrar o de Henry, me permiti abrir um sorrisinho falso. — Como estou?

— Desleixada — murmurou ele antes de entrelaçar meu braço ao seu. — Vamos tentar de novo. E prefiro que você não passe vergonha desta vez.

— Sim, querido — respondi, sarcástica. — Vou ser sua robô perfeitinha.

Henry me deu um leve beliscão no braço como resposta, e soltei um gemido baixo, mas não dei outro pio. Ele nos levou até Gabriel e a ruiva. Meu estômago começou a se revirar quando paramos diante dos dois.

— Vamos tentar essa apresentação de novo — disse Henry, sorrindo, fazendo que sim com a cabeça para Gabriel. Era desconcertante a rapidez com que o humor do meu marido mudava na frente dos outros. Parecia que seu rosto era coberto por uma máscara perfeita, exceto quando estávamos juntos. — Querida, esse é Gabriel Sinclair, da GS Arquitetura, e Ramona, sócia dele — continuou.

Sócia?

Não namorada?

O jeito como meu estômago se desembrulhou de leve diante dessa notícia devia ter sido um grande sinal de alerta.

— E essa é a minha esposa linda, brilhante e bem-sucedida, Kierra — disse Henry.

— Bem que eu queria sempre ser apresentada desse jeito — disse meio de brincadeira.

Se Henry sempre me tratasse como fazia na frente dos outros, eu estaria de quatro por ele. Eram as conversas a sós que me faziam desprezá-lo. A questão mais difícil sobre meu marido era como ele olhava para mim na frente dos outros comparado à forma como agia na privacidade da nossa vida. Eu nunca conheci um homem que parecia o paraíso em público, mas era um inferno doloroso nas sombras. Ele era a definição de um belo demônio.

Ofereci a mão para Ramona primeiro.

— É um prazer conhecê-los.

— O prazer é todo nosso — disse Gabriel ao estender a mão para mim.

Quando a palma dele tocou a minha, senti um calor pelo corpo e me esforcei muito para impedir as lágrimas de escorrerem. Devo ter segurado a mão dele por tempo demais. Devo ter deixado a mão dele úmida com o excesso de suor da minha. Devo ter parecido um animal assustado quando nossos olhares se encontraram. Mesmo assim, não conseguia olhar para mais nada.

Ele soltou minha mão.

Imediatamente senti falta do seu calor.

Esfreguei a palma suada na lateral do vestido e dei outro sorriso forçado.

— E como vocês três se conhecem?

— Eu já disse — respondeu Henry. — Ele é o arquiteto responsável pela obra.

Fiquei boquiaberta.

— Então ele é *o* Gabriel? — perguntei, chocada. Voltei a encarar Gabriel. — Henry diz que você é um dos três melhores arquitetos do mundo.

Gabriel soltou uma risada que marcou sua covinha esquerda, como se tivesse sido esculpida pelo próprio Michelangelo.

— Nem quero saber quem são os outros dois. Sou um homem orgulhoso e acabaria começando uma competição para me tornar o melhor.

— Minha esposa não falou por mal — comentou Henry. — Às vezes, ela fala sem pensar.

Ah, vai se ferrar, Henry.

Eu sorri.

— Pois é. Não quis dizer de um jeito ruim. É muito impressionante.

A mão de Gabriel esfregou sua barba curta.

— Não me senti ofendido. Não sou tão sensível assim. E obrigado. Foi bom ouvir isso. Estou surpreso por não termos nos conhecido antes. Henry fala tão bem de você...

Eu não estava surpresa por não termos nos conhecido. Henry me deixava de fora de muita coisa. Fazia só uma semana que eu havia descoberto que a planta da casa nova estava pronta. Uma equipe tinha vindo remover árvores, pedras e entulho do terreno. Tive que forçar Ava a não atrapalhar, porque ela era fascinada por obras e arquitetura. Ela ficava mais obcecada por prédios que por livros, o que queria dizer muito.

Nossa, Gabriel estava incrível! Tão maduro. Nunca o imaginei de barba quando éramos mais novos, mas combinava com ele. Ele parecia tão... adulto. Um adulto bonito com barba. Eu apostava que havia alguma pessoa por aí apaixonada por ele. Como alguém não se apaixonaria por um rosto e um corpo como aqueles? Ele era alto, bonito e gostoso. E com certeza não se vestia mais feito um sapo.

Era Armani agora, pelo visto.

— Arquiteto — murmurei, fascinada. — Você sempre quis ser arquiteto. — Os três me encararam como se eu fosse louca. Balancei a cabeça. — Perdão. Era para ser uma pergunta. Você sempre quis ser arquiteto?

Eu sabia a resposta, porque o conhecia.

A resposta era sim.

Como o pai.

— Quis, por muito tempo. Meu pai era arquiteto. Ele faleceu quando eu era pequeno, e, infelizmente, não tenho muitas lembranças dele. Sofri um acidente quando era adolescente e tive amnésia.

— Ah, é? — deixei escapar, fingindo não saber cada porcaria de detalhe, porque eu estava lá na noite em que tudo aconteceu.

— Pois é. — Ele abriu um sorriso, mas parecia um pouco triste. — Mas, pelas histórias que minha mãe conta, eu admirava bastante meu pai. Pareceu certo seguir os passos dele. Passei muito tempo analisando suas plantas. Elas estão emolduradas no meu escritório. Ele era genial. Espero que esteja orgulhoso de mim. Apesar de não ter muitas lembranças dele, ainda sinto a necessidade de deixá-lo orgulhoso.

— Ele te amava tanto — falei, sem querer.

De novo, olhares estranhos vindo dos três.

Para minha sorte, Lena saiu da cozinha e anunciou:

— Desculpem interromper, mas o jantar está pronto, se quiserem se sentar.

Salva por frango assado, macarrão cremoso e purê de batata.

Henry gesticulou para que Gabriel e Ramona seguissem para a sala de jantar, guiando-me atrás deles. Ele se inclinou e sussurrou:

— Qual é o seu problema?!

Forcei um sorrisinho e balancei a cabeça.

— Desculpa. Estou cansada.

— Bom, acorde. Você está me fazendo passar vergonha.

Eu, Henry e Ava morávamos em um terreno com mais de vinte hectares. Quando compramos a propriedade, só havia uma casa pequena nela. Era bom morar lá, principalmente depois de todos os problemas que tínhamos tido com pessoas perseguindo meu marido. Depois desses momentos assustadores, eu queria que pouca gente soubesse onde morávamos. Nunca vou me esquecer da noite em que saí de casa e me deparei com uma mulher encapuzada revirando as minhas latas de lixo. Ela saiu correndo antes de eu conseguir ver o rosto, e nossas câmeras não conseguiram capturá-lo, mas não foi a primeira vez que encontramos pessoas à espreita. O lado negativo de ser casada com um visionário como Henry era que ele tinha tanto inimigos quanto fãs obcecados.

Eu me sentia confortável sabendo que estávamos em segurança. De vez em quando, brigava com Henry pelo fato de seus jantares extravagantes colocarem nosso isolamento em risco. Do jeito que as festas dele eram, não demoraria muito para as pessoas descobrirem nosso novo endereço.

Ele dizia que eu estava fazendo drama e que as câmeras de segurança no terreno eram as melhores do mercado, já que ele mesmo as havia desenvolvido. Ele acreditava que só precisávamos de mais espaço para aumentar nossa segurança, não de menos festas regadas a álcool.

Mesmo na nossa casa atual, conseguíamos organizar jantares com vinte convidados, então eu ficava pensando que "casa pequena" era uma questão de perspectiva.

Com base nas ideias de Henry para a casa nova, receberíamos centenas de pessoas nas próximas festas com facilidade. Eu achava que viver em uma casa tão grande seria frio e solitário no dia a dia, mas Henry não se importava com minha opinião. Tentei convencê-lo de que tamanho não é documento, mas ele disse que tinha uma visão.

Essa "visão" era construir a maior *smart home* do mundo, com tecnologia de ponta. Ele foi atrás do arquiteto certo para o projeto, e eis que encontrou Gabriel.

Meu Gabriel.

O Gabriel que já foi meu, na verdade.

Durante todo o jantar, eu me forcei a não passar tempo demais encarando Gabriel, olhando na direção dele apenas o suficiente para parecer que eu não estava evitando contato visual por completo. Sem dúvidas, foi o jantar mais desconfortável da minha vida, e eu já tinha jantado com um grupo de cirurgiões que adoravam contar histórias nojentas à mesa.

Após a refeição, o grupo passaria mais algumas horas conversando e ouvindo música. Henry tinha contratado um jazzista para se apresentar, e eu tinha quase certeza de que haveria um show de fogos de artifício. Sempre havia fogos de artifício nas festas de Henry Hughes.

Eu odiava os fogos. Eles sempre me causavam calafrios.

A casa estava tomada por risadas, mas eu me sentia muito desorientada e triste.

Tão dolorosamente triste...

Depois de uma infinidade de conversas superficiais, pedi licença e fui dar uma volta no quintal. Eu estava desesperada por ar fresco para desanuviar meus pensamentos atordoados. Uma parte imensa de mim havia deixado Gabriel Sinclair no passado. Eu o havia enterrado no fundo da minha mente depois que sua mãe me proibiu de voltar a vê-lo.

E agora ele estava aqui.

O ar do fim da primavera soprou pela minha pele quando parei do lado de fora, sentindo o aroma das árvores que me cercavam. O sol havia se posto poucas horas antes, e as únicas luzes vinham de dentro de casa. Quanto mais altas ficavam as risadas ao longe, mais uísque era servido. Henry já devia estar bêbado a esta altura, prestes a começar a tocar piano. Eu tinha certeza de que ele também já tinha dado um de seus discursos — discursos que costumavam se prolongar demais.

Eu gostava da imobilidade do terreno quando estava sozinha. Gostava da calmaria dele depois de viver por tanto tempo na cidade. Havia algo tão tranquilo no silêncio da terra quando não havia mais ninguém por perto. Eu gostava de acordar e tomar meu café enquanto o sol começava a despertar e os pássaros cantavam baixinho suas canções matinais.

Henry fazia piada dizendo que o terreno era tão grande que, se gritássemos, ninguém nos escutaria. E isso parecia ser verdade mesmo.

— Você está na cozinha agora — retumbou uma voz, interrompendo minha calmaria. Eu me virei e encontrei Gabriel parado ali.

Ele abriu um sorriso discreto e gesticulou para o chão. — E, se der alguns passos para a esquerda, vai estar na copa.

Meus batimentos cardíacos confusos começaram a desacelerar um pouco. Dei um passo para a esquerda.

— Aqui?

Ele se aproximou, segurou meus ombros e me moveu mais dois passos para a esquerda.

— Aqui.

Abri um sorriso.

— É uma copa muito boa.

— Muito boa mesmo.

Ele tirou o paletó e o colocou sobre os meus ombros. O vento estava frio para uma noite do fim da primavera, e ele deve ter percebido que eu estava tremendo um pouco.

Então dobrou as mangas da camisa de botão. Isso não me surpreendia. Gabriel sempre foi calorento. Eu podia apostar que ele seria capaz de sair no meio de uma nevasca e reclamar que o tempo estava abafado.

Ele esfregou o nariz com um dedo antes de apontar para longe.

— Ali vai ser a suíte master, com dois closets.

— Não vou te dedurar se você fizer o meu closet um *pouquinho* maior do que o dele — brinquei.

Ele se inclinou para perto de mim e sussurrou:

— Já é maior.

— Eu sabia que gostava de você.

Ele sorriu, exibindo aquela covinha de novo, e meu corpo se arrepiou todo. Nossa, como eu tinha sentido saudade dos sorrisos dele. Não havia me dado conta de quanto sentia falta deles até reencontrá-los naquela noite. Os sorrisos de Gabriel eram calorosos e preguiçosos ao mesmo tempo. Como se fossem algo que ele criava sem a menor dificuldade. Seus sorrisos eram como um amor estável, aguardado: seguros e fáceis.

Mas estar perto dele me causava um turbilhão de emoções. Nossa proximidade só me fazia querer chegar ainda mais perto. Eu queria sentir o calor que sua mera existência irradiava. Ele parecia tão... feliz. E confiante. Isso me deixava contente, porque ele era o oposto disso na última vez que nos vimos. Gabriel havia encontrado sua própria felicidade. Ninguém a merecia mais que ele.

Com quem ele compartilhava essa alegria? Quem agora recebia o fantasma do meu antigo amor?

— E ali? — perguntei, tirando o foco dele e tentando dissipar o frio na barriga que eu não deveria estar sentindo. Precisava manter os pés no chão.

Ele enfiou as mãos nos bolsos e arqueou uma sobrancelha.

— É a sala de estar.

— E aqui? — perguntei, seguindo para a direita.

— O espaço de meditação.

— Você medita?

— Toda manhã, antes de fazer ioga.

Arqueei uma sobrancelha.

— Você faz ioga?

— Faz bem para o meu corpo e para a minha alma. Caso contrário, eu provavelmente seria todo travado.

Soltei uma risada.

— Tentei convencer Henry a fazer ioga, mas ele diz que é coisa de mulher.

— Henry mencionou que a sala de meditação era para você fazer ioga.

— É, foi a única coisa que pedi. Ele assumiu o controle do resto do planejamento, mas eu queria ter um espaço que fosse só meu.

— Que bom, Kierra. Você merece.

Eu não sabia por quê, mas ouvir meu nome saindo de sua boca me deu vontade de chorar. Então voltei a me mexer.

— Ah, ah, e aqui? — perguntei, dando passos largos pelo terreno vazio.

— Aí fica... — Ele franziu as sobrancelhas e inclinou a cabeça como se tentasse se lembrar da planta.

— Não tem problema se não souber. Sei que é quase impossível se lembrar de...

Parei de falar, porque ele ergueu a mão.

— Não, eu sei o que é — declarou ele, então franziu o nariz. — O único problema é que acho que você está parada em dois lugares ao mesmo tempo. Seu pé esquerdo está na sala de estar, e o direito, no salão de jantar.

— Sempre quis estar em dois lugares ao mesmo tempo.

— Isso é muito *Um amor para recordar* da sua parte — brincou ele.

Ergui uma sobrancelha.

— Você já viu esse filme?

Óbvio que ele já tinha visto. Eu o obriguei a assistir comigo dezenas de vezes quando éramos mais novos. Ele odiava, mas sempre assistia comigo. Será que se lembrava disso? Será que se lembrava de mim? Era por isso que tinha mencionado o filme? Como um sinal de que sabia quem eu tinha sido e estava tentando me dizer? Era por isso que ele havia saído para me encontrar? Para me dizer que...

— Minha ex adorava — explicou ele.

Minha leve esperança murchou no mesmo instante.

Por que eu estava com vontade de chorar de novo?

Eu queria fazer uma infinidade de perguntas que ele não poderia responder. Trilhões de pensamentos bombardeavam minha mente enquanto eu olhava nos olhos do homem que já me conheceu um dia. Como ele lidava com a perda do irmão? Como foi quando a mãe lhe contou o que havia acontecido com Elijah? Eu queria perguntar tudo para ele, mas não sabia quais limites poderia cruzar. Da última vez que vi a mãe dele, Amma deixou claro que não queria que eu tivesse mais contato com seu filho. Ela me fez prometer, anos antes, que eu manteria distância. Foi a promessa mais difícil que já cumpri, mas era o mínimo que eu podia fazer depois de ter causado tanto mal. Eu sentia que não merecia Gabriel, que não merecia seu amor nem sua amizade.

Mas aqui estava ele, parado diante de mim, lembrando-me de todas as memórias que construímos. Uma avalanche de emoções percorreu meu corpo enquanto as lembranças eram desbloqueadas, e ele não parecia se recordar de nenhuma. Um milhão de perguntas inundaram minha mente sobre ele e a pessoa que tinha se tornado enquanto ele me encarava como se não passássemos de desconhecidos.

Você está apaixonado por alguém? Quem foi a última pessoa que partiu seu coração? Você ainda escova os dentes com a mão não dominante? Sua mãe abriu a padaria? Você ainda acha que tem sonhos coloridos? Qual é o seu restaurante preferido hoje em dia? Você tem algum animal de estimação? Você ainda joga beisebol por diversão? Qual é sua memória preferida dos últimos vinte anos? Como você lida com fracassos? Quando foi a última vez que você chorou? Você se lembra de alguma coisa do passado? Alguma memória voltou? Foi muito doloroso saber da morte de Elijah? Seu coração está bem? Ele se curou? Você se lembra de mim em algum lugar no seu inconsciente? Qualquer detalhe pequeno, minúsculo de nós? Existem fragmentos de mim nos seus pensamentos? Quando você olha para mim agora, seu coração perde um pouco o compasso?

Gabriel deu um passo na minha direção, ainda com as mãos nos bolsos. Seus movimentos eram confiantes, e seus olhos demonstravam interesse enquanto ele se aproximava.

— Tenho uma pergunta esquisita para te fazer.

Engoli em seco.

— Tudo bem. Pode perguntar.

— A gente... — Sua voz falhou. Ele balançou de leve a cabeça. — A gente...

— Gabriel — chamou alguém da direção de casa. Eu me virei e vi Ramona vindo até nós, segurando dois casacos. Gabriel deu um passo para se afastar de mim. Ele balançou a cabeça enquanto se virava para Ramona e abria um sorriso. Ela chegou mais perto, um pouco ofegante. — Peguei os nossos casacos. Podemos ir. — Os olhos azuis dela me encontraram, e ela olhou ao redor. — Gabriel estava te contando os planos?

— Estava, sim. Vai ficar incrível.

— Pode acreditar, você não faz ideia. Ele é genial — insistiu ela, cutucando o braço dele.

Ah.

Ela estava apaixonada por ele.

Fiquei me perguntando se Gabriel sabia.

Ramona permaneceu ao lado dele.

— Mas é melhor a gente ir, já que você tem um dia cheio no escritório amanhã.

— Você trabalha nos fins de semana? — perguntei, um pouco chocada.

— Essa época é agitada — respondeu ele.

— Toda época é agitada — rebateu Ramona. — Gabriel é meio viciado em trabalho. Tento convencê-lo a tirar férias, mas a cabeça dele não para nunca. — Ela ofereceu a mão para mim. — Foi um prazer te conhecer, Kierra. Obrigada por nos convidar para um dos jantares *do* Henry Hughes. São tão incríveis quanto ouvi dizer.

Apertei a mão dela.

— Que bom que você se divertiu.

— Me diverti é pouco. Foi maravilhoso. Posso perguntar... Como é ser casada com o futuro da tecnologia? Mal consigo assimilar o quanto Henry é inteligente. E bonito também. Deve ser incrível ter um marido como ele.

Soltei uma risada baixa.

— É, no mínimo, interessante. Henry é muito talentoso. Isso é inegável.

— E bonito — insistiu Ramona.

Gabriel franziu o cenho e pegou seu casaco, que Ramona segurava.

— Obrigado de novo pelo jantar, Kierra. — Ele estendeu a mão para mim, e eu a apertei. — Tenho certeza de que vamos nos ver bastante nos próximos meses.

— Mal posso esperar — respondi. — Uma boa noite para vocês.

Os dois agradeceram e começaram a se afastar. Fiquei analisando Gabriel até esfregar meus braços e sentir o paletó dele me cobrindo.

— Ah, espera! Gabriel! — chamei.

Ele olhou por cima do ombro e me viu sacudindo o paletó no ar. Ele sussurrou algo para Ramona, e ela acenou que sim com a cabeça antes de seguir para a frente da casa, onde o carro deles esperava. Gabriel voltou até mim.

— Desculpa, quase roubei seu paletó — falei, devolvendo-o.

— Sem problema. E desculpa pelos comentários de Ramona sobre Henry. Ela deve ter tomado um pouco mais de vinho do que deveria.

— Não se preocupe. Henry é bonito. Sempre me dizem isso. E nossos jantares sempre têm muita bebida. Faz parte da experiência Henry Hughes. Em geral, os convidados chegam dirigindo e vão embora de táxi.

Gabriel não sorriu desta vez. Não parecia nem estar me escutando. Ele hesitou como se tivesse voltado a se perder em pensamentos. Sua boca abriu, então ele disse:

— Isso vai parecer loucura, mas juro que já te vi antes.

Ele falou como se fosse uma pergunta.

Engoli em seco.

— Eu...

Ele estreitou os olhos e balançou a cabeça.

— Você costuma pegar café na Florence?

Meu estômago embrulhou. Fiz que sim com a cabeça.

— Costumo. Passo lá todo dia, antes do trabalho.

Ele estalou os dedos.

— É isso. É de lá que te conheço. Também passo lá todo dia.

Nossos caminhos já tinham se cruzado na Padaria Florence? Quantas vezes? Já havíamos nos esbarrado? Seu braço havia roçado o meu? Havia quantos meses que frequentávamos o mesmo espaço, respirando o mesmo ar? Como eu não tinha notado a presença dele? Tudo bem, a Florence vivia lotada, mas, mesmo assim... Eu não acreditava que tinha passado meses tão perto dele, mas tão distante.

Era um pouco doloroso saber que ele só me reconhecia de lá. Era óbvio que não se lembrava de mim. Era óbvio que Amma tinha se certificado de nunca contar nada sobre mim para o filho. Parte de mim se ressentia disso, mas uma parte maior entendia. Eu já havia tirado tanto da vida deles... O mínimo que podia fazer era manter a promessa que tinha feito para a mãe de Gabriel durante o período mais sombrio da vida dela. Principalmente porque aqueles dias terríveis foram causados por mim.

Além do mais, Gabriel parecia bem. Ele parecia feliz. Descobrir nossa conexão provavelmente só serviria para acrescentar confusão à sua vida. Tudo que eu queria, tudo que sempre quis, era que ele fosse feliz. Mesmo que isso significasse não ter qualquer lembrança de mim.

— O café de lá é incrível — comentei, sem saber o que mais falar.

— Os muffins de canela também.

Eu sorri.

— Sempre compro os muffins de canela. Chego lá mais cedo, porque eles sempre acabam. *Nunca* fico sem meu muffin de canela.

Ele pareceu surpreso.

— Nunca?

— Nunca.

— Já passei horas chorando por não ter conseguido comprar um — brincou ele. — E, agora, tenho quase certeza de que é você que compra o último antes de mim.

Dei de ombros com um olhar sabichão de alegria.

— A culpa é sua por chegar tarde demais. Você precisa se esforçar mais.

— Isso pareceu um desafio.

— Só sei que nunca vou ficar sem meu muffin. Eu brigo com quem for por ele. Ele deixa as minhas manhãs tão melhores.

— Então você trabalha no centro da cidade?

— Trabalho. Sou terapeuta.

— Ah. — Ele fez que sim com a cabeça. — Faz sentido.

Dei risada.

— Faz?

— Faz.

— Por quê?

— Porque tenho talento para interpretar as pessoas. Estou sempre analisando os outros. Sou especialista em duas coisas: arquitetura e observar pessoas.

— É mesmo?

— É. — Ele sorriu. — E você tem um quê de terapeuta.

Estreitei os olhos.

— Não sei se isso é bom ou ruim.

— É bom — disse ele. — Muito bom.

— Como é que eu tenho um quê de terapeuta?

— Bom... — Ele esfregou a bochecha. — Quando você conversa com as pessoas, conversa *de verdade*, e presta atenção como se elas estivessem contando uma notícia importante. Você olha para elas como se aquela fosse a conversa mais importante do mundo. Eu te vi passar uns quinze minutos conversando com Marc Christian sobre pedras lá dentro, e você parecia bem interessada.

— Foi uma conversa muito interessante. Adoro conversar sobre a coleção de pedras de um homem adulto — brinquei.

— Não foi nada interessante, e a voz de Marc é monótona. Quase dormi enquanto escutava a conversa.

— Bem que achei que tinha ouvido alguém roncar.

— Devo ter roncado mesmo quando ele começou a falar sobre lustrar as pedras. Depois disso, foi impossível resistir.

Ele fez sons de ronco, e soltei uma gargalhada.

Nossa, ele tinha me feito rir mais nos últimos minutos do que Henry nos últimos três anos.

— Não tenho como me defender. Gosto de saber o que as pessoas pensam. Mesmo que elas pensem sobre pedras — falei.

— Faz sentido, dona terapeuta.

Antes de eu conseguir responder, o céu se iluminou com fogos de artifício. Nosso olhar se voltou para o alto, e o sorriso preguiçoso retornou ao rosto de Gabriel. Enquanto ele olhava para o céu, eu olhava para ele.

— Não me analise, dona terapeuta — sussurrou Gabriel, sentindo meu olhar. — Meus pensamentos são meio bagunçados e confusos.

— É assim que eu gosto.

— Ai, nossa, Gabriel! Olha só! Fogos! — exclamou Ramona, ressurgindo do nada e apontando para o céu.

De algum jeito, ela havia voltado com outra taça de champanhe.

Gabriel fez um sinal de joinha para Ramona enquanto ela girava, seu vestido rodando, e encarava o céu como se tivesse acabado de se deparar com uma nova dimensão. Muitos "ahhhs" e "ohhhs".

— É melhor eu levá-la para casa — murmurou Gabriel. — Boa noite, Kierra.

Ele começou a se virar, mas, antes de se afastar demais, o chamei.

— Gabriel?

Ele voltou a me encarar, e senti um frio na barriga ao reencontrar seus olhos carinhosos.

— Oi?

— Você é feliz?

— Feliz?

— É. Desculpa, sei que é uma pergunta muito aleatória, mas estou curiosa. Você é feliz com a sua vida?

Ele passou a mão pelo cabelo.

— A vida tem altos e baixos, mas eu tendo a ser feliz.

Meu coração tumultuado se reconfortou com essa resposta.

— Continue assim, tá?

O sorriso caloroso, preguiçoso, voltou aos seus lábios fartos.

— Vou me esforçar. Bom fim de semana. Quem sabe na segunda eu consigo te vencer e pegar o último muffin de canela.

— Não ameace a minha vida desse jeito.

— Que a sorte esteja sempre a seu favor — disse ele, fazendo uma leve mesura e me encantando com a referência surpresa a *Jogos vorazes*.

Ele começou a se afastar. E, por um instante, cogitei ir à Florence e passar a manhã toda esperando apenas para brigar com Gabriel pelo último muffin de canela.

5

Gabriel

— Nossa, foi incrível! Você acredita que a gente esteve numa das festas *do* Henry Hughes? Esses eventos são lendários! E a gente estava lá! — exclamou Ramona enquanto desabava no banco do carona do meu carro. Ela passou a mão pelo cabelo ruivo bagunçado, balançando a cabeça, descrente. — Aposto que as festas em *O grande Gatsby* eram bem assim. Ai, nossa. E ele é tão inteligente. Foi tipo conversar com Einstein.

Analisei a rua escura à frente enquanto Ramona tagarelava, empolgada. A festa tinha sido impressionante, isso era verdade, mas nosso objetivo não era socializar, como Ramona tinha feito. Pelo contrário, ela havia ultrapassado limites demais.

— Achei que a gente tivesse concordado em tomar no máximo três drinques — respondi, mantendo as mãos grudadas no volante forrado de couro.

Eu mesmo só tinha bebido um, mas porque sabia que ainda estava trabalhando. Se as pessoas não eram da minha família ou minhas amigas, então eram colegas de trabalho ou clientes, e minha filosofia era que colegas de trabalho e clientes não deviam me ver bêbado. Isso me tornaria humano demais aos olhos deles, o que nunca dava certo.

Sempre se é mais respeitado pelas pessoas quando se exala certo ar de mistério. Se o virem descontrolado, fazem questão de esfregar isso na sua cara como um jeito de mostrar que têm poder sobre você. Eu havia aprendido isso da maneira mais difícil.

— Ah, deixa de palhaçada. Todo mundo estava bêbado — comentou ela.

— Eu não estava.

— Porque você é chato. — Ela vasculhou sua bolsinha de mão e pegou dois chicletes. Ela os jogou dentro da boca e os mastigou feito um camelo. — Então... o que a gente vai fazer agora? — perguntou ela, enrolando uma mecha de cabelo no dedo.

Quando eu disse que tinha aprendido minha lição do jeito mais difícil?

Ramona era meu jeito difícil.

Noites demais no escritório levaram a transas demais.

A gente só tinha transado uma vez, mas, como eu disse, uma vez já tinha sido muito.

E agora ela achava apropriado me chamar de chato e perguntar o que faríamos depois de uma festa.

— A gente não vai fazer nada. Eu vou te levar para casa e depois vou te ver no trabalho.

— *Ou* — ofereceu ela — você pode ir lá para casa.

— Ramona — falei em um tom sério.

Ela fez beicinho.

— Gabriel.

— A gente já conversou sobre isso. O que aconteceu entre nós foi...

— Bom pra caralho — cantarolou ela, bêbada. — Gostei muito daquele negócio que você fez com a língua quando lambeu a minha bun...

— *Ramona.*

— *Gabriel.*

— Você está bêbada.

— Estou. — Ela abriu as pernas e desceu a mão entre elas. — E com tesão.

Eu a ignorei, e isso a deixou indignada.

— Às vezes você é um saco. Eu me divertia mais quando você bebia.

— Claro que se divertia. Eu não era eu mesmo quando bebia.

— Eu poderia aprender a me divertir com você sóbrio também.

Eu já sabia como seria a conversa no dia seguinte de manhã. Ela chegaria ao trabalho e diria que não se lembrava de nada da noite anterior, apesar de provavelmente lembrar. Já havia acontecido algumas vezes. Depois de confraternizações de fim de ano. Em comemorações no trabalho. Ramona era especialista em dar em cima de mim quando estava bêbada e depois fingir que nada havia acontecido.

Não foi ruim ficar com Ramona. Ela era linda e boa de cama, mas a questão não era essa. A questão era que, desde aquela vez, ela me olhava com esperança. Como se, um dia, eu fosse lhe dar mais do que aquela única noite. E era uma questão e tanto, porque eu não me entregava a ninguém.

Minha mãe gostava de dizer que eu era mulherengo. Eu não queria me envolver de verdade com mulher nenhuma. Nunca senti essa vontade. Eu adorava mulheres — de verdade. De todas as formas, tamanhos e sabores. Ainda assim, eu tinha uma regra firme sobre elas: quando começavam a me olhar com esperança, eu terminava tudo. Era para o bem delas. Não havia nada de bom em se apaixonar por um homem como eu. Minha vida era minha carreira, e não havia espaço para muitas outras coisas dentro do meu mundo.

E era por isso que eu estava achando estranho continuar pensando em Kierra depois da festa. Em geral, eu não me misturava muito; mas, por algum motivo, eu tinha passado a noite toda me voltando para ela, como um ímã. Eu me pegava procurando por ela o tempo todo. Por quê? Eu não fazia a menor ideia. Minha única certeza era de que algo nela parecia... certo. Eu não era a pessoa mais sociável do mundo. Nunca fui alguém que buscava conexões, mas algo em Kierra Hughes me dava a estranha vontade de acordar cedo para comprar a porcaria de um muffin.

Kierra era linda. Mais deslumbrante, impossível. Pele marrom bela e macia, olhos castanho-escuros hipnotizantes, lábios fartos pintados de vermelho. Ela usava joias de ouro e um vestido que abraçava todas as curvas do corpo. E tinha cheiro de gardênia. Gardênia e madressilva.

Merda, por que eu sabia disso? Por que o cheiro dela tinha se infiltrado pelas minhas narinas em todas as ocasiões que nossos caminhos se cruzaram naquela noite?

— Será que eles transam muito? — perguntou Ramona, interrompendo meus pensamentos.

— O quê?

— Henry e a esposa dele.

— Por que raios você está me perguntando isso?

— É só que ele é brilhante, e fiquei curiosa para saber se ele é brilhante em todas as áreas da vida.

— Talvez fosse melhor você não pensar na vida sexual dos nossos clientes — resmunguei.

— Será que ele usa os vibradores que inventa com ela? Para testar os protótipos. Henry me contou que vai lançar uma linha de brinquedos eróticos robóticos.

Pelo amor de...

Ela havia mesmo conversado com Henry Hughes sobre brinquedos eróticos?

Isso me incomodava de todas as formas possíveis. A falta de profissionalismo de Ramona tinha limites? Ela já era grandinha demais para se comportar de um jeito tão inapropriado.

Apertei o volante.

— Talvez fosse melhor a gente não conversar com os clientes sobre brinquedos eróticos — comentei, ecoando o que tinha dito antes.

De canto de olho, vi o sorrisinho presunçoso dela.

— Por quê? Ficou com ciúme?

Não falei mais nada.

Ela resmungou alguma coisa e virou de costas para mim. Era nítido que estava irritada por eu ter voltado a ser o chefe ranzinza de sempre, mas não me importava. Para falar a verdade, foi um alívio chegar ao prédio dela. Ramona saiu do carro, ainda se recusando a olhar para mim.

— Beba água — aconselhei.

Ela deu meia-volta e mostrou o dedo do meio.

— Ah, não fode, Gabriel.

Não quero mesmo. Foder foi exatamente o que nos trouxe a essa situação desconfortável.

— Até amanhã no escritório — falei.

— Vou me atrasar — prometeu ela.

Eu tinha certeza de que cumpriria essa promessa.

Depois de me afastar do prédio de Ramona, segui para minha casa com a mente cheia de imagens de Kierra. Eu não entendia por que ainda não estava conseguindo tirá-la da cabeça. Ainda conseguia ver seu sorriso e seus lábios fartos, carnudos.

Quando entrei em casa, fui recebido pelo meu pastor-alemão, Coquinho, que sempre me cumprimentava com a maior empolgação do mundo. Então ele me seguia feito uma sombra. Fui direto para o escritório e peguei meu caderno de desenhos, me sentando apenas com a luz fraca da luminária da escrivaninha iluminando o papel. Coquinho se deitou aos meus pés.

Sempre que minha mente ficava muito ocupada com imagens, eu as desenhava. Fazia isso desde que me entendia por gente. Desenhar era uma válvula de escape. A maioria dos desenhos emoldurados pela casa eram instantâneos de momentos da minha mente.

Então, em vez de dormir, desenhei o que me lembrava de Kierra Hughes.

As pernas longas, torneadas.

As maçãs do rosto proeminentes.

O rabo de cavalo comprido, liso.

Eu a desenhei sorrindo, porque era assim que ela parecia viver na minha mente. Ela irradiava uma beleza que eu antes acreditava existir apenas nos meus sonhos. E ela também era muito legal. Sincera. Como se quisesse ter certeza de que todo mundo estava bem. Henry parecia o oposto da esposa. Enquanto ele adorava exibir os próprios talentos, Kierra preferia ouvir sobre os outros.

Fiquei acordado até tarde desenhando Kierra Hughes no caderno. Quando fui para a cama, eram quase três da manhã. Isso não era surpresa. Eu dormia pouco. Era uma pessoa tanto matutina quanto notívaga, o que significava que passava boa parte do tempo funcionando a base de café e orações.

Deitado na cama, fiquei torcendo para a segunda-feira chegar rápido. Para o bem ou para o mal, eu estaria na Florence, esperando por um muffin de canela e por Kierra Hughes.

No dia seguinte, no trabalho, fiz de tudo para me manter ocupado. Ramona continuava me ignorando, mas eu não me importava. Se ela fizesse seu trabalho direito, poderia me ignorar o quanto quisesse. Pena que Ramona era metade pessoa, metade pé no meu saco.

— Fiz um chá para você — disse ela ao entrar na minha sala.

Enquanto baixava a xícara, derramou chá na minha mesa, fazendo com que eu pulasse da cadeira. Depressa, juntei todos os papéis à minha frente, tentando diminuir o estrago.

— Porra, Ramona! — berrei, pegando o celular, que agora estava pingando chá. — O que você está fazendo? Eu nem bebo chá.

— Ah, não? — perguntou ela em um tom sarcástico. — Pelo visto, parece que eu não te conheço mesmo, Sr. Sinclair.

Soltei um gemido.

Ora, ora, ora, veja só.

Se não são as consequências dos meus próprios atos.

— Ramona — comecei.

— Sim, Sr. Sinclair?

— Por que você está me chamando de Sr. Sinclair?

— Porque achei que seria inapropriado te chamar de "babaca". Quase tão inapropriado quanto você enfiar a língua em mim num fim de semana e me ignorar no outro.

Pisquei algumas vezes antes de fazer que sim com a cabeça.

— Beleza. Pode me chamar de Sr. Sinclair então.

— Ah, vai se foder, Gabriel.

Ela bufou enquanto girava sobre os calcanhares, então saiu da minha sala batendo os pés.

Encarei a bagunça na minha mesa, sabendo que a culpa era só minha. Por algum motivo, eu estava chocado por Ramona não ter seguido sua rotina habitual de "Fiquei tão bêbada que não me lembro de nada do que aconteceu ontem", mas, se ela tivesse seguido essa linha, não poderia se vangloriar para o pessoal do escritório de ter ido a uma festa de Henry Hughes. Era como se ela tivesse tirado cara ou coroa para decidir o que valeria mais a pena, e a festa imperdível foi a vencedora. O que significava que eu receberia chá derramado e mau humor de Ramona.

Fui para a copa, peguei algumas folhas de papel-toalha e voltei para minha sala, para limpar o resultado do desdém daquela mulher.

— Talvez um dia você aprenda a escutar sua mãe quando ela diz que onde se ganha o pão não se come a carne — ouvi enquanto terminava de limpar a mesa.

Olhei para a frente e vi minha mãe parada na minha sala, exibindo um sorrisinho que parecia dizer: "Eu bem que avisei." Apesar de ser uma mulher pequena, ela sempre fazia com que eu me sentisse um garoto quando me olhava daquele jeito.

Minha mãe trabalhava na GS Arquitetura. Fazia cinco anos que era a gerente administrativa do escritório. Eu disse que ela devia aproveitar a aposentadoria depois de passar a vida inteira trabalhando. Também disse que ela jamais precisaria se preocupar com dinheiro, levando em consideração que eu tinha dado sorte nos negócios. O sucesso que havia encontrado ao longo dos anos era incrível, e eu sabia que não teria nada disso se não tivesse recebido o apoio da minha mãe durante alguns dos momentos mais sombrios da minha vida.

Se eu era bem-sucedido, ela era bem-sucedida. Simples assim.

Mas ela era trabalhadora. Não gostava de receber nada de mão beijada, então, quando me disse que queria continuar trabalhando, fez todo o sentido do mundo criar uma vaga para ela. Gerente administrativa era o cargo perfeito, já que minha mãe era especialista em administrar tudo, inclusive a minha vida.

— Não tenho a menor ideia do que você está falando — respondi enquanto colocava os documentos para secar.

Por sorte, nenhuma das minhas plantas estava no caminho de Ramona.

Minha mãe balançou a cabeça.

— Não é possível que você pense que sou tão ingênua assim. Eu sei que você ficou com Ramona.

— Como você sabe?

— Porque Ramona não tem o menor talento para esconder as emoções. Posso ser velha, mas ainda consigo juntar os pontos. — Ela se sentou diante da minha mesa. — Como foi a festa ontem?

— No mínimo interessante. Henry Hughes é o que se espera.

— Meio exibido? — perguntou ela.

— Exatamente. Para ele, tudo é um evento. — Peguei o celular. — Ele quis tirar fotos na frente do terreno onde vamos construir a casa. Disse que era um bom jeito de atrair sua casa dos sonhos. E aí me contou uma história sobre ter visto um urso-polar enquanto fazia uma trilha no Alasca.

Virei o celular para mostrar as fotos para minha mãe. Assim que as viu, o sorrisinho no rosto dela desapareceu.

— Quem é essa do lado dele? — perguntou ela. — Parece familiar, mas não sei de onde a conheço.

— Pensei a mesma coisa. É a esposa dele, Kierra. Parece que ela gosta de ir à Florence. Vocês já devem ter se cruzado por lá.

Ela se recostou na cadeira, ainda encarando a foto como se tivesse visto um fantasma. Então balançou um pouco a cabeça.

— Deve ser de lá mesmo. — Devolveu o celular e sorriu de novo. — Henry Hughes parece o tipo que mentiria sobre ver ursos-polares. Todas as minhas amigas do clube do livro têm pelo menos um apetrecho dele em casa. Falam dele como se fosse algum santo. Quando contei que você ia projetar a casa dele e que tinha sido convidado para uma festa, gemeram de um jeito que parecia que estavam tendo orgasmos múltiplos.

— Eu não queria imaginar as suas amigas tendo orgasmos múltiplos.

— Nós somos velhas, mas ainda somos humanas, Gabriel. A gente ainda gosta de...

— Mãe — alertei. — Para, por favor. Estou começando a me perguntar que tipo de livro vocês leem nesse clube.

— O tipo que sempre tem um final feliz. Nada de suspense. Só prazer, nada dessas histórias meio não fode nem sai de cima.

Puta merda, minha mãe tinha acabado de falar "não fode nem sai de cima"?

Eu caí no sono e estava preso em um pesadelo terrível?

— Tá bom, mãe. Já chega.

Ela se inclinou para perto de mim e sussurrou:

— Estou falando de livros eróticos, Gabriel. Com finais felizes, é claro. Gosto de uma pornografia mais romântica, se é que você me entende.

— Preciso que essa conversa nunca mais aconteça, por favor.

Ela riu.

— Você ainda vai trabalhar muito? Que tal irmos jantar mais cedo? Já acabei por aqui, e achei que seria legal sairmos para comer alguma coisa.

Ela sempre me convidava para jantar depois que terminava de trabalhar. Eu sempre recusava.

— A verdade é que vou trabalhar até tarde hoje — respondi, voltando a me sentar.

— Trabalho, trabalho, trabalho. — Ela balançou a cabeça enquanto se levantava. — Um dia, Gabriel, você vai jantar comigo. E, um dia, você vai começar a viver a *vida* em vez de viver o *trabalho.*

— Meu trabalho é minha vida.

— Eu sei. — Ela franziu a testa enquanto dava a volta na mesa para me dar um beijo na testa. — É por isso que me preocupo. Uma boa noite para você. E não fique aqui até tarde. O mundo vai além dessa sala. Talvez você devesse baixar um desses aplicativos de namoro que os jovens usam. Encontrar uma garota legal.

— Mãe.

Ela jogou as mãos para o alto, desistindo.

— Só estou comentando. Queria ter uma nora um dia. Uma nora que não trabalhe nesse escritório.

Abri um sorriso.

— Já aprendi a lição. Nada de sexo no trabalho.

— Bom garoto. — Minha mãe começou a seguir para a porta, então se virou por um instante. — Gabriel?

— Oi?

— Você me disse o que achou de Henry Hughes, mas não do que achou da esposa dele. Além de que ela parecia familiar.

— Ah, bom, ela parece... simpática.

Minha mãe ergueu as sobrancelhas.

— Simpática? Só isso? Foi só isso que você sentiu?

— É. Ela é simpática.

E linda, e charmosa, e engraçada, e inteligente, e esperta, e, sim... Simpática.

6

Kierra

Às vezes, eu me perguntava se odiava casamentos como um todo ou apenas o meu.

Meu marido não me enxergava, mesmo quando eu estava bem diante dele, implorando por atenção. Eu não tinha mais o hábito de implorar tanto assim, é claro. Ele parecia tão desconectado que não faria sentido. Mas, nos fins de semana, sempre jantávamos juntos em casa. Lena só trabalhava em dias úteis, então eu adorava assumir o controle da cozinha. Ava sempre pedia seus pratos preferidos, e eu passava horas cozinhando para deixar tudo pronto.

Henry vivia mencionando que gostava mais da comida de Lena do que da minha, mas Ava achava que eu era a melhor chef do mundo. Eu duvidava que Ava achasse isso mesmo, mas era assim que ela me tratava.

— Está delicioso, mãe — jurou ela naquela noite de sábado, enfiando uma garfada de bolo de carne na boca. — O melhor que você já fez.

Sorrindo, agradeci o elogio, o mesmo que sempre fazia quando eu preparava qualquer coisa para ela.

Eu me perguntava como aquela garota tinha se tornado tão fofa. Ela com certeza não tinha puxado ao pai nesse sentido.

Também me perguntava se algum dia o meu coração deixaria de se inundar de alegria sempre que ela me chamava de mãe. Quando conheci Henry, Ava só tinha 5 anos. Os dois estavam jantando na velha lanchonete onde eu trabalhava, e eu não conseguia tirar os olhos da doce Ava. Tudo nela era uma graça.

Então ela derrubou seu achocolatado na mesa — e no colo de Henry.

— Eita, filha! — exclamou Henry, dando um pulo e sacudindo a calça.

Fui correndo até lá com um pano de prato para ajudar a limpar a bagunça. Comecei a secar a mesa enquanto Henry murmurava um pedido de desculpas.

— É, dicupa — disse Ava, exibindo a janelinha dos dois dentes da frente.

Então ela franziu a testa e pegou a caneca caída.

— Não tem problema. Não precisa chorar pelo chocolate derramado. O importante é que conseguimos limpar rápido — falei antes de me virar para Henry, oferecendo-lhe um pano limpo.

Ele sorriu, e sua expressão pareceu muito segura e verdadeira.

— Obrigado... hum...

— Kierra.

Ele fez que sim com a cabeça e começou a limpar a calça.

— Obrigado, Kierra.

— Eu sou Ava! — mencionou a garotinha, surpreendentemente alto. — E o meu pai não tem namorada!

Eu ri enquanto Henry lançava um olhar sério para ela.

— Ava!

— O quê? — Ela deu de ombros. — Você me disse pra falar isso quando ela voltasse.

Eu levei a mão à cintura.

— Então o achocolatado derramado era só parte do plano? Ela estava sendo sua ajudante?

Henry deu risada.

— Não, mas eu falei mesmo que você era bonita.

— Dá o seu número pra ela, pai — disse Ava.

Ela havia sido um ótimo cupido.

Nos anos seguintes, ela só me chamava de Kierra. Foi só quando eu e Henry nos casamos, durante o jantar na festa, que Ava se aproximou de mim e perguntou se poderia me chamar de mãe.

Eu chorei enquanto a abraçava.

Aquele foi oficialmente o melhor dia da minha vida.

Desde então, sempre que ela dizia "mãe", eu ficava ainda mais convicta da minha promessa de permanecer na sua vida para sempre.

Eu sempre me perguntava se teria insistido no relacionamento por tanto tempo se não fosse por Ava. Eu me perguntava se teria aceitado o pedido de casamento de Henry. Eu me perguntava até se teria me interessado por Henry. Eu me perguntava se teria ido embora na primeira vez em que ele gritou comigo. Eu me perguntava se teria feito as malas quando ele me xingou e apertou meu pulso com força demais. Caramba, eu me perguntava se teria desistido depois da primeira vez em que saímos, quando não senti um frio na barriga. Mas nenhuma dessas perguntas fazia diferença, porque eu não me apaixonei apenas por Henry; eu me apaixonei pela filha dele. Eu sabia que, se deixasse Henry, teria que deixar Ava também. E esse risco era muito alto para mim.

Além do mais, se a crueldade de Henry fosse direcionada a mim e não a Ava, suas palavras duras e suas criticas não me incomodariam. Sem dúvida, eu preferia que fosse comigo e não com a minha filha. Eu conseguia lidar com o mau humor de Henry e seus comentários maldosos se isso significasse que Ava passaria ilesa.

E, apesar de Henry não me tratar bem, ele amava a filha, e Ava também amava o pai. Ela o admirava como se ele fosse o melhor homem do mundo. Eu jamais iria querer mudar essa visão dela.

— Está meio seco — mencionou Henry enquanto cortava sua fatia de bolo de carne.

Passei o molho para ele.

Ele me agradeceu e se serviu de muito mais molho do que era necessário.

Depois do jantar, passei um tempo com Ava enquanto Henry foi trabalhar no escritório. Ficamos deitadas na cama, vendo os livros de arquitetura que ela havia ganhado de aniversário. Ava estava apaixonada pelo mundo da arquitetura e tinha certeza de que seria a melhor arquiteta da história. Teria ficado empolgadíssima se tivesse conhecido Gabriel. Eu adorava mergulhar em suas visões e sonhos para o futuro. Adorava que ela os compartilhava comigo. Por um tempo, eu temia que ela se afastasse de mim na adolescência, mas estávamos mais próximas do que nunca. Ela havia até me contado de que tinha sofrido bullying por causa do peso. Eu tinha me oferecido para ajudar e marcar um horário com um terapeuta. Mas saber que ela se sentia segura para desabafar comigo era mais importante que qualquer coisa. Eu sempre estaria lá para ela.

Depois que ela foi dormir, segui para o quarto para me preparar para a cama. Encontrei Henry já deitado, com uma dezena de livros espalhados ao redor. Se havia uma coisa que o meu marido fazia era pesquisar tecnologias para sua empresa. Na metade do tempo, seus livros ocupavam mais espaço na nossa cama que eu.

Lavei o rosto e coloquei o pijama antes de me acomodar no meu lado do colchão. Era um *California king*. Às vezes, eu me sentia muito distante dele naquela cama, mas não éramos um casal grudento. Seria uma surpresa se nossos pés sequer se encostassem embaixo da coberta.

Apaguei minha luminária e afofei um pouco o travesseiro antes de me acomodar para dormir.

— Daqui a pouco apago a luz — disse Henry ao virar uma página do livro. — Só mais uma hora, talvez.

— Tudo bem. — Eu me virei para encará-lo. Meu coração estava um pouco tumultuado naquela noite. Uma parte dele estava na cama com Ava, outra parte pensava em Gabriel, e o restante permanecia pairando sobre o quarto que eu dividia com Henry. — Henry?

— Hum?

— Nós somos felizes?

Ele olhou para mim e baixou os óculos por um instante antes de voltar para o livro.

— Não vamos fazer isso hoje, Kierra.

— Como assim?

— Ficar fazendo essas perguntas idiotas. É claro que somos felizes. Nós temos tudo que precisamos.

— Tipo?

— *Dinheiro* — respondeu ele. — Sucesso e Ava. Eu tenho tudo que preciso.

— Tem alguma coisa que eu poderia fazer para te deixar mais feliz?

Ele se aproximou de mim e sorriu antes de beijar a minha cabeça.

— Você podia dormir e parar de pensar demais.

— Tá bom. — Eu me ajeitei um pouco antes de me virar de costas para ele. — Boa noite.

— Boa noite.

Caí no sono e dormi um pouco antes de ser acordada por Henry, que sacudia meu braço.

— Ei, Kierra. Acorda.

Resmunguei um pouco e esfreguei os olhos.

— O que foi?

— Eu estava pensando na sua pergunta. Sobre como você poderia me deixar mais feliz.

Eu me virei, um pouco surpresa.

— Você me acordou por causa disso?

— Ã-hã. Eu acabaria esquecendo se não te falasse.

— Tudo bem. — Bocejei. — O que eu posso fazer?

— Beber diferente.

Eu me sentei.

— O quê?

— Nos jantares. Você sempre usa batom vermelho... e aí bebe em partes diferentes da borda do copo e suja tudo de batom. Eu ficaria mais feliz se você bebesse sempre no mesmo lugar. É vergonhoso deixar as pessoas verem onde você bebe.

Eu ri, balançando a cabeça.

— Tá, beleza, Henry. — O olhar intenso dele me pegou de surpresa. Eu endireitei a postura. — Você está falando sério.

— Estou. É ridículo. Uma mulher adulta não deveria deixar três marcas diferentes de batom em um copo.

Ah.

Nossa.

— Vou tentar melhorar — murmurei, voltando a me deitar.

— Não é para tentar, é para melhorar. Você não é boba. Consegue não sujar tudo de batom. Nem Ava faz isso — disse ele antes de apagar a própria luminária. — Boa noite.

Quando a segunda-feira chegou, decidi pular meu muffin matinal e ir direto para o trabalho. Eu não estava pronta para encarar outro encontro aparentemente inocente com Gabriel, apesar de uma parte imensa de mim querer vê-lo de novo. Em vez disso, precisava ouvir uma das opiniões que mais valorizava sobre minha situação.

— Em uma escala de um a dez, quão problemático seria se eu retomasse o contato com uma pessoa do passado que foi meu melhor amigo e meu primeiro amor? Que não tem lembrança nenhuma de mim porque perdeu a memória? — perguntei assim que entrei na sala de descanso do trabalho e vi Joseph passando um café.

Ele se virou para me encarar e arqueou uma sobrancelha.

— Boa segunda para você também.

— Ah, é. Desculpa. Boa segunda. Como foi a viagem? Espero que tenha sido incrível, e, só por curiosidade... — Fui até a bancada onde ficava a cafeteira, dei um pulo para me sentar nela e balancei os pés para a frente e para trás. — Em uma escala de um a dez, quão problemático seria se eu retomasse o contato com uma pessoa do passado que não tem lembrança nenhuma de mim, apesar de ter sido a parte mais importante da minha vida até eu ter quase 20 anos? E aí ele apareceu aleatoriamente no jantar do meu marido como o arquiteto que vai construir a nossa casa nova. E ele tinha a sensação de que a gente se conhecia, mas não se *lembrava* de onde, apesar de uma parte enorme de mim desejar que ele lembrasse, mas não quero que ele se lembre de *tudo*, porque nem tudo foi *bom*, mas também nem tudo foi *ruim*.

Joseph soltou uma risada, colocou adoçante demais no café e ergueu a caneca.

— Que novela mexicana. Andou vendo *Jane the Virgin* de novo?

— Bem que eu queria que fosse novela. Uma novela não me deixaria com um embrulho no estômago.

Ele arqueou uma sobrancelha.

— Isso aconteceu mesmo?

— Do jeito que expliquei.

— Nossa — disse ele, arfando. — Imagino que você já esteja remoendo isso há um tempo.

— Há umas cinquenta e muitas horas.

— E o que está pensando em fazer?

Mordi o lábio inferior.

— Não sei. É por isso que estou perguntando ao homem mais velho e mais sábio na sala de descanso.

Joseph riu.

— Idade e sabedoria não são a mesma coisa.

— É, mas você parece ter as duas para dar e vender.

Ele estreitou os olhos, olhou para o relógio, então disse:

— Tenho meia hora antes do meu primeiro paciente. O que aconteceu?

Contei a história para ele. A história toda sobre mim e Gabriel e nosso passado juntos. Contei sobre os dias bons e as noites ruins. Ele me escutou com atenção, sem desviar o olhar. O jeito como absorvia cada palavra sempre fazia com que eu me sentisse segura. Seus pacientes deviam se sentir da mesma forma.

— Entendi. — Ele esfregou o queixo com a palma da mão. — Agora, minha pergunta é: você quer minha resposta como amigo ou como terapeuta?

— Como amigo. Sei quanto você cobra pela hora, e está fora do meu orçamento — falei meio brincando.

— Bom, como seu amigo, vou dizer o seguinte... Meu conselho não faz diferença.

Ergui as sobrancelhas.

— O quê? Como não?

— Porque a vida não é minha e nunca passei pelas dificuldades e pelas alegrias da sua situação específica. Então não tenho como demonstrar a intensidade emocional e a compreensão que o seu coração precisa para tomar uma decisão. Você poderia pedir a opinião de um milhão de pessoas, e o conselho delas não faria diferença alguma, porque a situação é sua, não delas.

Soltei um suspiro.

— *Esse* foi um conselho de terapeuta. É um bom conselho, mas de terapeuta.

Ele deu de ombros.

— Meus conselhos de amigo e de terapeuta se misturam às vezes.

Torci o nariz e resmunguei antes de me dar um tapa no rosto.

— Tudo bem, mas e se você pudesse me fazer o favor de compartilhar seus pensamentos sobre o que faria em um mundo fictício em que estivesse na minha situação?

— Primeiro, tenho algumas perguntas.

— Manda bala.

— Você sente falta da sua amizade com ele?

— Isso já faz uma eternidade.

— O tempo não determina se sentimos falta de uma amizade.

Fiz que sim com a cabeça.

— Sinto falta da amizade.

— E, se não retomasse o contato com ele, se arrependeria?

— Acho que sim. Pelo resto da vida.

— Então, se eu estivesse no seu lugar... — Ele fez uma pausa e tomou um gole do café. — Eu diria oi de novo para o meu velho melhor amigo.

Um calafrio percorreu o meu corpo enquanto as palavras saíam da boca dele, porque era exatamente isso que eu estava pensando. Se não aproveitasse a oportunidade de me conectar com Gabriel e confirmar se ele realmente não se lembrava de nada do que tinha acontecido entre nós, me arrependeria para sempre. Porque, se eu tivesse a chance de reencontrá-lo, de reencontrar a versão antiga dele, da qual sentia tanta falta, eu iria querer.

— Obrigada, Joseph — falei, pulando da bancada.

— Ã-hã, mas sabe o que eu também faria? — perguntou ele.

— O quê?

— Contaria ao meu marido sobre a situação toda só para garantir que ele estivesse inteirado de tudo.

Resmunguei.

— É. Imaginei que você diria isso.

Era um bom conselho, mas eu não sabia se estava pronta para ter essa conversa com Henry.

Durante o horário de almoço, só para garantir que eu tinha recebido todas as opiniões possíveis, liguei para minha melhor amiga, Rosie, para contar sobre a situação. Seria útil ouvir seu ponto de vista, já que ela conhecia tanto eu quanto Gabriel na época do ensino médio. Além do mais, Rosie parecia viver em um estado de fantasia de que eu precisava às vezes em vez da praticidade realista de Joseph.

Eu e Rosie nos encontramos em uma lanchonete antiga que ficava no meio do caminho entre nossos trabalhos. Ao contrário de Joseph, a reação de Rosie foi mais animada.

— Ai, nossa, você está de sacanagem! — exclamou ela, sentada à minha frente na cabine.

Ela bateu as mãos na mesa de madeira, arregalando os olhos azuis. Seu cabelo loiro-avermelhado balançou sobre os ombros enquanto ela estava em choque.

Ela havia mudado o cabelo desde nosso último encontro, que tinha sido na terça passada. Fazia dois meses que nos encontrávamos toda semana para planejar o casamento dela com seu noivo, Wesley, a única pessoa que fez minha amiga extremamente independente que não acreditava em relacionamentos acreditar no amor e no casamento.

Quanto mais velha Rosie ficava, mais se parecia com a mãe, uma mulher asiática belíssima com cabelo preto liso. Desde criança, Rosie gostava de pintar o cabelo para se parecer menos com os pais. Os dois ficavam malucos com isso.

— Tipo, o *seu* Gabriel? — perguntou ela.

— Ele não é exatamente meu, mas, sim. Ele.

— Ai, nossa. — Ela se recostou no banco, embasbacada. — E ele continua sem se lembrar de nada?

— Ã-hã.

— Então... ele não se lembra de ser apaixonado por você?

— Não.

— Ele não se lembra de *nada* sobre você?

— De nada.

— Mas... tudo que vocês viveram juntos... — As mãos dela caíram sobre o peito, sobre o coração. — Você era tudo para ele, Kierra. Você e Elijah.

Meus olhos ficaram marejados só de ouvir o nome de Elijah.

Olhei para a tatuagem no meu pulso. As pegadas de um pinguim, um sapo e um urso subindo meu braço. Um lembrete diário do meu passado com Gabriel e o pequeno Elijah. Um lembrete diário de como a vida tinha sido e como nunca voltaria a ser.

Pisquei, e minha mente voltou no tempo. Pisquei e consegui sentir o vento frio daquela primeira madrugada do ano.

— Não se preocupem, meninos — gritei. — Eu dirijo.

— Kierra... — Rosie esticou o braço sobre a mesa e tocou meu antebraço, trazendo-me de volta à realidade. — Isso é bem pesado.

Ela estava com os olhos cheios de lágrimas. Se havia alguém que sabia a profundidade das feridas daquele acidente era Rosie. Foi ela que ficou do meu lado durante todo aquele período. Foi ela quem me abraçou enquanto eu passava noites chorando. Foi ela quem me disse que daria tudo certo, embora eu tivesse certeza absoluta de que isso jamais seria verdade.

— É pesado. E não sei o que fazer. Me diz o que fazer. Me dá um conselho.

— Não sei. Parece que a gente está em um episódio bizarro de *Black Mirror*.

— Joseph disse *Jane the Virgin*.

— Parece algo que Joseph diria.

Suspirei e peguei meu copo de água para tomar um gole. Minha boca parecia seca enquanto eu remoía as emoções.

— É tão complicado...

— Você precisa continuar falando com ele — declarou ela. — Isso é certo. Não só ele vai construir a sua casa como é o Gabriel.

— Eu sei. — Era Gabriel. Meu amor de conto de fadas. — Joseph disse que eu devia contar para Henry.

Rosie se esforçou para não revirar os olhos. Não era segredo que Henry e Rosie não se davam bem. Ela não reclamava muito dele depois de tantos anos, mas não fazia questão de fingir que o suportava.

— Joseph te diria mesmo para ser uma esposa responsável. Joseph não sabe de nada. — Ela bufou. — É terrível ser adulto.

— Nem me fala.

— Então, quando vou me encontrar com ele?

— O quê?

— Com Gabriel. Beleza, ele era o amor da sua vida, mas ele também era meu amigo. E estou louca para ver como você se comporta com ele.

Eu ri.

— Não vai rolar.

— Como assim? Fala sério! Você sabe que eu adoro situações desconfortáveis. Vou ser o alívio cômico da sua tragédia.

— De jeito nenhum.

— É só vocês darem outro jantar. Adoro os jantares de Henry.

— Você *odeia* os jantares de Henry.

— É verdade. — Ela fez que sim com a cabeça. — Eles são metidos demais para o meu gosto e nunca tem queijo empanado suficiente. Mas eu com certeza iria se pudesse ver você sendo toda esquisita e desajeitada perto de Gabriel Sinclair.

— Por que você acha que eu seria esquisita e desajeitada perto de Gabriel?

Ela balançou a cabeça e deu um tapinha na minha mão.

— Ah, Kierra, minha amiga. Porque eu te conheço bem demais. Aposto que você derramou alguma coisa quando o viu.

Revirei os olhos.

— Vamos mudar de assunto.

Ela apontou um dedo para mim, séria.

— Você derramou *mesmo* alguma coisa.

— Em cima de mim mesma, sim.

— Eu sabia. — Ela levou a mão ao meu prato e roubou minhas batatas. — Mas é meio empolgante, né?

— O quê?

— Você e Gabriel se reencontrando depois de tanto tempo. E, só para deixar claro, você não precisa seguir o conselho de Joseph. Eu quase nunca escuto o que meu terapeuta fala. Acho que é opcional.

Dei uma risada.

— Acho que muitos dos meus pacientes também pensam assim.

Quando voltei para o trabalho, fui pega de surpresa ao me deparar com alguém que não esperava encontrar na recepção, sentada em uma cadeira. Inclinei a cabeça para o lado enquanto observava aquele fantasma do passado.

— Amma — sussurrei, chocada ao ver a mãe de Gabriel sentada à minha frente.

Assim que falei seu nome, ela se levantou da cadeira. Apertou a bolsa contra o peito e soltou um suspiro ao me encarar.

— Oi, Kierra.

Estreitei os olhos enquanto meu coração acelerava.

— O que você está fazendo...

— Você esbarrou com o meu filho no fim de semana — disse ela, a voz tão grave quanto da última vez em que nos falamos.

Bem, a verdade era que, na última vez em que nos falamos, a seriedade dela estava saturada de tristeza e desespero. A tristeza e o desespero que eu tinha causado. Na época, eu tinha quase certeza de que nunca mais a veria de novo, mas, por algum motivo estranho, o passado estava se misturando ao presente.

Minha mente continuava girando depois do encontro com Gabriel no fim de semana. Ver Amma me deu a sensação de que meu cérebro simplesmente explodiria. Não apenas por termos nos distanciado de forma tão traumática para nós duas mas porque vê-la ali me fez viajar no tempo para aquele dia. Eu tentava evitar muitas coisas na vida, e as lembranças de Amma e do dia do acidente estavam no topo dessa lista.

— É — falei, olhando ao redor da recepção. — Você quer conversar no meu consultório?

— Não, vai ser rápido. Só queria dizer uma coisa. — Ela deu um passo na minha direção. — Fique longe dele, Kierra.

Balancei de leve a cabeça.

— Como assim?

— É exatamente o que eu disse agora e anos atrás. Quero que você fique longe do meu filho.

— Amma, eu não procurei Gabriel. Eu nem imaginava que ele seria o arquiteto da casa.

Ela revirou os olhos.

— Ah, tá. Até parece que vou acreditar nisso. Por acaso você não tinha a menor ideia de quem trabalharia na sua casa?

— É isso mesmo — respondi. — Meu marido planejou tudo. Fiquei chocada quando vi Gabriel na minha casa no fim de semana. Juro que não tive nada a ver com isso.

Ela tocou o lóbulo da orelha e começou a esfregá-lo, algo que costumava fazer sempre que se sentia desconfortável e incerta. Eu sabia disso porque a conhecia. Por muito tempo, Amma foi como uma segunda mãe para mim. Na época, ela era uma das minhas cinco pessoas preferidas. Infelizmente, pessoas preferidas mudam com o tempo e podem perder esse posto.

Eu tinha perdido o posto de pessoa preferida dela havia anos e sabia que nunca o recuperaria.

Amma cruzou os braços.

— Bom, isso não faz diferença nenhuma para mim. Fique longe dele.

— Eu... não posso fazer isso. Ainda mais porque ele vai passar muito tempo no nosso terreno, e talvez eu precise ajudar com os planos. Olha só, entendo por que essa situação é desconfortável, principalmente porque Gabriel não se lembra de mim, mas não vou fazer nada para machucá-lo.

Ela bufou como se não acreditasse em mim.

Isso doeu mais do que ela poderia imaginar. Gabriel era a última pessoa, além de Ava, que eu iria querer magoar. Se pudesse sentir todo o sofrimento do mundo para que ele não sofresse, eu o faria. E foi exatamente por isso que me afastei tantos anos antes: pelo bem-estar dele e da mãe. Amma jurou que minha presença deixaria a vida de Gabriel pior, e eu acreditei nela. Então fiz a coisa mais difícil da minha vida: eu me despedi do meu melhor amigo, da outra metade do meu coração.

— Bom, então acho melhor você não falar do passado. Isso não faria bem a ele. Especialmente se tratando de Elijah. Não fale dele — ordenou ela.

Meu estômago ficou embrulhado.

Elijah.

Era a primeira vez que eu ouvia outra pessoa, além de Rosie, dizer o nome dele em anos. Apesar de eu ter passado anos escrevendo cartas para ele toda semana. Não havia um momento em que eu não pensasse em Elijah. Mas fiquei enjoada ao ouvir Amma falar dele daquele jeito.

— Por que não posso falar sobre ele? E se ele mencionar Elijah em alguma conversa?

— Ele não vai fazer isso, acredite em mim.

— Por que não? — perguntei, com medo da resposta que ela poderia me dar, da resposta que eu sabia ser verdade pelo medo que surgiu nos olhos castanhos dela. Senti um aperto no peito enquanto as lágrimas ardiam nos meus olhos. *Ai, nossa...* — Você não contou para ele — sussurrei, chocada.

— Isso não é da sua conta.

Fiquei sem ar.

Ela nunca contou de Elijah para Gabriel.

— Amma. — Minha mente lutava para entrar no modo terapeuta com aquela revelação. — Não tem como você ter passado tanto tempo sem contar para Gabriel de Elijah.

Minha mente não conseguia entender aquilo. Como ela poderia ter escondido um irmão de Gabriel? Era impossível.

Ela endireitou a postura, jogou os ombros para trás, e um olhar angustiado tomou seu rosto.

— Você não faz ideia de como foi tudo para mim. Frank me deixou depois que Elijah morreu. Ele disse que não aguentava ficar comigo e com Gabriel quando seu filho tinha morrido. Não soube lidar com o luto e estar comigo. Fiquei sozinha com Gabriel e fiz o melhor que pude. Você não sabe pelo que passei. Pelo que passei por sua causa, então não ouse julgar qualquer escolha que eu tenha feito para o meu filho e para mim. Você não sabe como foi. Você não estava lá.

— Porque eu respeitei o seu pedido. Eu teria estado lá se você tivesse deixado. Eu podia ter te ajudado a contar para Gabriel. Eu podia ter te ajudado com as coisas.

— *Me ajudado?* — Ela bufou, balançando de leve a cabeça. — Você teria me ajudado com as coisas? É sério, Kierra?

— É, é sério. Eu teria te apoiado. Eu teria...

— *Você matou o meu filho!* — berrou ela, lágrimas inundando seus olhos. Sua voz falhou enquanto ela apontava um dedo para mim. — Você causou tudo isso! Você é o motivo para eu ter tido que resolver qualquer coisa. Você é o motivo pelo qual eu vivo esse pesadelo há todos esses anos. Então como ousa dizer que me ajudaria? Como ousa me julgar por não ter contado para Gabriel de, de...

Ela respirou fundo, controlando-se para não desmoronar. Se havia uma coisa que Amma nunca fazia era desmoronar. Pelo menos não em público. Ela ficou imóvel por tempo suficiente para as lágrimas secarem nos olhos.

Respirou fundo e soltou o ar devagar antes de dizer:

— Só não fale de nada que tenha acontecido antes do acidente, tá?

Eu não sabia o que dizer, então concordei com seu pedido.

— Tudo bem. Mas, Amma... você precisa contar para ele de Elijah. Você precisa.

Não era justo esconder de Gabriel uma parte tão importante da história dele. Uma coisa era apagar a minha participação no mundo dele, mas Elijah? Não. Elijah merecia ser lembrado. Gabriel merecia saber todos os detalhes sobre o lindo irmão caçula.

— Não venha me dizer o que devo fazer. Você vive com os seus demônios. Eu vivo com os meus.

— Amma...

Ela fez cara feia ao correr os olhos pela recepção e mudou de assunto.

— Terapeuta, hein?

Embora eu não me sentisse confortável com a mudança de rumo da conversa, não criei caso. Às vezes, certos assuntos eram difíceis demais para serem debatidos por muito tempo.

— É.

— Você fez doutorado?

— Fiz.

— Então é uma doutora.

— Sou.

Ela fechou ainda mais a cara enquanto as rugas de risada se transformavam em uma carranca.

— Então você ajuda as pessoas.

— Eu me esforço para isso, sim.

A tensão entre nós era intensa, e eu sabia que a conversa não chegaria a nenhum lugar positivo. As emoções de Amma estavam à flor da pele, e dava para perceber no seu olhar que eu estava prestes a me tornar seu saco de pancadas.

Ela balançou a cabeça em desaprovação.

— Você tenta ajudar as pessoas para compensar algum tipo de carma que tenha acumulado ao longo dos anos? — sibilou Amma, a voz carregada de desdém e ressentimento. — É assim que você tenta compensar o que fez no passado? Que tenta compensar o fato de ter matado o meu Elijah?

Em vez de responder, parei por um instante.

Minha mãe me ensinou que, quando as coisas esquentam na cozinha, o melhor é abaixar o fogo e não deixar o que quer que seja ferver e transbordar, causando uma bagunça maior ainda. Com o tempo, aprendi a falar devagar e de forma ponderada. Só porque a panela de Amma estava transbordando não significava que a minha precisava fazer o mesmo.

Eu podia ter me comportado como ela. Eu podia tê-la atacado com palavras, porque ela queria ofender a mim e ao meu caráter. Eu podia ter permitido que seus comentários me quebrassem em mil caquinhos. Eu podia tê-la xingado de uma infinidade de coisas, porque ela não parecia ter problema algum em me atacar.

Em vez disso, fiquei parada e falei poucas palavras. Palavras carregadas de verdade e tristeza.

— Sinto muito por você continuar sofrendo, Amma.

Os olhos dela brilharam de tristeza, e isso partiu uma pequena parte de mim.

Então me virei e me retirei daquela situação.

Entrei no meu consultório e fechei a porta. Minhas costas foram de encontro à porta fechada, e respirei fundo algumas vezes de olhos fechados. Meu corpo começou a entrar em pane com os sentimentos atordoantes dos últimos dias. Eu sempre dizia aos meus pacientes que, quando não lidamos com problemas internos, eles se manifestam do lado de fora. O corpo fica doente, se machuca, ou desliza por uma porta fechada, esvaindo-se em lágrimas.

As palavras de Amma me machucaram tanto porque carregavam uma grande quantidade de verdade. Eu matei o filho dela.

E passei a vida fazendo de tudo para me perdoar por um erro pontual que cobrou um preço altíssimo de Amma.

Porque eu *matei* o *filho* dela.

Quando fechei os olhos, voltei no tempo.

Noite de Ano-Novo.

Era aniversário de Elijah, nosso bebezinho do Réveillon.

Comemoramos na casa de Amma antes de ela precisar ir para o trabalho, para cobrir o turno da noite. Gabriel queria que a gente ficasse em casa, comendo besteira e vendo televisão, mas eu queria ir à colina Sky, onde havia um tobogã de neve funcionando a noite toda. Parecia muito legal, e haveria um show de fogos no topo da colina à meia-noite.

— Ou a gente pode ficar comendo bolo de aniversário e jogar algum jogo — sugeriu Gabriel pela centésima vez.

— Ou a gente pode ir no tobogã! — rebati pela centésima primeira vez.

— Tobogã na neve! — exclamou Elijah.

Alguém bateu à porta do consultório, obrigando-me a voltar para a realidade.

— Kierra? Você está bem? — perguntou Joseph do outro lado. — Pareceu uma conversa difícil, pelo que escutei.

— Estou bem — respondi, balançando a cabeça para afastar as memórias. — Está tudo bem.

7

Kierra

Na manhã seguinte, tentei ignorar toda a ansiedade que havia se acumulado em mim nos últimos dias. Eu me sentia mais que exausta, porque não conseguia dormir. O problema de ser mãe é que, mesmo no meio de um ataque de ansiedade, você ainda precisa cuidar de alguém além de si mesma. Então, embora meu corpo quisesse desligar, se encolher em posição fetal e passar setenta e duas horas seguidas se debulhando em lágrimas, havia outro ser humano que eu precisava manter vivo e alimentado e um emprego em que as pessoas desabafavam comigo sobre suas dificuldades.

Sendo assim, meus próprios problemas precisavam ficar de lado por um tempo. Eu simplesmente continuaria ignorando a crise. Parecia a atitude mais saudável. Até terça de manhã, quando uma inconveniência minúscula foi a gota d'água.

— Desculpa, Kierra, os muffins de canela acabaram — disse Claire quando chegou minha vez de ser atendida na Florence na manhã do dia seguinte a Amma me lembrar do pior momento da minha vida. A última coisa que eu precisava era do baque de não conseguir comprar um muffin de canela. Eu sabia que era ridículo, mas quase caí no choro ao saber que havia acabado. — Na verdade, também estamos sem a torra escura do café — continuou Claire. — Mas temos a torra clara.

Desgraça pouca é bobagem.

— Tá, tudo bem. Pode ser — respondi, sentindo-me desanimada.

Depois que ela registrou minha compra e me entregou o café, eu me virei e trombei em um corpo, derrubando o café no peito firme que acertei.

— *Merda!* — berrou ele, dando um pulo para trás.

Olhei para cima e me deparei com Gabriel, segurando um saco de papel pardo, o sobretudo de caxemira ensopado de café pelando.

— Ai, nossa, me desculpa — falei enquanto começava a esfregar seu casaco.

— Você disse que nem sempre era tão desastrada, mas estou começando a achar que mentiu para mim.

— Ai, puxa, pois é, eu sei, desculpa. Me desculpa. — As lágrimas que se acumulavam no fundo dos meus olhos abriram caminho para a superfície e começaram a escorrer pelas bochechas enquanto eu continuava esfregando o casaco dele. — Me desculpa mesmo, eu...

Gabriel segurou meu braço e me fez parar de esfregar excessivamente.

— Kierra. Está tudo bem. Eu estava só brincando. — Levantei a cabeça para encontrar seu olhar. No momento em que nossos olhos se encontraram, o rosto dele foi tomado por uma preocupação genuína. Ele levou a mão ao meu ombro. — Você está chorando? Está tudo bem?

— Não — respondi, então balancei a cabeça. — Quer dizer, sim, estou bem, e não, não estou chorando.

Ele arqueou uma sobrancelha.

— Estou vendo as lágrimas escorrendo pelo seu rosto.

— É alergia — menti.

— Não é alergia.

— É alergia, sim.

— Kierra.

— Oi?

— Você não sabe mentir.

Comecei a chorar ainda mais e cobri o rosto de vergonha. O acúmulo de tensão dos últimos dias finalmente estava saindo do meu controle e eu não sabia o que fazer.

— Eu estraguei o seu casaco! — tagarelei, tendo um colapso nervoso no meio da padaria.

— Ah, não. Não. Ei, está tudo bem. — Gabriel passou um braço pelos meus ombros e me puxou para um canto. — Não tem problema. Na verdade, odeio esse casaco. Já tem dias, *semanas*, que fico esperando alguém derramar café quente nele só para eu poder jogá-lo fora — brincou.

Chorei ainda mais, porque ele estava sendo muito legal comigo. Porque essa era a pessoa que Gabriel sempre foi: um cara muito legal. Ele começou a esfregar minhas costas para me acalmar. Eu estava morrendo de vergonha do meu colapso nervoso, mas ele parecia lidar com a situação com tranquilidade.

— Me desculpa mesmo — murmurei, secando as lágrimas. — Que vergonha.

— Na verdade, já sei qual é o problema de verdade. Sei o que está acontecendo.

Ergui uma sobrancelha enquanto o meu coração ia parar no estômago. Ele sabia? Amma havia contado para ele?

— Você sabe?

— Ã-hã. — Ele fez uma careta. — Sei.

Ai, nossa.

— Gabriel...

— Comprei todos os seis muffins de canela, só para você entender quanto já sofri. — Ele ergueu o saco de papel e o sacudiu. — Mas não achei que você fosse chorar desse jeito. Eu não imaginava que os muffins eram tão importantes assim para você.

Ele não sabia.

Fiquei na dúvida se isso me deixava aliviada ou deprimida.

Forcei uma risada.

— Você tem razão. Foi exatamente por isso que tive uma crise de choro.

Eu me esforcei para recuperar a calma.

Gabriel me ofereceu o saco. Ele franziu de leve a testa.

— Estou me sentindo um babaca por ter feito você chorar. Só queria te provocar, mas pretendia te dar os muffins.

— Bom, pois é, você devia mesmo se sentir mal — brinquei.

Ele franziu a testa.

Bati no seu braço.

— É brincadeira, mas você está me devendo os muffins mesmo. Estou até disposta a dividir um com você, se comprar outro café para mim.

— Só se você tirar quinze minutos para tomar o café comigo e dar uma olhada na planta que vou mandar para o seu marido mais tarde.

Abri um sorriso.

— Combinado. Pegue uma mesa enquanto dou um pulo no banheiro para me ajeitar e não continuar com cara de maluca.

— Você está ótima.

Ah, Gabriel.

Por que você teve que crescer e se tornar tão... maravilhoso?

O frio na minha barriga me deixou um pouco abalada enquanto eu me esforçava para não parecer muito nervosa.

— Já volto.

— Beleza. Como você gosta do café? Além de muito quente e no meu casaco.

Sorri de novo. Ele me fazia sorrir com tanta facilidade.

— Prefiro a torra escura, mas só tem a clara hoje. Então torra clara com leite e dois sachês de açúcar.

— Pode deixar. Te espero na mesa do canto.

Fui correndo para o banheiro e me encarei no espelho.

— Está tudo bem, você está bem, Kierra — falei para mim mesma. Eu tinha passado a maior parte da vida inspirando outras pessoas a serem a melhor versão de si mesmas. De vez em quando, eu precisava incentivar a mim mesma. — Você é forte, você é inteligente e você consegue lidar com situações difíceis.

Ajeitei a maquiagem e deixei de lado o desconforto. Gabriel não se lembrava de mim. Eu podia passar um tempo com ele, comer um muffin e seguir em frente com meu dia como se tudo estivesse muitíssimo bem.

Depois que saí do banheiro, fui até a mesa onde ele estava. Eu me acomodei na cadeira à sua frente e sorri ao olhar para o café e o muffin que me esperavam.

— Agora meu dia está bem melhor — comentei.

— Que bom. — O sorriso preguiçoso dele estava de volta, e era impossível não pensar no quanto eu havia sentido falta daquele sorriso. — Como você está?

— Ah, estou bem. Obrigada por perguntar. — Passei as mãos úmidas nas minhas coxas. — Como você está?

Ele esfregou a nuca.

— Você sempre faz isso?

— O quê?

— Mentir sobre estar bem.

Mordi o canto do lábio.

— Não sei do que você está falando.

— Duvido que você estivesse mesmo chorando por causa de um muffin de canela, Kierra. Olha só, eu entendo. Você não me conhece, mas não precisa mentir sobre estar bem se não estiver mesmo. Não vou contar a verdade para ninguém. Vai ser nosso segredinho.

Soltei uma risada nervosa.

— Quem é o terapeuta aqui?

Ele levantou as mãos, rendendo-se.

— Sou só um cara perguntando como você está. Mas deixa pra lá. Um brinde — ofereceu ele, erguendo seu muffin no ar. — Às mudanças na planta que Henry vai aprovar hoje.

— Um brinde — falei, batendo meu muffin no dele antes de dar uma mordida.

E isso bastou para a vida não parecer tão ruim quanto antes. Tudo graças a muffins de canela e Gabriel Sinclair. O restante da conversa seguiu com Gabriel pegando as plantas e as mostrando para mim. Ele usava termos de arquitetura que eu não entendia, e passei boa parte do tempo apenas fazendo que sim com a cabeça e aceitando as ideias.

— Imagino que você já tenha visto isso tudo, mas a sua opinião me ajuda — mencionou Gabriel enquanto enrolava as plantas e as devolvia para a pasta.

— Na verdade, não vi nada. Henry gosta de resolver essas coisas sozinho, já que é mais um sonho dele do que meu.

— Você não participou do planejamento? Eu estava com a impressão de que Henry estava falando por vocês dois.

— Sim, e estava. É por isso que minha sala de meditação foi incluída. Eu disse que essa era a única coisa de que eu fazia questão. Era isso e um quarto de costura, mas ele falou que só faria um dos dois. Todo o resto foi escolha dele. Cá entre nós, não vejo vantagem nenhuma em ter uma mansão enorme e coisas assim. Só quero conforto e um lar para a minha família.

Gabriel abriu a boca como se fosse dizer alguma coisa, mas, em vez disso, pressionou-a em um sorriso. Não parecia uma expressão sincera, e isso me fez questionar o que ele estaria pensando.

— Bom, conversar com você me ajudou a entender algumas mudanças que quero fazer. Então obrigado pelo seu tempo.

— Que ótimo. Tenho certeza de que Henry vai adorar tudo. Nossa filha, Ava, vai adorar também. O sonho dela é ser arquiteta.

— Jura? — respondeu Gabriel com uma sobrancelha erguida. — Não é todo dia que escuto alguém dizer que quer trabalhar com arquitetura.

— Bom, é isso que ela quer desde que ganhou o primeiro conjunto de Lego quando era pequena.

— Quantos anos ela tem agora?

— Catorze, mas com espírito de 40 — brinquei.

— Não acredito... Você tem uma filha de 14 anos? — perguntou ele, fascinado.

— Tenho. Henry é uns nove anos mais velho que eu. Quando a gente se conheceu, ele tinha uma filha de 5. Eu me apaixonei imediatamente por Ava, e, bom, ela é minha filha. Talvez não de sangue, mas...

— De coração — concluiu ele. — Esse é o tipo de amor mais importante. Que bom que você tem sua filha e que ela tem você.

— Pois é. Ela é especial.

— Bom. — Ele pôs o último pedaço de muffin na boca. — Se ela quiser, pode fazer tipo um estágio lá no escritório durante o verão, me acompanhando.

— É sério? Ela ia ficar maluca com uma oportunidade dessas.

— É, claro. Ela pode até receber um salário para ter uma experiência de trabalho completa e pode ajudar no escritório.

— Nossa, Gabriel. Isso é... muito legal da sua parte. Obrigada.

Ele pegou a carteira e me entregou um cartão de visita.

— Me ligue para a gente combinar. Agora você tem meu contato direto, sem precisar passar por Henry.

— Obrigada. Entro em contato essa semana para marcar.

— Ótimo. — Ele olhou para seu relógio e fez que sim com a cabeça. — Acho que nosso tempo acabou, e preciso ir para o trabalho. — Ele se levantou. — Mas gostei muito de conversar com você, Kierra.

— Eu também — confessei.

A culpa me atingiu em cheio quando me dei conta de que eu tinha me divertido com a companhia dele. Culpa por apreciar a companhia de qualquer outro homem sendo uma mulher casada e culpa por ignorar o pedido de Amma. Uma onda de desconforto me inundou enquanto me levantava da mesa.

— Tenha um bom dia — disse ele ao se virar para sair da Florence.

— Gabriel — chamei.

Ele olhou por cima do ombro, seus olhos castanhos perfurando meu coração.

— Oi?

— Você pode perguntar de novo? Como eu estou.

Ele se virou para mim.

— Como você está, Kierra?

— Com a cabeça cheia e um pouco triste.

Ele enfiou as mãos nos bolsos do casaco manchado.

— Sinto muito.

— Obrigada.

Ele deu um passo na minha direção.

— Posso ajudar com alguma coisa?

— Não — sussurrei e dei de ombros, sentindo as lágrimas voltarem aos meus olhos. Não conseguia me lembrar de quando tinha sido a última vez em que havia contado a verdade para alguém sobre como eu me sentia. Eu estava tão acostumada a ser a pessoa forte, a ser a pessoa que sempre estava bem, que nem tinha me dado conta de que poderia dizer em voz alta que estava mal. Até Gabriel me dar essa liberdade. — Eu só precisava dizer isso em voz alta.

— Entendi. — Ele chegou mais perto e franziu o cenho. — Posso te dar um abraço?

Minha boca se abriu, e eu quis dizer que sim. Queria ser envolvida pelo abraço dele e apertá-lo com força enquanto ele me dizia que daria tudo certo. Porque eu sabia quem Gabriel tinha sido e estava rapidamente descobrindo quem ele era agora: um porto seguro. Ele era e sempre foi um porto seguro para mim.

Só que eu não era a mesma garota da época em que conhecia Gabriel. Era errado me apegar a outro homem quando eu tinha um marido. Eu já estava me sentindo mal pelo café e muffin.

— Não precisa. Vou ficar bem. Mas obrigada. Obrigada por perguntar de novo.

Ele passou o polegar no queixo.

— Obrigado por ser sincera. Sinceridade exige muita coragem.

8

Gabriel

Posso te dar um abraço?

Mas no que caralhos eu estava pensando quando fiz essa pergunta para Kierra? Foi mais do que bizarro e muito além de inapropriado. Já foi inapropriado pedir a ela que comesse aquele muffin de canela idiota comigo.

Eu também deveria estar um pouco envergonhado de ter ficado esperando por ela na padaria no dia anterior, mas ela não havia aparecido. Por algum motivo, a sensação daquilo foi de levar um soco no estômago. Eu fiquei lá, feito um bobo, segurando um saco de muffins, torcendo para uma cliente casada aparecer em busca deles.

E o fato de eu ter repetido esse comportamento naquela manhã era mais humilhante ainda. A chegada dela fez com que eu me sentisse ainda mais maluco, porque fui inundado por uma empolgação absurda. Isto é, até ela começar a chorar.

Eu não me culpava por ela ter chorado, mas, mesmo assim, vê-la desmoronar partiu meu coração. E, porra, eu queria mesmo ter dado um abraço nela, tá bom? Eu queria dar um abraço demorado nela e não soltar nunca mais, mesmo que ela não estivesse chorando. Minha mente ainda não conseguia entender por que eu me sentia assim.

Havia algo nela que parecia bem familiar. Fazia umas duas décadas que nada parecia familiar para mim. Desde o acidente, na verdade. Além da minha mãe, tudo e todos pareciam distantes. Na maior parte dos dias, era como se eu andasse em meio a uma névoa. Passando por pessoas e lugares que pareciam em preto e branco. Mas Kierra era colorida. E ela não exibia qualquer cor. Eram os tipos mais vibrantes, que faziam meu coração disparar no peito.

Isso *não* estava certo.

Eu tinha brigado com Ramona por ficar bêbada e conversar sobre brinquedos eróticos com Henry e lá estava eu sóbrio sonhando acordado com Kierra.

Fiquei me perguntando por que ela estava com a cabeça cheia e triste.

Eu apostava que era por causa daquele babaca do Henry.

Tudo bem, talvez ele não fosse babaca comigo, mas era babaca com ela, o que o tornava um babaca para mim. Que tipo de homem tomava todas as decisões sobre uma casa, usando uma sala de meditação para calar a boca da esposa, em vez de pedir as opiniões dela? Como ele podia não a envolver nos planos? Como ela ainda não tinha visto as plantas quando já estávamos prestes a começar a obra? E por que raios isso me incomodava tanto?

Relacionamentos sérios não eram a minha praia, mas, se eu tivesse uma esposa, iria querer que ela participasse dos planos. Se fosse casado com Kierra, eu iria querer saber o que ela pensava. Droga, eu já queria saber tudo que ela pensava agora.

Por que eu queria saber tudo que ela pensava?

— E aí, patrão? Mais muffins de canela? — perguntou o porteiro, Eddie, quando entrei no prédio da GS Arquitetura.

Sorri e entreguei os três muffins extras que eu tinha para ele, como havia feito no dia anterior.

— Só tem três dessa vez. Fui guloso e comi alguns.

Eddie abriu um sorrisão e balançou a cabeça.

— Não tem problema. Levei os de ontem para a patroa e deve ter alguma droga neles, porque ela comeu tudo em uns cinco segundos.

— Deve ter drogas mesmo — concordei. — Fiquei viciado neles depois de cc.ner o primeiro.

— A patroa disse que, se eu não levasse mais para ela, ia pedir divórcio. Mas acho que devem ser só os hormônios da fome criando caso por causa do bebê.

Arqueei uma sobrancelha.

— Bebê?

Eddie endireitou a postura e fez que sim com a cabeça, todo orgulhoso.

— Ela disse que já posso contar para as pessoas. Estamos com três meses. Finalmente vou ter um filho jogador de futebol americano ou uma filha bailarina. Ou vice-versa. A criança pode ser o que quiser, contanto que venha com saúde.

Dei um tapinha no ombro de Eddie, feliz de verdade por ele. Fazia mais de três anos que Eddie trabalhava para mim, e eu sabia que havia anos que ele e a esposa, Sarah, tentavam engravidar. Mesmo nos altos e baixos, Eddie acreditava que o que era para ser, seria. O bebê dele e de Sarah estava em algum lugar no universo, só precisava encontrar o caminho para casa.

Era bom saber que algumas histórias tinham um final feliz.

— Parabéns, Eddie. Vocês vão ser pais incríveis. Essa criança tem sorte.

— Eu tenho sorte — rebateu ele. — E tenho muffins. O que mais uma pessoa poderia querer? Tenha um bom dia, patrão.

— Você também, cara.

Um dos projetos de que eu mais me orgulhava era o prédio da GS Arquitetura. A construção em si parecia uma obra de arte contemporânea, com formato oval e seis andares. O exterior era todo branco, com janelas enormes que eram um saco para limpar, mas tinham valido a pena. Tínhamos uma equipe de limpeza incrível que cuidava da tarefa. Eu sabia que o prédio não seria tão bonito se a limpeza fosse uma responsabilidade minha.

O interior era moderno e inovador, com uma estrutura *avant-garde.* Todos os andares tinham a planta aberta inundada pela luz natural que entrava pelas janelas. O uso de formas geométricas e materiais inovadores era um dos elementos que eu mais gostava de explorar.

Falando em elementos, cada andar focava em um. O primeiro era coberto por tons terrosos. Ele havia sido projetado para dar a impressão de ser um jardim zen. As cores eram verdes e marrons muito discretos. A mesa da recepção era feita de pedra rústica, com ar acolhedor, e a placa presa à parede atrás dela era feita de bambu e anunciava GS ARQUITETURA. A partir dali, os andares eram construídos a partir de outros elementos.

Mas o melhor de todos era o quinto: o refeitório e salão de jogos, onde todo mundo podia ir para relaxar. Aprendi logo no começo que meu trabalho tinha o potencial de ser muito estressante, e isso também valia para meus funcionários, que eram os mais dedicados. Para mim, era importante ter um lugar para onde as pessoas pudessem fugir por um instante durante o expediente, fazendo um intervalo para respirar. Elas podiam aproveitar o bufê de doces, jogar videogame ou fliperama, ou passar um tempo na sala de meditação — também conhecida como sala da soneca. Era para isso que o quinto andar servia — e funcionava muito bem.

Depois de subir até lá de elevador para pegar água, acenei com a cabeça para cumprimentar Bobby, um dos melhores arquitetos da empresa. Não apenas ele era um gênio no que fazia e um milhão de vezes mais talentoso que eu como também era meu melhor amigo, que aguentava minhas ideias malucas e minhas decisões espontâneas.

— Bom dia, babaca — brincou Bobby enquanto colocava leite no café.

— Bom dia, idiota — respondi enquanto ia até a geladeira e pegava uma garrafa de água.

— Estou meio desatualizado desde que voltei de viagem ontem à noite. Como foi a festa de Hughes? Ramona só fala disso desde que cheguei.

— Foi esquisita, mas boa. Sabia que ele tem um robô que serve bebidas e limpa o chão? Parece *A casa inteligente*, do Disney Channel.

— Acho que você acabou de entregar a idade, velhote — brincou Bobby. — Mas, para ser justo, esse filme é bom pra cacete.

— Um clássico. — Na verdade, eu o revi alguns anos antes. Quando estava tentando recuperar as memórias antigas, assisti de novo a filmes populares da minha juventude. Tinha a esperança de que eles despertassem alguma lembrança. Mas nunca deu certo. — Mas a festa foi boa. Ramona adorou cada segundo.

— Aposto que sim. Ela adora coisas chiques. E champanhe.

— Teve bastante champanhe.

— Disseram que ela conversou sobre brinquedos eróticos com o cliente.

Fiquei de estômago embrulhado diante dessa lembrança.

— Eu estava tentando me esquecer dessa parte.

Bobby abriu um sorriso e me deu um tapa nas costas.

— Imagino que você tente se esquecer de muitas coisas quando se trata de Ramona.

Nunca conversei com Bobby sobre o que aconteceu com ela, mas ele não era idiota. Além do mais, eu não me surpreenderia muito se a própria Ramona tivesse contado para ele todos os detalhes da noite que passamos juntos. Se eu tinha uma certeza sobre Ramona era que ela adorava falar sobre sua vida pessoal. A culpa era minha por ter me metido nessa situação.

Sem querer me aprofundar nesse ponto, mudei de assunto.

— Quero lançar nosso programa de mentoria com estágio.

Bobby ergueu uma sobrancelha.

— Nosso o que do quê?

— Nosso programa de mentoria.

— A gente não tem um programa de mentoria.

— É, não temos, mas preciso lançar um.

— Por que você precisa lançar um programa de mentoria?

— Porque talvez eu tenha dito para a esposa de Henry Hughes que temos um programa de mentoria para a filha deles.

Ele franziu a testa.

— Por que você disse para a esposa de Henry Hughes que temos um programa de mentoria para a filha deles?

— Na verdade, essa parte eu também não entendi.

— *Ahh* — cantarolou ele. — Ela é gata.

— O quê? Não.

— Ela não é gata?

— Bom, não. Quer dizer, ela é linda. Quer dizer, ela é casada com meu cliente, Bobby. Eu não estava pensando nisso.

— Então por que você ofereceu um emprego para a filha dela?

— Sei lá. Para ajudar a garota a realizar um sonho e tal.

Merda, por que eu tinha oferecido uma mentoria? Agora, precisaria inventar alguma coisa para Ava fazer.

— Não tem problema, cara. Acho que é uma boa ideia. Seria legal ter alguém mais novo por aqui. Adoro vencer a garotada no *Mario Kart* na hora do almoço.

Abri um sorriso.

— Isso é meio infantil da sua parte, né?

Ele pegou uma banana do cesto de frutas e a balançou enquanto ia embora.

— Nunca vire adulto. É uma armadilha.

Uma semana depois de eu ter oferecido a mentoria para Ava, minha equipe inteira havia topado a ideia. A cada dia, ela ficaria em um andar diferente e veria como as coisas funcionavam. Ela também nos acompanharia em visitas a clientes e receberia tarefas, para entender o ambiente. Eu me sentia extremamente grato por todo mundo ter entrado na onda da minha ideia aleatória de deixar uma garota nos seguir durante o verão.

Mais uma semana se passou, e, na segunda, Kierra apareceu com a filha, que parecia muito tímida e acanhada. Nós nos encontramos no saguão, onde Ava parou um pouco escondida atrás da mãe.

— Ei, que bom que vocês chegaram. Sejam bem-vindas — falei.

Kierra sorriu, e senti o impacto nas minhas entranhas. E no meu peito. E pelo corpo todo.

— Bom dia, Gabriel. Essa é minha filha, Ava.

Ava deu um passinho para a frente, abriu um sorriso tímido e acenou.

— Oi.

— Ei, seja bem-vinda à equipe. Estamos muito felizes por você estar com a gente — falei.

Ela continuou sorrindo, nervosa.

Kierra se inclinou para perto de mim.

— Ela é um pouco tímida no começo, mas logo vai se soltar.

— A gente aguenta um pouco de timidez. Timidez não é problema. Mas acho que seria ótimo se minha recepcionista, Jackie, levasse Ava até o andar de bem-estar para que ela já vá se ambientando. Alguns funcionários estão esperando lá para dar as boas-vindas a ela e mostrar o escritório.

— O que é um andar de bem-estar? — perguntou Ava baixinho enquanto Jackie saía de trás da recepção.

— É um jeito sofisticado de dizer que é um andar com videogame e bufê de doces — sussurrou Jackie, cutucando a lateral do corpo de Ava.

Os olhos de Ava brilharam.

— Vocês têm um andar só para videogame e doces?

Enfiei as mãos nos bolsos da calça e me balancei para a frente e para trás.

— Pode acreditar.

— Quero ver! — Ela seguiu depressa com Jackie para o quinto andar. — Vem, mãe.

— Já vou, Ava. Quero só falar com Gabriel por um instante.

Ava já apertava o botão do elevador enquanto dizia "tudo bem" para a mãe. Se ela pudesse, teria voado até o quinto andar. Dava para entender. Era um andar legal pra cacete.

Kierra fez que sim uma vez com a cabeça para mim e cruzou os braços.

— Muito obrigada por fazer isso por ela, Gabriel. É realmente incrível. Ela não fala de outra coisa desde que contei sobre a mentoria. Eu e Henry estamos gratos de verdade pela oportunidade.

— Não tem problema nenhum. Vai ser bom ter uma mente jovem por perto. Vamos ter que ficar mais espertos.

— Ela é um pouco tímida no começo, mas acho que vai ser bom para a autoestima dela conviver com outras pessoas além dos colegas da escola. Ela sofreu um pouco de bullying no último ano letivo, o que me deixou arrasada. Ela ficou meio desanimada, mas acho mesmo que essa oportunidade vai deixá-la mais confiante de novo.

— Não se preocupe. Ela está em boas mãos.

— Não tenho dúvidas disso.

As palavras dela pareciam tão sinceras e gentis que despertaram em mim um instinto protetor ainda maior do que o que eu já sabia que teria com Ava. A última coisa que queria era decepcionar Kierra.

Ah, e Henry.

Vivo me esquecendo desse cara.

— Venho buscá-la no fim do expediente. Nos próximos dias, é Henry quem vai trazê-la. Se houver algum problema, pode me avisar — disse Kierra.

— É claro.

Enquanto conversávamos, o elevador abriu, e minha mãe e Bobby saíram dele. Os dois olharam para nós antes de se aproximarem.

Kierra se empertigou enquanto eu a apresentava.

— Mãe, Bobby, essa é Kierra. A filha dela, Ava, é a nossa estagiária.

Minha mãe ergueu uma sobrancelha.

— É mesmo?

— Pois é — respondeu Kierra de um jeito tímido, dando uma risada.

Talvez a filha tivesse puxado um pouco da timidez dela. Era algo que transparecia de vez em quando.

Minha mãe ofereceu a mão para Kierra.

— Eu sou Amma. Sou gerente administrativa do escritório. É um prazer conhecê-la.

— Igualmente — respondeu Kierra, retribuindo o aperto de mão.

Bobby foi o próximo a trocar um aperto de mão com ela.

— Eu sou Bobby, um dos arquitetos. Só quero que saiba que pretendo destruir a sua filha no *Mario Kart*.

Kierra riu.

— Não se surpreenda se ela te fizer chorar quando você perder. Ela é muito boa nessas coisas. Ela é muito boa em tudo, na verdade. Mas, se ela causar algum problema, me avisem, por favor.

— Duvido que você seja o tipo de pessoa que leva problemas para a vida dos outros, Kierra Hughes — disse minha mãe.

Era um comentário esquisito pra caralho, mas minha mãe era mesmo esquisita quando não tomava café suficiente pela manhã.

— Vou levar Kierra até Ava e mostrar o escritório para elas — falei para os dois, então saí com Kierra.

Depois que terminamos o tour, me despedi de Kierra e segui para minha sala, para começar a trabalhar. Assim que me sentei, Bobby enfiou a cabeça pela minha porta e abriu um sorriso de orelha a orelha.

— Você mentiu — disse ele em um tom seco. — Ela *é* gata.

9

Gabriel

Ava precisou passar pouquíssimos dias no escritório para eu entender que sua timidez sumia quando ela começava a ficar empolgada com arquitetura. Minha equipe era formada apenas pelos melhores do mercado, e era comum encontrá-los tagarelando com Ava sobre seus projetos. A parte mais legal era que meus funcionários adoravam falar feito nerds sobre suas paixões, então Ava ficava fascinada sempre que eles começavam a explicar o trabalho nos mínimos detalhes.

Ela era muito mais madura do que eu esperava pela idade, e vê-la se abrir mais e mais a cada dia, ficando confortável com o ambiente da GS Arquitetura, me deixava feliz. Era uma boa menina com uma cabeça boa. Era ótimo poder lhe dar a oportunidade de se soltar um pouco.

— Ouvi boatos sobre você — mencionou Ava em uma tarde, enquanto saíamos do elevador para o quinto andar, no intervalo do almoço.

— Conversas boas nunca começam assim — brinquei.

— Não é nada ruim — explicou ela. — Só esquisito. É verdade que você perdeu a memória?

— É verdade.

— Tipo, *todas* as memórias.

— A maioria delas, sim. Tudo antes de eu ter 20 anos.

— Então você está me dizendo que não se lembra de nada de antes dos 19 anos? Tipo, nada?

— Pois é. Nada.

— Como isso é possível? Você teve que reaprender tudo?

— Muita coisa. — Fiz que sim com a cabeça. — Algumas coisas são instintivas, acho. Mas, por muito tempo, foi difícil.

— E aí você construiu isso tudo?

— Ã-hã. Eu me concentrei demais na minha carreira, porque, apesar de tudo mais parecer fora de controle, pelo menos eu tinha algo que podia controlar. Esse prédio, esse trabalho são a minha vida.

— E os seus amigos daquela época? — perguntou ela enquanto íamos para o bufê daquela tarde. O cardápio do dia vinha de um restaurante mexicano da região, e o cheiro já estava fazendo minha barriga roncar. Ava parecia menos interessada no almoço e mais interessada em me fazer mil perguntas sobre minha perda de memória. — Ou namoradas. Você tinha namorada? Você perdeu os seus amigos?

— Algumas pessoas me procuraram, mas era muito difícil me conectar com os outros. Parei de falar com muita gente, porque eu não conseguia ser o que esperavam de mim. E muita gente parou de falar comigo também. Dá para entender. Foi uma época bem complicada. — Entreguei um prato para ela. — Por que tantas perguntas?

— Por nada — disse ela, aceitando o prato. — Eu nunca tinha conhecido uma pessoa rica que esqueceu metade da vida.

Soltei uma gargalhada.

— Por que você acha que eu sou rico?

Ela olhou ao redor e gesticulou para tudo.

— Cara. Você tem uma sala de jogos no seu trabalho, uma sala inteira com doces, almoço preparado por restaurantes todo dia, uma sala de meditação *e* uma mesa de pingue-pongue. Só gente rica tem essas coisas.

— Faz sentido.

— Além do mais — continuou ela —, procurei seu patrimônio líquido no Google.

— Esses valores são sempre exagerados.

— Você constrói casas para celebridades e membros da realeza na Inglaterra. Duvido que os valores estejam exagerados.

Ava devia ter lido meu currículo também.

Ela pegou uma tortilha e começou a enchê-la com frango e pimentão.

— Então você não tinha namorada antes de perder a memória?

— Não que eu saiba. Se tinha, ela nunca apareceu — brinquei.

— Mas você não tinha nenhuma sensação de... *existir* uma pessoa?

Tinha. Com frequência. Eu imaginava que fosse por isso que eu saía e conhecia tantas mulheres diferentes. Por muito tempo, tive a sensação de estar buscando alguém, mas, quanto mais velho eu ficava, mais entendia que a mulher na minha cabeça só existia lá. Ela era fruto da minha imaginação. Mas não contei nada disso para Ava. Parecia uma explicação muito bizarra para oferecer a uma garota de 14 anos.

— Às vezes, tenho impressões — respondi. — Incômodos, acho.

— Impressões e incômodos?

— Isso. Como se algo parecesse familiar... mas nem sempre dá em alguma coisa.

Ava franziu um pouco a testa enquanto acrescentava mais comida ao prato.

— Isso deve ser um inferno.

— Olha a boca — briguei.

— Minha mãe diz que inferno é um lugar, não um palavrão. E eu tenho 14 anos, Gabriel.

— Ah, bom, então tá.

Caramba, eu não sabia quais palavras garotas de 14 anos podiam dizer.

— Você tem namorada agora ou está solteiro? — perguntou ela enquanto continuava montando seu taco.

— Solteiro.

— Você gosta de mulheres?

Eu sorri.

— Adoro. Sou bem fã.

— Você quer casar um dia? Ter filhos?

— Pode ser. Talvez.

— O tempo está passando, hein — disse ela, batendo em um relógio invisível no pulso. — Você é meio velho para estar solteiro, e daqui para a frente é só ladeira abaixo.

Depois que aquela garota perdia a timidez, ela também perdia o limite.

— Eu só tenho 40 anos.

— "Só" e "quarenta" não fazem sentido em uma mesma frase. Isso é mais ou menos uns 504 anos na idade dos dinossauros. — Ela estreitou os olhos ao me analisar. — Sua barba já está grisalha.

— Confie em mim, garota. O tempo voa mais rápido do que você imagina.

— Você só acha isso porque teve um apagão e perdeu vinte anos.

— De novo, faz sentido. — Dei risada. Ava era sabichona, e isso me divertia. — E você, garota? Está namorando alguém?

— Nossa, não. Os caras da minha idade são tão... nojentos. É por isso que prefiro ler os meus livros. Homens fictícios são sempre melhores que garotos de verdade. Homens escritos por mulheres são muito superiores.

Eu ri.

— Não tenho a menor ideia do que você quer dizer.

— Eu quis dizer que garotos imaginários são melhores do que os de verdade. — Ela deu de ombros. — Além do mais, a maioria dos garotos da vida real não gosta de garotas como eu.

Arqueei uma sobrancelha.

— Garotas como você?

— Você sabe. — Ela ficou meio séria enquanto olhava para si mesma. — *Gorda* e *feia*.

Fiquei boquiaberto. Parei com a colher cheia de molho no ar.

— Quem caralho te disse essa mentira? — bradei, sentindo uma nova raiva percorrer o corpo.

— Olha a boca — repetiu Ava.

— Eu tenho 40 anos. Posso dizer "caralho". Então, de novo, quem caralho te contou essa mentira? — repeti, ainda furioso por essa pobre garota ter ouvido uma mentira tão deslavada.

— Cory e James Harrison.

— Quem caralho são Cory e James Harrison?!

— Os gêmeos da escola. Eles me disseram isso no último dia de aula. Passaram o ano inteiro mugindo atrás de mim e me chamando de Baleia Balofa.

— Onde eles moram? — perguntei, devolvendo a colher para o recipiente. — Vou dar uma surra nesses babacas.

— Tenho quase certeza de que isso seria um crime.

Então podem me prender.

Ou pelo menos vou dar uma surra nos pais desses escrotos.

— Não tem problema — disse Ava, seguindo pelo bufê. — Eu não me importo.

Tirei o prato das mãos dela e o coloquei sobre a mesa do refeitório. Então segurei seus ombros enquanto me inclinava para olhar nos seus olhos.

— Ava Hughes.

— Oi?

— Preciso que você saiba de uma coisa. "Gorda" não é uma palavra ruim, mas esses garotos usaram como se fosse uma ofensa, e isso é errado pra caralho. E os apelidos que eles te deram são errados. E te chamarem de feia é errado. Porque você não é nada disso. Tá? Você não é uma baleia e você não tem nada de feia.

Os olhos dela ficaram marejados, e ela concordou de leve com um aceno de cabeça.

— Agora, repita para mim. Diga: "Meu nome é Ava Hughes e eu sou linda pra caralho."

Ela riu.

— Eu tenho 14 anos. Posso dizer "inferno", mas não essa palavra.

— Para isso, você pode. Vai ser nosso segredo. Repete.

— Meu nome é Ava Hughes e eu sou linda pra caralho — sussurrou ela.

— De novo. Mais alto.

Ela deu uma risadinha, se sentindo boba, mas obedeceu.

— Meu nome é Ava Hughes e eu sou linda pra caralho!

— Mais alto! — falei, jogando as mãos para cima. — Mais alto! Fale com vontade.

Ela respirou fundo e cobriu o rosto por um instante antes de jogar as mãos para cima como eu.

— Meu nome é Ava Hughes e eu sou linda pra caralho! — gritou ela.

— É mesmo, sua maravilhosa! — berrou Erika, da contabilidade, na parte das bebidas.

Eu quase quis dar pulinhos de alegria ao ver Ava se tornando mais confiante com os incentivos de Erika. Nem precisei pedir que ela repetisse as palavras, porque fez isso por conta própria.

— *Meu nome é Ava Hughes e eu sou linda pra caralho!* — berrou a plenos pulmões, pulando e acenando as mãos como se acreditasse em cada palavra.

E deveria acreditar mesmo. Porque era verdade.

O nome dela era Ava Hughes e ela era linda pra caralho.

— Isso aí, garota — falei, dando um empurrãozinho no ombro dela. — E se esses babaquinhas repetirem alguma merda dessas para você de novo dê um chute no saco deles.

Ela riu e afastou o cabelo do rosto. Eu sabia que ela era enteada de Kierra, então as duas não compartilhavam DNA, mas podia jurar que tinham o mesmo sorriso e a mesma risada — a mesma faísca de luz.

— Posso comer as minhas *fajitas* agora? — Ela deu uma risadinha.

— Pode, pode. Vamos lá.

Pegamos nossos pratos e fomos nos juntar a Erika para comer.

— Então acho que não preciso fazer o que o meu pai disse para pararem de zombar de mim — comentou Ava quando nos sentamos.

— O que ele disse?

— Para eu emagrecer. Ele disse que, se eu emagrecesse, as pessoas iam gostar mais de mim.

Hum. Agora eu queria dar um chute no saco do *pai* dela. Que tipo de conselho era esse? Se ele tivesse dito isso por motivos de saúde, seria uma coisa, mas dizer que ela precisava emagrecer para se enturmar com garotos idiotas e de mente pequena? Péssimo pai.

— Mas agora sei que posso ser gorda e linda — continuou ela, mordendo sua *fajita*.

— Claro que pode. Mas você também não devia mudar para se encaixar nas expectativas das pessoas. Viva a sua vida e ignore a opinião das outras pessoas. Entendido?

— Ã-hã. — Ela assentiu com a cabeça. — E, se isso não der certo, posso dar um chute no saco deles.

Isso aí.

O problema em oferecer conselhos para adolescentes era que o tiro costumava sair pela culatra.

Em uma quinta, eu, Ramona e Ava passamos a manhã resolvendo coisas na rua. Achei que esse seria um bom jeito de mostrar para a garota todas as tarefas aleatórias que surgiam no trabalho. Nossa última parada foi em uma loja de construção. Ramona ficou no carro para fazer algumas ligações enquanto eu e Ava fomos à loja para comprar o material de que precisávamos.

— Então você vive ocupado — mencionou Ava ao pegar um carrinho para eu empurrar.

— Vivo — repeti. — Mas de um jeito bom. Gosto de me manter ocupado.

— Eu também. Além do mais, é bem legal ver como as coisas começam na arquitetura e depois ver o projeto acabado.

— Exatamente. A recompensa é incrível.

— Você tem um projeto preferido?

— Tem dois que...

— Ai, nossa, olha só, Cory! É a bunda gorda — disse uma pessoa quando eu e Ava viramos em um corredor.

Lá estava um par de adolescentes idênticos, e, pelo comentário, eu soube imediatamente quem eram os palhaços. Beavis e Butt-Head.

A personalidade vibrante de Ava desapareceu quase que no mesmo segundo, e a reação dela me deixou com a porcaria do coração partido. Era como ver uma estrela brilhante apagar em um segundo. Naquele momento, fiquei com raiva.

Os gêmeos começaram a rir e mugir. Ava se enfiou um pouco atrás de mim, tentando se esconder.

— Ei, qual é o problema de vocês? Parem com isso, seus escrotos! — exclamei.

Eu podia chamar adolescentes de escrotos? Vai saber. Dane-se. Eu só me importava em fazer Ava se sentir segura e protegida.

Antes que conseguissem responder, um homem virou a curva. Um homem muito, muito grande. Um homem que devia ter o dobro do meu tamanho.

— Você chamou os meus filhos de escrotos? — perguntou a fera de *A bela e a fera*, estufando o peito enquanto vinha na minha direção.

Eu devia ter colocado o rabo entre as pernas e dito que não feito um covarde, mas Ava continuava escondida atrás de mim, e eu não deixaria aqueles garotos a desrespeitarem daquela maneira.

Estufei o peito e fiz que sim com a cabeça.

— Chamei, sim. Porque os seus filhos foram desrespeitosos com essa moça. Não gosto de valentões.

O ogro enorme olhou para seus dois idiotas.

— Vocês estavam implicando com ela?

— Não, pai! Não estávamos! — declarou um deles.

— É! A gente só disse oi — mentiu o outro.

O ogro olhou para mim e inclinou a cabeça.

— Viu só? Eles só estavam dizendo oi para a amiga.

— Mugindo e a chamando de bunda gorda? — rebati, ficando cada vez mais irritado conforme as palavras saíam da minha boca.

O ogro olhou para os filhos com um sorrisinho.

— Vocês mugiram para ela?

Os meninos não responderam, mas riram um para o outro, se empurrando.

— Foi assim? — perguntou o ogro. — *Muuuu?* — disse ele, olhando na direção de Ava.

Eu me enfiei ainda mais na frente dela para protegê-la do contato visual.

— Tá, já chega.

— Só estou brincando. — Ele riu, dando um tapinha no meu ombro. — Mas a gordinha devia mesmo tentar cortar uns biscoitos da dieta.

Então ele inflou as bochechas antes de mugir de novo para Ava.

E.

Eu.

Perdi.

A.

Cabeça.

Por pelo menos uns cinco segundos, e, em algum momento nesses cinco segundos, meu punho foi com tudo na cara do babaca. Quando voltei à realidade, meu rosto estava sendo esmurrado pelo punho duro feito pedra dele. Voei contra as prateleiras e, de canto de olho, vi Ava chutando os dois gêmeos no meio das pernas e gritando:

— Seus idiotas de merda!

Os funcionários vieram e separaram a briga, expulsando todos nós da loja. Enquanto eu e Ava voltávamos para a picape, Ramona pulou do banco para ver meu olho fechado e Ava aos pulos.

— Você viu, Gabriel? Viu eu dar uma surra neles? Eles nem encostaram em mim! Os dois caíram no chão feito uns fracotes! Aposto que nunca mais vão rir de mim!

— O que foi que aconteceu?! — exclamou Ramona com uma expressão perplexa. — Caramba, você está bem?

— Ele está ótimo! Você devia ter visto o soco que ele deu naquele cara! Tudo bem que o cara socou *mais* forte e *mais* vezes, mas, vou te contar, Gabriel acertou o sujeito em cheio! Beleza, ele só acertou *um* soco, mas...

Abri a porta para Ava.

— Entra no carro, garota.

— Tudo bem, patrão — disse ela, chamando-me pelo apelido que todo mundo usava no trabalho.

Se minha cabeça não estivesse latejando do soco, eu teria achado isso fofo pra caralho.

Tudo bem, mesmo com a dor de cabeça eu achava isso fofo *pra caralho.*

Depois de Ava entrar no carro, fechei sua porta. Então passei por Ramona e joguei as chaves da picape para ela.

— Talvez seja melhor você dirigir. Já que não consigo enxergar.

Passei o trajeto todo até o escritório resmungando para mim mesmo, pensando em como explicaria a Kierra o que tinha acontecido quando ela fosse buscar Ava.

— Calma aí. Deixa eu ver se entendi. Você disse para ela dar um chute no saco deles? — perguntou Kierra, horrorizada, enquanto eu estava sentado de cabeça baixa na minha sala, morrendo de vergonha.

Eu também estava de óculos escuros, torcendo que isso impedisse Kierra de ver o estrago que o pai de Cory e James tinha causado.

— Talvez eu tenha dito algo assim. Mas, em minha defesa, não achei que a gente fosse encontrar com eles e que ela chutaria os dois no saco.

— Se tem uma coisa que você precisa saber sobre a minha filha é que ela interpreta tudo do jeito literal. Se você disser para ela voar até a Lua amanhã, ela vai montar a nave inteira hoje à noite — brincou ela. — Mas posso fazer uma pergunta?

— Claro.

— Por que você está de óculos escuros e encarando o chão em vez de olhar para mim?

— Ah, isso faz parte do meu processo criativo — menti.

— Gabriel.

Gemi.

— Oi?

— Você também se enfiou na briga da loja?

— Talvez eu tenha tido um desentendimento.

— Gabriel.

— Oi?

— Olha para cima.

Inclinei lentamente a cabeça para cima.

Ela se levantou da cadeira e veio até mim. Ela se sentou na beira da minha mesa, encarando-me, então tirou meus óculos.

— Gabriel! — exclamou ela, arfando, a mão voando para a boca.

— Se acha que estou mal, devia ver o outro cara — brinquei.

— Você bateu em dois garotos? — disparou ela, chocada.

— O quê? Não! Claro que não! Não sou nenhum maluco. — Esfreguei o nariz com o polegar. — Bati no pai deles.

— Gabriel!

— Eu sei, eu sei, tá? Violência não resolve nada. Mas aqueles filhos da puta... — resmunguei enquanto tentava abrir o olho esquerdo. — Eles ficaram mugindo para ela, e eu fiquei irritado. Então tentei convencê-los a pedir desculpa, mas aí o pai começou a fazer piadas inapropriadas sobre o peso de Ava, e, quando dei por mim, estava em cima dele, e Ava dava golpes de caratê nas partes íntimas dos garotos.

Os olhos de Kierra brilharam com uma expressão que eu não conseguia decifrar. Ela tocou meu rosto de leve, e enrijeci de dor. Minha cabeça estava explodindo. Então ela franziu a testa e se levantou. Seguiu para a porta, e senti uma pontada de tristeza, entendendo que a havia irritado.

— Kierra...

— Não — ordenou ela, erguendo a mão para mim.

Ela saiu da sala, e murchei na minha cadeira. Em que merda eu estava pensando? Começando uma briga assim, na frente de uma garota? Dizendo que ela devia dar uma surra nos garotos que a atormentavam? Eu sabia que não devia fazer essas coisas. Eu não fazia essas coisas. Mas, por algum motivo, ver aquele homem adulto zombar de Ava despertou uma fúria incontrolável dentro de mim. Uma coisa era adolescentes serem idiotas, mas ver um adulto olhar para Ava e fazer aquele barulho nojento...

Continuei sentado ali por alguns minutos, perguntando-me se deveria mandar uma mensagem para Kierra explicando o quanto estava arrependido. Com o telefone nas mãos, parei ao ver Kierra voltando para minha sala com uma bolsa de gelo envolvida em papel-toalha.

Nenhum dos dois falou nada. Ela se aproximou e voltou a se sentar na minha mesa, inclinou-se para perto de mim e colocou a bolsa de gelo no meu rosto.

Eu me retraí um pouco com o toque gelado, mas respirei fundo enquanto ela segurava a bolsa no lugar.

— Você é melhor que isso — sussurrou ela. — Você é maduro demais para sair por aí socando homens adultos.

— Eu sei — concordei. — Foi idiotice.

— Foi — repetiu ela. — Mas também... atencioso da sua parte. E heroico.

Suspirei.

— Não quero que você nem Ava me julguem por isso, Kierra. Fui impulsivo e me arrependo. Bater em valentões não resolve nada. Desculpa por ter dado aquele conselho de merda para Ava.

— Pois é. Talvez seja melhor você só falar de arquitetura com ela.

Bufei, me sentindo o cocô do cavalo do bandido.

— Sim, é claro. Desculpa. Mas é só que tenho três regras rígidas quando se trata de violência.

— Quais são as regras?

— Primeiro, nunca machuque crianças. Segundo, nunca machuque mulheres. E, terceiro, meta a porrada em qualquer homem que quebrar as primeiras duas regras. — Os dedos de Kierra roçaram levemente minha bochecha enquanto uma risadinha escapava dela. — Qual é a graça?

— Nada, nada. Isso só me lembrou de alguém que conheci. Ele era igual a você. Faria de tudo para defender a minha honra.

— O que aconteceu com ele? — perguntei.

— Bom. — Ela tirou o gelo e tocou de leve os cantos do meu olho. Seu olhar encontrou o meu, e seus lábios tremularam em um sorriso hesitante. — Eu me apaixonei por ele.

— E aí vocês se casaram?

— Ai, nossa, não. Não era Henry.

Isso não me surpreendia nem um pouco.

Ela voltou com a bolsa de gelo para meu olho.

— Quantas vezes você já se apaixonou? — perguntei.

Talvez fosse pessoal demais, mas era impossível não me perguntar quantos homens tinham conquistado o coração de Kierra e o perdido antes de ela escolher Henry.

— Só duas vezes.

— O que aconteceu com o primeiro amor? Ele partiu seu coração?

— Não — respondeu ela no mesmo instante, balançando a cabeça. — Acho que ele seria incapaz de partir o coração de alguém, mesmo se quisesse. Ele era uma pessoa boa. Uma das melhores.

— Então você partiu o coração dele?

— De certa forma, talvez. Mas a verdade é que a vida partiu o meu coração e o dele. Ela sempre consegue pegar coisas incríveis e estragá-las. — Ela se remexeu um pouco na mesa. — E você? Já se apaixonou?

— Bom. — Minhas sobrancelhas se uniram em uma expressão confusa. — Ainda estou tentando entender o que é isso.

— O que é *o quê*?

— O amor.

Ela afastou a bolsa de gelo do meu rosto, seus dedos se demorando na minha pele em um carinho involuntário, que me fez rolar a cadeira para mais perto dela contra minha vontade, como se ela me puxasse feito um ímã, impossível de resistir. O calor do seu toque despertou uma ânsia inexplicável em mim, me fazendo querer me aproximar mais e mais dela.

Eu suportaria uma infinidade de olhos roxos só para receber os toques breves de sua mão na minha pele.

Os lábios dela se abriram de leve, mas o silêncio permaneceu intacto, sem palavras. Eu também não sabia o que dizer. Só conseguia olhar nos seus olhos castanho-escuros, perdido em visões sobre o que poderia acontecer se ela não fosse uma mulher casada e sobre todas as formas como eu poderia tocá-la se ela não pertencesse a outro homem.

Mas ela era casada. Sempre estaria fora do meu alcance. Ainda assim, aqueles breves instantes, aqueles toques delicados, alimentavam sonhos que eu não ousaria confessar.

Meu corpo foi levado na direção dela, atraído por uma força irresistível que me assustava tanto quanto me empolgava.

— Kierra... — sussurrei, a palavra escapando de repente dos meus lábios enquanto meu coração acelerava.

— Oi? — respondeu ela, sua voz trêmula de incerteza diante da nossa proximidade.

Mesmo assim, ela se inclinou para a frente também. *Ela se inclinou para a frente.* Ela sentia a atração entre nós. Sempre que eu a via, a força magnética parecia mais forte, mais intensa. Mais real. No começo, eu achava que era só coisa da minha cabeça, mas ela se inclinou para a frente também.

— Você é feliz com ele? — arrisquei, sabendo que não deveria ter perguntado algo assim, mas sentindo a necessidade de saber a resposta.

— Feliz? — repetiu ela, inclinando a cabeça de leve em um gesto de surpresa, confusa com o peso da minha pergunta. — Com Henry?

— É.

Ela estava perto. Tão perto que eu sentia sua respiração na minha boca. Tão perto que, se ela sussurrasse, apenas minha alma escutaria seus segredos.

De repente, ela se levantou da mesa. Deu alguns passos para trás e pigarreou.

— Você devia passar umas horas com o gelo no olho. E tome ibuprofeno. E peça a alguém que fique te vigiando para garantir que você não está com uma concussão.

Eu me levantei e andei na direção dela, ainda sem me sentir pronto para deixar para trás o que havia sentido... o que ela havia sentido.

— Kierra...

— Você mora com alguém? — perguntou ela. — Alguém que possa ficar de olho em você?

— Não, não moro.

— Bom, alguém devia dormir na sua casa hoje, só para garantir. Ou peça a alguém que te ligue para ver se está tudo bem.

— Kierra...

— Você pode não fazer isso? — perguntou ela, erguendo a mão.

— Eu... — Sua voz falhou, e seus olhos ficaram marejados. — Seja lá o que você for dizer, pode não dizer?

— Só quero saber se você é feliz.

— Eu sei, e você não pode me perguntar isso, Gabriel.

— Por que não?

— Porque não posso me forçar a mentir para você sobre isso, e, se eu te contasse a verdade, seria a primeira vez que diria essas palavras em voz alta, e ainda não estou pronta para chegar a esse ponto, tá?

Acenei positivamente com a cabeça.

— Tá.

— Tá. — Ela suspirou e balançou de leve a cabeça. — Não tire o gelo do olho — disse ela, mudando de assunto.

A resposta estava na maneira como havia se recusado a responder minha pergunta; a infelicidade era sua verdade implícita. Se ela estivesse feliz com Henry, afirmações sobre seu amor teriam sido proferidas com facilidade. Mas, em vez de declarações de amor, ela havia me dado conselhos sobre meu olho.

— Não tire o gelo — repetiu com firmeza na voz.

Talvez para silenciar minhas perguntas, ou talvez para se recompor e voltar à realidade.

Fiz que sim com a cabeça e voltei a posicionar a bolsa de gelo no rosto. O frio se infiltrou na minha pele, marcando um contraste intenso com a sensação do calor dela na minha alma.

Conforme o silêncio se alongava entre nós, o barulho súbito da porta rangendo acabou com o momento. Ava espiou o interior da sala, sem ter noção da tensão que dissipava apenas com sua presença.

— Mãe, você já terminou de gritar com Gabriel? Tenho certeza de que ele já pediu desculpas um bilhão de vezes — declarou ela.

E foi aí que a realidade voltou com tudo, arrancando-nos do precipício das minhas emoções proibidas.

— Já. Acho que ele entendeu o recado — disse Kierra, virando-se para a filha. — E quero que você saiba que, essa semana, vamos à casa de Cory e James para pedir desculpas pessoalmente.

— O quê? — soltou Ava, arfando.

— Vocês dois — disse Kierra, voltando o olhar para mim.

O quê?, questionei em silêncio.

— Ah, fala sério. Eles mereceram... — começou Ava, mas o olhar sério que recebeu de Kierra interrompeu suas palavras. — *Tá bom* — resmungou, então olhou para mim. — Obrigada de qualquer forma, Gabriel. Sei que você só estava tentando cuidar de mim.

— Existem jeitos melhores de fazer isso do que brigando, garota. Sua mãe fez questão de me lembrar disso.

Kierra sorriu de leve antes de passar um braço pelos ombros de Ava.

— Vamos para casa.

— Beleza. Tchau, Gabriel! Até logo — disse Ava.

— Tchau, meninas — falei, acenando.

— Mãe? — sussurrou Ava enquanto ela e Kierra saíam da minha sala.

— Oi?

— Sei que você deve estar irritada com o que aconteceu, e entendo, mas você devia ter visto como ele me defendeu. Parecia até um livro. Acho que ele foi escrito por uma mulher.

Uma risadinha escapou de mim enquanto Kierra olhava por cima do ombro na minha direção. Um sorriso discreto escapuliu dos seus lábios antes de ela se virar para a frente e seguir andando.

— Também acho, Ava. Também acho.

10

Kierra

16 anos

— Uma festa? — perguntei com uma sobrancelha arqueada enquanto Rosie colocava sua bandeja de almoço à minha frente. — Na casa de Brett?

Rosie girou seu canudo no copo antes de tomar um gole do achocolatado. Fazia um tempo que éramos amigas, apesar de sermos muito diferentes. Ela gostava mais de festas do que eu. Gabriel também gostava, apesar de nunca se esforçar muito para tentar me convencer a ir junto. Na verdade, ele vivia me dizendo que era melhor eu não ir mesmo às festas.

— Algumas coisas são para pessoas boas e outras são para pessoas não tão boas. Festas não são para você, Pinguim — explicava ele.

— Porque eu sou uma pessoa boa ou não tão boa? — eu respondia.

Ele sorria e revirava os olhos.

— Não se faz de boba. Você é boa.

Rosie, no entanto, não concordava com Gabriel. Para ser sincera, a opinião dela era o completo oposto da dele. Ela estava tão determinada a me convencer a ir a uma festa que até parecia que sua vida dependia disso. Para ela, todo mundo devia ir a festas.

— É, Kierra. Uma festa na casa de Brett. Imagina só como vai ser divertido. Bebidas. Garotos. Garotos e bebidas. — Ela juntou as mãos como se essa combinação fosse o suprassumo do sucesso na vida. — A gente precisa ir.

— Ou — sugeri — a gente pode *não* ir.

Rosie fez beicinho enquanto bebia seu achocolatado e me encarava com cara de cachorrinho pidão.

— Kierra. Por favor.

— Você não costuma ir a essas festas com Monica?

— Ela foi visitar os avós na Flórida. E eu quero ir com você.

— Por quê?

— Para você parar de ser antissocial e falar com Brett Stevens?

Minhas bochechas coraram.

— Por que eu iria querer falar com Brett Stevens?

— Porque faz anos que você é apaixonada por ele, e ele nem sabe que você existe.

— Exatamente. O ideal é que a pessoa de quem você gosta nunca saiba da sua existência. Isso acaba com o mistério.

Gabriel achava que eu era doida por gostar de Brett. Por outro lado, Gabriel tinha detestado todos os caras de quem eu havia gostado. Para ser justa, eu também havia detestado todas as garotas por quem ele tinha se apaixonado.

— Kierra. — Rosie fez beicinho. — Por favor. É o fim de semana do meu aniversário, e quero muito ir com você! Ia ser o melhor aniversário de todos.

Resmunguei, me sentindo culpada. Se era aquilo que ela queria de aniversário, eu não tinha opção. Além do mais, uma festa na casa de Brett não poderia ser tão ruim assim.

— Se a gente for...

— A gente vai!

— *Se* a gente for — continuei —, não é para ficar muito tempo, e a gente vai embora junto. Não importa o que aconteça.

— E você vai beijar Brett Stevens.

— Não vou beijar Brett Stevens.

— Por que não? Você é louca por ele há anos!

— Eu sei — concordei. — E é por isso que não quero beijá-lo. Não se beija a pessoa por quem você é louca. Isso só vai causar decepção. Nunca nem falei com ele. Prefiro manter distância.

— Tipo uma esquisitona espiando escondida nos arbustos.

— Isso mesmo. Aí a falta de interesse dele por mim não vai estragar o que eu sinto.

— Por que ele não estaria interessado em você? Só para deixar claro, Kierra, você é gata. Beleza, você passou por aquela fase esquisita com o aparelho, mas já superou isso.

— Eu... não sei se isso foi um elogio.

— Não importa. Vou te buscar às oito. Vai ser tão divertido!

Por que eu não tinha coragem de dizer a ela que não queria ir? Ah, porque eu tinha compulsão por agradar os outros. Por mim, passaria todas as noites em casa, lendo sobre pessoas fictícias que pareciam mais vivas do que a maioria das pessoas de verdade.

Mais tarde naquela noite, quando Rosie chegou, eu não estava com a menor vontade de ir à festa. Sentia uma mistura de nervosismo, pânico e empolgação. E se eu falasse com Brett pela primeira vez naquela noite? E se a gente se desse bem? E se ele gostasse de mim do mesmo jeito que eu gostava dele?

Dava para perceber que eu estava me iludindo totalmente enquanto subia a escada até a varanda dele. Uma música alta vinha da festa, e havia um monte de gente que eu conhecia, mas não conhecia, espalhada pela casa, rindo e bebendo.

É engraçado como se pode viver cercada de pessoas e perceber que ninguém sabe nada sobre você.

— Bebida, bebida, a gente precisa de bebida! — exclamou Rosie. Ela segurou meus ombros e olhou no fundo dos meus olhos. — Fica aqui, tá? Vou pegar as bebidas. Vodca ou tequila?

— Água.

Rosie sorriu.

— Vodca então!

Ela saiu andando rápido, e me apoiei na escada. Conforme meus olhos percorriam a sala, mais e mais deslocada eu me sentia. As coisas que fazemos pelos amigos.

— Pinguim, que diabos você está fazendo aqui? — disse alguém à minha esquerda.

Olhei para o lado e encontrei os olhos castanhos de Gabriel, então fui tomada por uma onda de alívio. Alguém que eu conhecia e amava. Meus olhos passaram para a pessoa aninhada sobre o braço de Gabriel. Ali Thomas.

Aff.

Fazia mais de um ano que os dois namoravam, e eu tinha quase certeza de que ela me odiava. Eu nunca fiz nada para ela, mas sabia que era porque Gabriel era meu melhor amigo. Dava para entender por que as namoradas dele nunca iam muito com a minha cara. É bem provável que eu também fosse ficar incomodada se a melhor amiga do meu namorado fosse uma garota.

Mas não rolava nada entre nós dois além de uma grande amizade. Ali não tinha com o que se preocupar. Ainda assim, eu era alvo dos olhares frios e irritados dela sempre que nossos caminhos se cruzavam.

Abri um sorriso.

— Rosie queria que eu viesse à minha primeira festa para comemorar o aniversário dela.

Gabriel franziu a testa.

— Você podia ter só comprado um presente para ela. Você odeia festas.

— Ah, bom. Era isso que ela queria.

Ali abriu um sorrisinho e balançou a cabeça.

— O que você vai fazer numa festa? Ler um livro?

— Espero encontrar algum escondido pela casa — falei brincando.

Bom, meio brincando. Rosie tinha me obrigado a largar em casa o que eu estava lendo, porque eu tinha certeza de que, no fundo, ela me odiava.

A boca de Gabriel se curvou, e eu adorava ver um sorriso no rosto dele.

— Boa sorte em encontrar um livro aqui. Duvido que Brett saiba ler.

— Ah, olha só, não seja implicante — pedi.

Ele revirou os olhos.

— Ah, é. Sua paixonite idiota.

— Não é idiota — argumentei, olhando ao redor para ver se Brett estava por ali.

Ali começou a cutucar as unhas e também olhou em volta antes de fazer beicinho.

— Gabriel, quero beber alguma coisa.

Os olhos dele alternaram entre mim e Ali antes de ele fazer que sim com a cabeça.

— Tá. Beleza.

— Mas duvido que Kierra beba. Então só para mim — exigiu Ali.

Eu me empertiguei.

— Para o seu governo, hoje eu vou beber.

As alfinetadas de Ali ficavam cada vez mais irritantes. Eu sabia ser legal. Eu sabia me divertir.

Por um acaso, minha ideia de diversão não envolvia bebida; envolvia ficção. Mesmo assim, queria esfregar isso na cara dela. Para minha sorte, Rosie chegou com o meu copo.

— Prontinho, Kierra. Oi, Gabriel! — cantarolou Rosie. Seus olhos passaram para Ali, e ela fez uma careta. — Alison.

— *Ali* — corrigiu Ali. — Que bom te ver, Rosalina.

— *Rosie* — respondeu Rosie.

Gabriel deu uma risadinha. Se havia alguém que Ali odiava mais do que a mim, esse alguém era Rosie. Talvez porque Rosie não cedesse à natureza controladora de Ali. Ela sempre batia de frente com Ali e suas grosserias.

Gabriel fez que sim com a cabeça para Rosie.

— Feliz aniversário, Rosie.

— Valeu, Gabriel. Meu presente foi trazer Kierra para a festa. Você está tão chocado quanto eu?

— Perplexo.

Tomei um gole da bebida e quis cuspir tudo no mesmo instante, mas aguentei firme porque Ali adorava testemunhar os momentos de fraqueza dos outros. Eu não tinha a menor ideia de por que Gabriel parecia obcecado em namorar a garota mais maldosa da escola. Por outro lado, Ali era bonita, e ele tinha um quê de bad boy. Em teoria, os dois combinavam. Tirando o fato de que Gabriel não era um monstro. Pelo menos, não para mim.

Mas não era comum ele mostrar em público o lado bonzinho que compartilhava comigo. Esse era seu maior segredo.

Ali resmungou.

— Gabriel. Minha bebida.

— Ah, desculpa, Ali. Não percebi que você não tinha pés — disse Rosie.

Ali arqueou a sobrancelha esquerda.

— O quê?

— Bom, do jeito que você está mandando Gabriel buscar sua bebida, achei que as suas pernas não funcionassem.

— Ah, cala a boca, Rosie. Cansei de ficar aqui — disse Ali, marchando atrás da própria bebida. — Anda logo, Gabriel! — berrou ela por cima do ombro.

Gabriel balançou a cabeça.

— Vou levar um esporro por causa disso. Você sabe, né, Rosie?

— Ah, bom, talvez isso te faça acordar para a vida e largar essa chata. Falando nisso... vou lá falar com Jason. — Rosie olhou para mim. — Você vai ficar bem aqui?

Fiz que sim com a cabeça.

— Ã-hã. Vou ficar... aqui.

— Beleza. Já volto!

Rosie foi embora, me deixando sozinha com Gabriel. Eu me apoiei na escada, e ele se apoiou ao meu lado. Tomei outro gole do copo e fiz uma careta.

— Você sabe que não precisa beber isso, né? — perguntou ele.

— O quê? Não. Está tudo bem. Eu sou descolada. Eu sou maneira. Adoro uma farra.

Ele riu.

— Pinguim.

— É sério. Estou cansada de Ali me odiar e dizer que sou certinha.

— Então você cai na pilha dela e bebe?

— Se isso fizer com que ela pare de me encher o saco, sim.

Ele franziu a testa.

— Posso falar para ela parar de te tratar mal. Eu faria isso sem pensar duas vezes.

— Não ouse — ordenei. — Não quero que você acabe solteiro porque afasto todas as suas namoradas.

— Você sabe por que ela te odeia, né?

— Porque sou absurdamente charmosa, legal e linda? — brinquei.

— Isso.

Ele não falou mais nada. Um frio esquisito surgiu na minha barriga com sua resposta. Ele olhou para o chão e esfregou o nariz com o polegar antes de voltar a olhar para a frente.

— Você não precisa tentar se encaixar aqui, Kierra. Você não nasceu para isso.

— Para me divertir?

Ele deu risada.

— Para se encaixar.

— Gabriel! — berrou alguém da cozinha, e nós dois nos viramos para encontrar Ali parada lá, fazendo beicinho.

— O dever me chama. — Ele cutucou meu braço. — Já volto para falar com você.

— Não precisa. Seja um bom namorado. Eu estou bem.

— Já volto para falar com você — repetiu ele, abrindo um sorriso de lado para mim enquanto seguia na direção de sua princesa reclamona.

Continuei grudada na escada, analisando todos ao meu redor enquanto tomava aquela bebida nojenta no meu copo. Rosie parecia estar se divertindo como nunca, no auge das suas habilidades sociais. Os sonhos de aniversário dela estavam se tornando realidade, e eu não me importava em ser uma personagem coadjuvante em sua história. Eu sabia que, se pedisse a Rosie que passasse o dia comigo lendo na biblioteca, ela estaria ao meu lado, sem hesitar. Mesmo que isso significasse ter que ficar quieta. Minha amiga querida tinha dificuldade em parar de falar.

— Você sempre passa as festas grudada na escada? — perguntou alguém, fazendo com que eu endireitasse a postura.

Olhei para a frente e encontrei Brett Stevens parado. Eu me virei para trás para ver se ele estava falando com outra pessoa, mas só achei a escada. Obviamente.

Enquanto tentava acalmar a onda de pânico que me dominava, apenas sorri.

Eu não conseguia encontrar palavras, como seria de se esperar. Eu tinha o hábito de ficar paralisada quando me sentia nervosa, assustada, feliz — ou, bem, qualquer emoção. Eu congelava imediatamente, tipo um picolé.

Brett me ofereceu um copo.

— Estava olhando para você e vi que já está mastigando esse copo há um tempo. Achei que poderia querer uma bebida nova.

Arregalei os olhos. Ele estava olhando para mim?

— *Você estava olhando para mim?*

— Claro. Você é a garota mais bonita daqui. — Ele se apoiou na escada ao meu lado. — Quer trepar?

— Trepar no quê? — perguntei, tomando um gole.

— Comigo.

Cuspi a bebida, chocada com as palavras dele.

Então era assim que seria minha primeira conversa com Brett Stevens.

— O quê? — Eu ri, como se ele tivesse feito uma piada. — Não. Você por acaso sabe o meu nome?

— Sei. Ali me disse há uns cinco minutos. Ela disse que você está a fim de mim, então pronto.

Ele esfregou o próprio peito para cima e para baixo. Imediatamente senti um nojo indescritível. Era exatamente por isso que não se falava com as pessoas de quem você gostava. Elas nunca correspondiam às expectativas.

Um sentimento cultivado ao longo de três anos foi *massacrado* depois de dois segundos de conversa. Era como se alguém tivesse espatifado o meu boneco de porcelana de Brett Stevens bem na minha cara. Trágico.

— Então... qual é o meu nome?

— Naomi — disse ele com plena confiança.

Ui.

Que decepção.

Forcei um sorriso.

— Não estou interessada, mas valeu.

Ele me lançou um olhar sério de decepção.

— Você está fazendo cu-doce.

Então inventei uma desculpa para me afastar da confortável escada maculada pela minha ex-paixão e fui dar uma volta pela casa, procurando Rosie ou Gabriel para me salvarem da triste realidade.

Apesar de não conseguir encontrar nenhum dos dois, encontrei uma vontade urgente de ir ao banheiro depois das minhas bebidas da noite. Estava me sentindo meio tonta, mas não bêbada. Pelo menos, não achava que estava bêbada. A sensação de estar bêbada era assim? Eu não tinha certeza. Nunca tinha ficado bêbada antes. Só sabia que, quando andava, às vezes eu empacava, e, quando meu estômago se revirava, sentia vontade de vomitar.

Depois de me deparar com a fila do banheiro do andar de baixo, subi em busca de outro. Quando abri uma porta, achei uma suíte vazia com um banheiro. Entrei correndo, achando que não demoraria muito.

Na saída do banheiro, voltei para o quarto e encontrei Brett parado em frente à porta, com as mãos na cintura.

— Ora, ora. Que coincidência te encontrar aqui, Naomi.

— Não acredito que Brett pegou Kierra. Eu nem imaginava que ela faria uma coisa dessas — disse Ali enquanto pegava outra bebida na geladeira.

— Como assim? — perguntei a Ali, totalmente confuso.

— Eu contei para ele que ela estava a fim, e você sabe como Brett é. Não tem tempo ruim para aquele garoto. Estão dizendo que Brett levou Kierra para o quarto dele. Para falar a verdade, não achei que a dona certinha fosse dessas.

Levou?

Se havia uma coisa que eu sabia sobre Kierra era que ela não se meteria sozinha em um quarto com um cara de quem gostava depois de conversarem só uma noite. E, na última vez que a vi, ela parecia meio bêbada.

Um nervosismo inquietante inundou meu corpo enquanto minhas mãos se fechavam em punhos.

— Já volto.

Ali bufou.

— Você só pode estar de sacanagem. Deixa os dois em paz, Gabriel. Se muito, isso vai fazer com que ela pare de ficar em cima de você o tempo todo. É irritante o jeito como ela é obcecada por você.

— Não quero mais nada com você — falei, sem hesitar nem por um segundo.

Ali ergueu as sobrancelhas.

— Como é?

— A gente terminou.

Não esperei para ouvir o que exatamente ela começou a gritar para mim, me xingando de um monte de coisa. Fui direto para o quarto de Brett, mas, antes de entrar, esperei um segundo. E se Kierra quisesse estar lá? E se eu estivesse sendo um empata-foda ridículo? E se...

— Espera. Para, Brett — foi o que escutei do outro lado da porta.

Isso bastou para me fazer entrar no quarto. Kierra estava presa na parede pelos punhos, se remexendo, tentando fazer Brett sair de cima dela. Sem pensar, fui correndo até os dois e arranquei Brett de lá, jogando-o do outro lado do quarto.

— Que merda é essa, cara? — perguntou ele ao cair no chão.

Eu o ignorei e segurei o rosto de Kierra.

— Você está bem?

Ela fez que sim com a cabeça, parecendo nervosa, os olhos bêbados e cheios de pânico e lágrimas.

Passei um braço ao redor dela e perguntei se estava bem mesmo. Ela não respondeu. Odiei que ela não tivesse respondido.

Saímos do quarto, e as pessoas ficaram nos encarando enquanto seguíamos para a porta da casa. Rosie nos viu e veio correndo.

— Está tudo bem? — perguntou ela, cada palavra carregada de preocupação.

— Vou levar Kierra para casa — respondi. — Você precisa de carona?

— Não, vou andando. Moro aqui perto. Kierra, você está bem?

Kierra acenou lentamente com a cabeça e forçou um sorriso.

— Estou bem.

Ela estava mentindo, e eu sabia. Puxei-a para fora da casa e fui direto para o carro. Eu a coloquei no banco do carona e, no instante em que me sentei no banco do motorista, bati minha porta com força.

Apertei o volante e soltei o ar devagar antes de me virar para ela e perguntar:

— Você está bem?

— Estou.

— Você está mentindo.

— Eu estou bem. Mas você deveria dirigir?

— Eu nunca bebo quando venho a essas festas com Ali. Ela enche a cara, então sempre fico sóbrio.

— Ah... cadê ela?

— Sei lá. Não me importo.

Kierra se empertigou.

— Vocês estão bem?

— *Você* está bem? — rebati.

Ela franziu a testa.

Meu coração ficou em pedaços.

— Pinguim...

— A gente pode ir, por favor? Não quero ficar aqui, Gabriel.

Eu queria insistir, mas o tom trêmulo da voz dela me deu vontade de vomitar. Dei a partida no carro e comecei a dirigir.

— Aquele lugar está cheio de gente escrota. Você não deveria ir a um lugar desses — reclamei enquanto levava minha amiga bêbada para casa.

— Por que não? Você estava lá.

— Ah, bom. — Dei de ombros. — Eu sou um escroto.

— O escroto mais escroto que já escrotou no mundo.

Ela deu uma risadinha enquanto dobrava os joelhos e os encostava no peito. Assim que sua risada desapareceu, uma expressão triste invadiu seus olhos bêbados, e Kierra se virou para a janela. Sua cabeça se apoiou no banco, e ela fungou baixinho.

Fiquei de estômago embrulhado.

— Ele te machucou?

— O quê? — perguntou ela, sem se virar para mim.

— Brett. Ele te machucou?

Quando ela me encarou por cima do ombro, seus olhos estavam marejados. Ela ergueu o ombro esquerdo e o deixou cair.

— Está tudo bem.

Fiquei tão agoniado que até me surpreendi. Parei o carro no meio-fio e o coloquei em ponto morto. Tirei o cinto de segurança e me virei para encará-la.

— O que ele fez, Kierra? — perguntei baixinho, tentando não assustá-la com a fúria aumentando dentro de mim.

Algumas lágrimas escapuliram, e ela rapidamente as secou com a gola da blusa.

— Nada. Está tudo bem. Ele só... Ele só queria... — Sua voz falhou enquanto ela fechava os olhos, e mais lágrimas escorreram pelas bochechas. — Não faz diferença. Você chegou antes de ele conseguir tirar a minha roupa.

— Ele te forçou a fazer alguma coisa? — perguntei.

— Gabriel...

— Kierra. Me diz agora. Ele te forçou a fazer alguma coisa?

Os olhos castanhos dela ressurgiram, carregados de uma verdade que ela parecia ter medo de dizer em voz alta. Ela afastou o olhar de mim e brincou com as próprias mãos, nervosa. Sua cabeça fez que sim lentamente.

— Eu fui lá em cima procurar um banheiro, e ele me seguiu. Eu nem sabia que estava no quarto dele, mas, quando tentei sair, ele parou na frente da porta e tentou me beijar...

Mais lágrimas dela.

Mais fúria dentro de mim.

Minhas mãos apertaram o volante com força.

— Entendi — declarei com toda a calma do mundo.

Ela tocou meu antebraço.

— Está tudo bem, Gabriel. Eu estou bem.

— Ele tentou te forçar — rebati, não com raiva dela, mas de Brett.

— Está tudo bem. Eu estou bem — mentiu ela.

— Não está, não. Você está bêbada e chorando porque aquele merda tentou se aproveitar de você, Kierra. Isso é escroto pra caralho.

— Você chegou na hora certa. Não deixou nada acontecer. Então isso não importa.

— Importa, sim! — berrei, batendo as mãos no volante. Fechei os olhos e respirei fundo. — *Importa pra caralho, Kierra.*

— Eu sei — sussurrou ela com a voz trêmula. — Eu sei.

Quando abri os olhos, vi o quanto ela estava assustada. Eu me inclinei para perto dela e a puxei para um abraço. Ela passou os braços ao meu redor e me apertou, e a segurei como se nunca mais fosse soltá-la.

— Obrigada por me salvar, Gabriel.

— Sempre, Kierra. Só me promete uma coisa, tá? Sempre que você precisar de mim, vai me ligar. Não importa se a gente tiver brigado por causa de uma besteira ou por algo sério. Não importa o que aconteça, a gente precisa ajudar um ao outro, tá? A gente precisa ficar ao lado um do outro. Você pode me ligar sempre, e eu posso te ligar sempre.

Ela secou as lágrimas e fez que sim lentamente com a cabeça enquanto puxava as mangas da camisa.

— Tá bom. Eu prometo.

Kierra

Na segunda-feira, na escola, Brett estava com os dois olhos roxos. As mãos de Gabriel estavam inchadas. Nunca tocamos no assunto. Nunca mais falamos daquela festa. Mas eu soube que foi lá que tudo começou. Aquele foi o momento em que comecei a me apaixonar pelo meu melhor amigo.

11

Gabriel

Dias atuais

Depois de um dia que não seguiu como o esperado, eu estava deitado no sofá por volta das dez da noite, tomando uma cerveja e assistindo a um filme, com Coquinho deitado em cima dos meus pés, roncando. Meu olho ainda doía por causa daquela porcaria de soco.

Meu celular apitou ao meu lado. Levantei o aparelho e fiquei surpreso ao encontrar uma mensagem de um número desconhecido.

Desconhecido: Ainda está vivo? Está com uma concussão?

Eu me sentei um pouco.

Gabriel: Kierra?

Kierra: É. Desculpa. Peguei o seu número no cartão que você me deu. Só queria saber se ainda estava vivo.

Salvei o número dela no mesmo instante.

Gabriel: Vivo e relativamente bem.

Kierra: Que bom. Sem concussão?

Gabriel: Como eu saberia se tenho uma concussão?

Kierra: Os sintomas incluem confusão, dor de cabeça, perda de memória, náusea, vômito, sonolência, confusão, zumbido nos ouvidos e vertigem.

Gabriel: Você acabou de copiar isso da internet?

Kierra: Talvez eu tenha copiado isso da internet.

Gabriel: Bom, não se preocupe. Acho que estou bem. Só um olho e o ego feridos.

Kierra: Tudo bem. Que bom.

Kierra: Quer dizer, não é bom você estar com um olho e o ego feridos, mas você me entendeu.

Dei uma risada.

Gabriel: Eu entendi.

Kierra: Que bom.

Gabriel: E me desculpa por ter entrado num assunto tão pessoal mais cedo. Não queria te deixar desconfortável.

Alguns minutos se passaram sem resposta, e me senti um idiota por sequer tocar no assunto. Até meu celular começar a tocar e o nome dela surgir na tela. Hesitei por um instante antes de atender, achando que ela havia ligado sem querer.

— Alô?

— Oi — murmurou ela, a voz carregando o peso do seu cansaço. — Desculpa, eu não queria te incomodar.

— Você não está incomodando. Eu só não sabia se estava me ligando de propósito.

— É, foi. Foi. Quer dizer, não sei. Não sei o que estou fazendo.

— Você está bem?

— Estou... Quer dizer, não... Quer dizer... — Ela pareceu desorientada conforme suas palavras saíam emaranhadas, mas fui paciente, esperando-a organizar os pensamentos. — Ava está na casa da avó,

Henry foi beber com uns colegas de trabalho, e o meu travesseiro está com o cheiro dela.

— De quem?

— De Lena.

— Quem é Lena?

— Nossa chef.

Ah.

Que merda.

— Também encontrei um brinco dela — continuou Kierra. — Ela sempre usa o mesmo. Estava embaixo da minha coberta e espetou minha perna quando me deitei para dormir.

— Kierra...

— Você pode me perguntar de novo? — interrompeu ela.

— Perguntar o quê?

— Se eu sou feliz.

Por algum motivo, isso me deixou nervoso. Talvez por saber que ela responderia, mas por não saber se ela estava pronta para responder. Eu não sabia se ela estava pronta para expressar sua verdade em voz alta.

— Você é feliz, Kierra?

— Não — respondeu ela, rápido. — Mas talvez algumas pessoas não tenham sido feitas para a felicidade. Talvez algumas pessoas tenham nascido para serem tristes.

— Talvez. Mas não acho que você seja uma dessas pessoas.

— Como você sabe? Você mal me conhece.

— Pois é — concordei. — Não faz sentido, mas eu *sinto* você, Kierra. Não sei como explicar, mas sei o tipo de pessoa que você é, e você não é uma pessoa que nasceu para ser infeliz.

— Você me sente? — perguntou ela, um pouco perplexa.

— Sinto. Eu te sinto às vezes, mesmo quando você não está por perto.

— Gabriel?

— Oi?

— Eu te sinto também — sussurrou ela.

Puta merda, meu coração...

Ele deu um milhão de cambalhotas no peito.

— Por que você continua com ele? — perguntei. — Se está tão infeliz. Se ele está te traindo. Se ele é um merda em todos os sentidos.

— Por causa de Ava.

— Você poderia largá-lo e continuar com Ava. Ela ainda é sua filha.

— Sim, é. Mas não no papel, e ele já me disse várias vezes que vai tirá-la de mim se eu for embora.

— Ele não pode estar falando sério.

— Você realmente não conhece o meu marido.

— Por que ele faria Ava sofrer? Não faz sentido.

— Porque isso me machucaria... e o deixaria feliz.

— Precisa haver uma saída, Kierra. A gente pode pensar...

— A gente não precisa pensar nisso agora. A responsabilidade nem é sua — interrompeu ela com um suspiro pesado. — Eu só queria ouvir a voz de mais alguém para conseguir ignorar os meus pensamentos.

— Tudo bem. — Fiz uma pausa, pensando no que poderia dizer para afastar o assunto de Henry. Para animá-la. Para lhe dar alguma tranquilidade quando seu mundo parecia ser uma grande tempestade. — O que você mais gosta de fazer quando se sente nervosa? Algo que seja só seu.

— Sentar em frente ao mar e desenhar. Não faço isso há muito tempo. Eu costumava ir de carro até a praia e passar horas lá, ouvindo as ondas quebrando na areia. Todo o resto desaparecia por um tempo. Era algo que acalmava a minha mente.

— Chego aí em vinte minutos.

Ela riu.

— Não, Gabriel. Não precisa...

— Kierra.

— O quê?

— Calce os sapatos e pegue o seu caderno de desenhos. Já, já chego.

Eu a encontrei esperando na varanda. Ela foi direto até o carro e entrou. Quando olhou para mim, abriu um sorriso tímido e me agradeceu por vir buscá-la.

— Sempre — respondi.

Eu não sabia por que tinha dito "sempre" para uma pessoa que mal conhecia... E por que realmente queria dizer isso. Mas lá estava eu, fazendo promessas.

Ela continuou sorrindo, mas não respondeu. Pressionou o caderno contra o peito e inclinou a cabeça para mim. Ela levantou o braço e tocou de leve meu olho.

— Você está bem?

— Já estive pior.

— Vou deixar essa resposta passar hoje.

— Você está bem? — perguntei.

Seus lábios carnudos se curvaram um pouco para baixo.

— Já estive pior — repetiu ela.

Eu ri.

— Vou deixar essa resposta passar hoje.

Dei partida no carro e voltamos para minha casa, que ficava de frente para a praia.

Os olhos de Kierra se arregalaram de fascínio ao ver a casa de um andar que parecia um chalé, com janelas largas e uma varanda de madeira que dava a volta em toda a estrutura. Não era um lugar imenso, mas era confortável. Meu terreno era amplo, e eu podia ter aumentado a casa se quisesse, mas éramos só eu e Coquinho morando lá. Não fazia sentido ter uma casa grande que só pareceria vazia na maior parte do tempo.

A varanda estava iluminada pelos pisca-piscas que eu tinha pendurado e havia duas cadeiras de balanço viradas para o quintal com mesas de desenho ao lado. Eu passava muitas noites desenhando lá fora, ouvindo as ondas quebrando na praia. Meu barco estava ancorado no cais, boiando para a frente e para trás ao ritmo do mar.

Kierra deu a volta na varanda, boquiaberta.

— Essa é a sua casa?

— Essa é a minha casa — respondi, enfiando as mãos nos bolsos. — Não é grande coisa, mas é...

— Tão perfeita — comentou ela, arfando. Tínhamos chegado aos fundos da varanda, e, no instante em que ela viu o mar, não conseguiu conter o sorriso. Suas mãos caíram sobre a balaustrada, e ela respirou fundo. — Esse lugar é perfeito, Gabriel.

— É o meu lar.

— Quando eu era mais nova, queria uma casa assim. Queria um lugar meio rústico e com personalidade, com muitas janelas e luz natural. Um lugar que parecesse um lar. — Antes de eu conseguir responder, Coquinho começou a latir na porta dos fundos. Ela se virou para o som. — Você tem um cachorro?

— É, desculpa. Eu devia ter avisado. Você tem medo ou é alérgica? Ele pode ficar lá dentro...

— Solta ele — pediu ela.

Abri a porta, e Coquinho pulou em cima de mim. Eu me agachei e fiz carinho nele.

— Ele é um bobão e adora dar beijos — avisei a ela enquanto era atacado por baba de cachorro. — Tá, Coquinho, calma, né?

Kierra ficou parada, e Coquinho, no instante em que a viu, seguiu direto para ela.

— O nome dele é Coquinho?

— É — respondi.

Os olhos castanhos dela encontraram os meus. Eles pareciam prestes a se encher de lágrimas.

— O nome dele é Coquinho?

— É?

— E ele é um... pastor-alemão?

— Ã-hã. Ele é o meu melhor amigo.

Kierra soltou um soluço de choro e cobriu a boca.

— Desculpa. Nossa, ando emotiva demais ultimamente. — Ela se inclinou e começou a fazer carinho em Coquinho. Ele rolou para exibir a barriga feito o cachorrinho oferecido que era, balançando o rabo de um lado para o outro. As lágrimas de Kierra escorriam dos seus olhos enquanto ela esfregava Coquinho pelo corpo todo. — Oi, menino bonito — sussurrou ela. — Você não é perfeito?

Fiquei afastado, observando os dois interagirem. Ela parecia com vergonha das emoções, mas eu não achava que tivesse motivos para isso. Para mim, era revigorante o jeito como alguém era capaz de sentir tanta coisa, com tanta intensidade.

Havia muita coisa acontecendo na vida de Kierra. Não era de surpreender que as lágrimas escorressem pelas bochechas com tanta frequência. Ela estava passando por uma fase difícil. Caramba, ela havia acabado de encontrar o brinco de outra mulher nos próprios lençóis. Eu também estaria um pouco abalado. Mas estava feliz por ela se permitir chorar perto de mim. Era como se eu fosse um espaço seguro para ela dar vazão aos sentimentos mais profundos.

Ela se levantou e esfregou os braços. Sorriu para mim e secou as lágrimas antes de cruzar os braços.

— Ele é uma fofura.

— Ele é meu melhor amigo.

— Estou tão feliz por você, Gabriel. Estou tão feliz por você ter essa vida e o Coquinho.

Sorri e gesticulei para as duas cadeiras com as mesas.

— Quer desenhar comigo?

— Com certeza.

— Vinho?

— Com certeza — repetiu.

Entrei em casa e peguei duas taças, uma garrafa de vinho tinto e um moletom, porque tinha percebido que Kierra estava tremendo um pouco.

Ela colocou o moletom — tão grande que parecia engoli-la — e me agradeceu enquanto eu servia a bebida. Ela abriu o caderno, e me surpreendi com os desenhos.

— Roupas? — perguntei, sentando-me.

— É. Eu já quis ser estilista.

— Como alguém vai de querer ser estilista para se tornar terapeuta?

— Sempre me pergunto isso. — Ela fez uma pausa e deu de ombros. — Acho que queria fazer algo que ajudasse as pessoas a se sentirem melhor.

— Roupas incríveis podem ter esse efeito. Aumentar a confiança.

— É verdade, mas, depois que passei por uma situação difícil, recorri à terapia. E isso me ajudou tanto que também quis ajudar os outros. Eu costumava fazer roupas para Ava. A maioria das coisas que ela usa fui eu que costurei.

— Não acredito. Que incrível, Kierra. Seus desenhos são incríveis. Já sei de onde Ava puxou o talento.

Ela riu.

— Ela é um milhão de vezes melhor que eu.

Começamos a desenhar enquanto escutávamos as ondas quebrando na praia. Houve momentos de silêncio, mas não foram desconfortáveis nem esquisitos. Eles só pareciam... certos. Havia algo muito acolhedor em um silêncio tranquilo. Eu odiava conversas forçadas.

De vez em quando, eu notava Kierra me observando de canto de olho, e, por algum motivo, quando ela olhava para mim, meu corpo inteiro ficava quente.

— Tá bom, vamos fazer um intervalo. Hora de um jogo — disse ela, baixando o lápis. — Duas verdades e uma mentira.

Baixei meu lápis, entrelacei os dedos e alonguei os braços para cima.

— Beleza. Você começa.

— Morro de medo de montanhas-russas. Joguei softbol durante o ensino médio inteiro. Já venci uma competição de assobio.

Estreitei os olhos.

— Você não consegue assobiar por nada nesse mundo.

Ela arqueou uma sobrancelha, parecendo chocada com minha escolha. Então umedeceu os lábios várias vezes, fez biquinho e assoprou. Não saiu assobio nenhum. Apenas o som dela soprando ar.

Dei uma risada da pior tentativa de assobio que eu já tinha visto na vida.

— Tudo bem, não sou assobiadora profissional — confessou ela. — Sua vez.

Esfreguei o queixo com uma das mãos.

— Sou alérgico a frutos do mar, odeio pasta de amendoim e sou ex-fumante.

— Fácil, você nunca fumou.

— Isso é verdade.

— Tá, minha vez. — Ela esfregou as mãos ao se virar ainda mais para mim. Cruzou as pernas em cima da cadeira e se acomodou. — *Morrendo e aprendendo* é um dos meus filmes preferidos, adoro quebra-cabeças e amo meu marido.

Meu peito ficou apertado com a última opção.

— Você não o ama.

Ela puxou as mangas do moletom e lentamente balançou a cabeça.

— Eu não o amo.

— Você já tinha dito isso em voz alta?

— Não até agora. Até estar aqui.

— Por que agora?

Os ombros dela subiram e desceram rápido.

— Acho que você me ajuda a ser eu mesma. — Ela mordeu o lábio inferior e olhou para as mãos, que estavam apoiadas no colo. — Sua vez.

— Então tá... hum... — Tomei um gole generoso de vinho antes de baixar a taça. — Quero te desenhar agora, já tive vários sonhos com você e adoro queijo-quente.

Ela arregalou os olhos em choque enquanto sussurrava:

— Você odeia queijo-quente.

— Eu odeio queijo-quente.

Seus lábios carnudos ficaram entreabertos.

— Isso significa que as outras duas coisas são verdade?

— As outras duas coisas são a mais absoluta verdade.

— Tudo bem. — Ela puxou as mangas do moletom de novo, antes de se levantar e afastar a cadeira de mim. Então se sentou e posou. — Pode me desenhar.

Peguei meus materiais e comecei a desenhá-la. Voltamos a cair em silêncio por pelo menos vinte minutos, até ela dizer:

— Você sonha mesmo comigo?

— Com frequência — respondi, encarando o papel.

— Sobre o que são os sonhos?

Parei de mover o lápis e ergui o olhar até ela.

— Eu te amando.

— Ah — murmurou ela. — E você acorda feliz?

— Não — confessei, rápido. — Porque, quando acordo, sei que os sonhos não eram verdade.

Os lábios dela se curvaram para baixo conforme um pensamento triste a assolava. Ela parecia ter muito a dizer. Era como se sua mente girasse tão rápido que ela não soubesse quais palavras fariam sentido expressar. Olhou para o celular.

— Que horas são?

Olhei para o meu relógio.

— Duas da manhã.

— Nossa, preciso ir. Se Henry chegar em casa e não me encontrar, vai ser um problema. — Ela se levantou da cadeira e esfregou as mãos no meu moletom. — Desculpa.

— Não, tudo bem. Não tem problema.

Fizemos o trajeto de volta para a casa dela em silêncio, enquanto minha mente ficava remoendo se eu tinha falado demais na brincadeira de duas verdades e uma mentira. Passei o tempo todo me criticando mentalmente, mas o que eu poderia dizer agora? *Desculpa por falar a verdade, Kierra. Ah, e, inclusive, não só eu sonho com você, mas penso em você todo santo dia. Normal.*

Quando parei em frente à sua casa, ela me agradeceu de novo antes de abrir a porta.

— Gabriel? — perguntou ela, virando-se para mim.

— Oi?

— Desculpa, tem algo importante que preciso falar. Isso está me incomodando há um tempinho. Passei horas pensando nisso hoje à noite, desde que você tocou no assunto, e acho que vou explodir se não falar nada.

O nervosismo cresceu dentro de mim a uma velocidade preocupante.

— O que foi?

Ela mordeu o lábio inferior e suspirou.

— Acho muito, *muito* esquisito você não gostar de queijo-quente. É pão torrado com queijo derretido. Qual é o problema disso?

Eu ri.

— Pode acrescentar esse item à minha lista de defeitos.

Um sorriso discreto surgiu nos lábios dela.

— É uma lista bem curta.

— Tenho certeza de que você vai acrescentar mais coisas com o tempo.

— Tenho minhas dúvidas. Boa noite.

— Boa noite, Pinguim.

O corpo inteiro dela ficou paralisado.

— Do que você me chamou?

Do *que* eu a tinha chamado?

Pinguim?

De onde isso tinha saído? O que isso significava?

Porra, eu não sabia por que tinha falado aquilo. Estreitei os olhos, confuso.

— Desculpa, quis dizer boa noite, Kierra. Não sei de onde isso saiu. Desculpa, meu cérebro está morto.

Ela abriu um sorrisinho e fez que sim com a cabeça ao sair do carro.

— Boa noite.

Ela manteve a mão na porta do carro, e ela pigarreou antes de dizer meu nome mais uma vez.

— Oi? — perguntei.

Seus olhos castanhos abriram e fecharam enquanto ela murmurava cinco palavras que me manteriam acordado pelo pouco que restava da noite.

— Também já sonhei com você.

12

Kierra

Boa noite, Pinguim.

Eram duas e meia da manhã quando Gabriel me levou para casa. Tínhamos passado horas desenhando na varanda dele. Havíamos conversado um pouco, e desenhado mais. O único motivo para eu ter ido embora era porque meus olhos estavam pesando e eu sabia que odiaria explicar para Henry por que havia passado a noite fora.

Só que, para minha surpresa, quando Gabriel me deixou em casa, o carro de Henry não estava na garagem. Enquanto eu seguia para a cama, me dei conta de que continuava usando o moletom de Gabriel, que tinha o cheiro dele. Quando o tirei, pressionei-o contra o peito e respirei fundo. Se pudesse, teria ficado na casa de Gabriel. Se pudesse, jamais o teria deixado tantos anos antes.

Continuei acordada por um bom tempo, pensando nos momentos que tinha passado com Gabriel e em como ele havia me chamado de Pinguim.

Ele estava lembrando.

Talvez não totalmente, talvez não com clareza, mas, aos poucos, ele se recordava de partes de nós.

Era impossível não se perguntar se isso era bom ou ruim. Todo dia que passava, eu me pegava me ressentindo mais de Amma. Ela precisava contar a Gabriel sobre Elijah. Ele merecia saber, e, quanto mais tempo eu passava com ele, mais sentia que o traía também ao esconder essa informação. Quando visse Amma de novo, insistiria para que contasse a ele.

Todos os dias, eu lutava contra os demônios na minha cabeça, sentindo uma culpa pesada pelos segredos que guardava do melhor homem que já conheci. Gabriel merecia saber. Ele merecia passar pelo seu luto.

Eu cogitava contar tudo para ele. Até as partes que o fariam me odiar. Porque Elijah merecia. Ele merecia ser conhecido pelo irmão que o amava mais que tudo. Mas então o outro lado da culpa me consumia, sabendo que Amma havia ordenado que eu ficasse em silêncio, porque eu era a culpada por tudo...

Eu havia tirado o filho dela. Eu era o motivo pelo qual Gabriel não tinha mais um irmão. Se eu perdesse Ava, não sei como reagiria. A morte transformava as pessoas em versões irreconhecíveis delas mesmas. O luto mudava a alma de uma pessoa de um milhão de maneiras. Quem era eu para dizer a uma mãe como ela deveria se recuperar da maior tristeza da sua vida? Quem era eu para determinar o tempo de seu luto?

Mas estávamos falando de Elijah, e Gabriel amava tanto aquele menino...

Nossa, ele merecia saber.

Eu sabia que a história não era minha para contar, mas, se Amma não tomasse uma atitude e fizesse o que era certo, eu não teria opção a não ser falar em nome de Elijah.

Porque um menino como ele merecia ser lembrado.

Mesmo que isso fizesse Gabriel nunca mais olhar na minha cara.

Quando acordei pela manhã, o lado da cama de Henry estava bagunçado, mas ele não estava lá. Ouvi um barulho na cozinha e saí da cama. Ele deve ter chegado e saído rápido, descansando por poucas horas.

Ao entrar na cozinha, me deparei com Henry sentado à bancada com Ava. Lena estava preparando o café da manhã no fogão.

Ergui uma sobrancelha, fui até Ava e lhe dei um beijo na testa.

— Bom dia, flor do dia. Achei que você só fosse voltar da sua avó à tarde.

— Já é tarde, mãe — respondeu ela. — Lena está fazendo um brunch.

Já era meio-dia? Eu tinha dormido tanto assim?

— Eu podia ter feito o brunch — comentei, olhando para Lena, que teve a cara de pau de sorrir para mim como se não estivesse transando com o meu marido.

Marido sendo um termo que eu usava de forma muito desapegada.

— Não tem problema. Adoro passar um tempo extra aqui — disse Lena. — Vocês são a família para a qual cozinho que mais gosto.

Aposto que somos mesmo, Lena.

Fui até a cafeteira e me servi de uma caneca generosa.

— Pega para mim também? — pediu Henry. Obedeci e empurrei a caneca na sua direção. Ele me encarou com um sorriso enorme. — Você está horrorosa.

— Pai — disse Ava. — Que grosseria.

— É, que grosseria — repeti. — Fiquei acordada até tarde.

— Fazendo o quê?

— Desenhando.

— Você estava desenhando roupas de novo? — perguntou Ava. — Não fazia isso há um tempão.

— Pois é. Acho que me inspirei vendo você fazer os desenhos de arquitetura.

— Só que os desenhos dela podem levar a uma profissão. Os seus são só rabiscos — disse Henry, falando na frente dela.

Esse era o passatempo preferido dele: diminuir tudo que eu amava.

— Ah, não seja maldoso. Kierra é uma estilista incrível. Espero que ela faça um vestido para mim um dia — disse Lena, piscando para mim enquanto entrava na despensa.

Eu queria vomitar com aquela piscadela. A última pessoa de quem eu queria apoio era da mulher que estava transando com o meu marido. Por mais estranho que parecesse, meu maior incômodo era terem usado minha cama. Eles podiam ter usado o quarto de hóspedes. Eu podia apostar que Henry sentia tesão nisso, em colocar outra mulher no meu lado da cama.

Henry e Ava saíram da cozinha para dar espaço para Lena cozinhar. Enquanto ela estava na despensa, subi correndo até o quarto para pegar o brinco que tinha encontrado. Então voltei para a cozinha.

— Obrigada por fazer o brunch, Lena — mencionei, aproximando-me dela.

Ela se virou para mim com um sorriso vibrante.

— Não tem problema. Eu ia fazer bacon com xarope de bordo para você. Sei que adora.

— Nossa, obrigada. Que bondade a sua. E acho que encontrei um dos seus brincos.

Eu o entreguei para ela.

Seus olhos se arregalaram de empolgação.

— Ai, nossa, achei que tivesse perdido. Obrigada, Kierra.

— Não tem problema nenhum. — Abri um sorriso doce. — Ele estava no meio do meu lençol.

A expressão facial de Lena foi tomada pelo choque quando as palavras saíram da minha boca. Ela abriu os lábios para falar, mas não saiu nada.

Continuei sorrindo, apesar de parte de mim estar se partindo. Tudo bem, eu não amava meu marido, mas adorava Lena. A traição dela havia sido uma punhalada.

— Kierra... — sussurrou ela. Ver seus olhos se enchendo de lágrimas foi confissão suficiente para mim. Eu não precisava ouvir mais, porém merecia ouvir mais. — Me desculpa. Nós... E-eu não sei o que dizer.

— É só falar que você transou com o meu marido na minha cama e depois ficou sorrindo para mim enquanto preparava bacon para eu comer.

— É complicado.

— Não é. Você transou com o meu marido. Não existe nada de complexo nisso.

— Ele disse... Ele disse que vocês dois não são felizes.

As lágrimas começaram a escorrer pelas bochechas dela, e eu a odiei por chorar. Por que ela se achava no direito de ficar triste? Não só ela recebia muitíssimo bem pelos seus serviços como ganhava bônus do meu marido. Na realidade, ela deveria estar feliz. Um bom salário e orgasmos. Só vitórias.

— Ah, tá bom. É ótimo saber disso. Eu só não sabia que a minha infelicidade te dava o direito de transar com ele na minha cama.

— Não foi de propósito. Aconteceu por acaso. — Ela baixou a cabeça e secou as lágrimas. — Posso pedir demissão se você quiser...

— Sim — interrompi. — Eu quero. Depois que você terminar os ovos beneditinos de Ava. Ela adora.

Ela fez que sim com a cabeça.

— Claro. Tudo bem. Não tem problema.

Comecei a ir embora, mas me virei para ela.

— Lena?

— Oi?

— Eu e Henry não somos felizes. Mas cometi a burrice de achar que nós duas éramos amigas. Acho que isso foi o que mais me machucou.

Todos nós comemos brunch juntos. Fingi que estava bem, e Lena fingiu que não pediria demissão em poucas horas.

Passei o resto do dia com Ava, lendo livros e conversando sobre eles durante pausas para petiscar. Foi reconfortante. Sempre que me sentia perdida e sozinha, aquela garota me levava de volta para casa com suas risadas e seu amor.

13

Kierra

Eu odiava flores.

Meu marido adorava pedir desculpas com flores. Rosas, para ser mais específica.

Henry havia crescido em um lar instável. Às vezes, eu me perguntava se esse era o motivo por trás do seu comportamento comigo. Tão oscilante. Seu pai era abusivo com a mãe e bateu nela até o último dia de vida. Durante uma noite de bebedeira, Henry me contou que estava feliz pelo pai ter morrido, porque então sua mãe finalmente poderia viver bem. Ele disse que tinha passado a vida inteira temendo o homem que o havia criado. Meu marido não costumava compartilhar o que sentia comigo. Ele mal falava sobre a infância. Seus momentos mais carinhosos aconteciam quando ele estava bêbado, como se nem percebesse que estava baixando a guarda.

Seu pai, Jack, nunca tocou em um fio do seu cabelo. Para ele, isso nunca fez sentido, mas eu entendi o motivo assim que conheci Jack Hughes. Aquele homem adorava outros homens; o problema dele era com as mulheres. Jack achava que seu gênero era o mais inteligente e que o lugar das mulheres era na cozinha ou de joelhos — palavras de Jack, não minhas. Se a misoginia tivesse nome, seria Jack Hughes. Isso não queria dizer que ele se sentia atraído por homens; simplesmente não gostava tanto assim de mulheres. Ele olhava para todas nós com ar de superioridade. Como terapeuta, eu poderia me alongar por todos os motivos que o fizeram ser quem era, mas o fato de ele ter razões para se comportar daquela maneira não era uma justificativa.

Eu acreditava que, se aceitássemos que as pessoas agissem como quisessem por causa de seus traumas pessoais, acabaríamos presos em um efeito dominó de causar traumas em todo mundo. Mesmo com seus motivos, Jack não tinha desculpa para ser uma pessoa tão ruim.

No dia em que nos conhecemos — a primeira e única vez que nos falamos antes de sua morte —, ele me disse que eu seria um desperdício de espaço, a menos que desse outro filho para Henry. Na cabeça dele, mulheres existiam apenas para ter filhos para os homens criarem. Jack me chamou de fraca e idiota quando falei que não sabia se queria ter filhos. Henry o xingou de tudo que era nome por causa desse comentário, berrando tanto que as veias do seu pescoço ficaram destacadas. Eu nunca tinha visto um homem com tanta raiva, e parte de mim se sentiu protegida naquele momento. Ele estava me defendendo do homem que o criou, do homem que sempre temeu. Parecia algo importante. Eu me senti segura.

Henry passou o caminho inteiro de volta para casa pedindo desculpa. Ele disse que nunca quis que eu o visse perdendo a paciência daquela maneira, em que a fúria encontrava a forma mais profunda de tristeza. Aquela foi a primeira vez que o vi chorar. Eu me lembrava dele desmoronando quando chegamos em casa, me envolvendo nos braços, me dizendo que nunca mais queria que eu o visse naquele estado. Que nunca mais queria gritar com ninguém, do jeito como seu pai sempre fez.

Por mais estranho que pudesse ser, Jack pareceu orgulhoso do filho por enfrentá-lo, por gritar da mesma forma como ele parecia gritar com a mãe de Henry, Tamera. Ele sorria como se pensasse "Esse é o meu garoto". Por isso eu achava que Jack nunca havia encostado em Henry: porque ele carregava parte do seu DNA. Sua pobre esposa, por outro lado, era um saco de pancada.

Não fomos ao velório de Jack. Naquela noite, Henry apenas acendeu um charuto e o fumou no pátio dos fundos de casa.

— Espero que ele queime lá embaixo — murmurou Henry antes

de apagar o charuto.

Anos se passaram antes de Henry perder a paciência de novo.

Tínhamos começado a visitar mais a mãe dele. Ava ainda visitava Tamera todo fim de semana. As duas eram muito próximas, e eu adorava isso. Eu adorava Tamera. Mesmo tendo passado por tudo pelo que ela passou, seu coração jamais se endureceu. Pelo contrário, depois da morte de Jack, ela encontrou maneiras de distribuir mais amor.

Com o tempo, comecei a perceber Henry implicando com a casa da mãe. Que ela era desorganizada e que tudo era velho. Ele vivia oferecendo para comprar uma casa nova ou reformar a atual, mas ela não queria. E isso apenas deixava Henry mais irritado. Tamera não se importava e ignorava os comentários maldosos do filho. Realmente, minha sogra era um pouco acumuladora, mas ela parecia confortável com suas coleções. E sempre sabia onde estava tudo.

Eu achava que, depois da morte de Jack, ela havia comprado tudo que o marido dizia que ela jamais teria. Na minha opinião, era muito bonito e corajoso da parte dela viver exatamente como queria após ter passado anos sob a sombra da fúria de um homem. Quem eu era para dizer como ela deveria viver? Para mim, mulheres que haviam se perdido por causa de um homem mereciam a felicidade mais que qualquer um, independentemente do que os outros achassem do que elas faziam.

Uma noite, Henry me chamou para arrumarmos a casa de Tamera. Ele achava que seria perigoso para Ava ficar lá com tanto lixo.

O que ele chamava de lixo Tamera chamava de tesouros.

Os dois acabaram tendo uma briga enorme, e Henry explodiu com a mãe, fazendo-a chorar. Eu nunca o tinha visto agindo daquele jeito com uma pessoa, nem mesmo quando gritou com o pai. Mesmo ao vê-la desmoronar, ele continuou gritando, despertando um novo medo em mim. Em seu surto de raiva, ele quebrou um vaso de Tamera e disse que não sabia como o pai a aturava.

— Não tem espaço nem para se mexer nesse inferno! — berrou ele. — *Puta que pariu, mãe. Para com essa loucura, porra!*

Voltamos para casa em silêncio.

Minha mente girava com um milhão de pensamentos erráticos.

Em certo momento, ele colocou a mão sobre a minha.

E eu a segurei.

Pareceu muito errado.

Eu me sentia enojada.

Na manhã seguinte, acordei com um buquê de flores na minha mesa de cabeceira e um bilhete em que ele pedia desculpas por ter perdido a calma com a mãe. Ele havia mandado flores para ela também. Mais tarde, quando chegou do trabalho, eu perguntei baixinho se ele algum dia faria aquilo comigo também, se perderia o controle e me atacaria do jeito que tinha atacado a mãe. Se continuaria berrando mesmo quando eu desmoronasse.

A tristeza no olhar dele me mostrou o quanto minhas perguntas partiam seu coração.

— Jamais, Kierra. Jamais — prometeu ele, arrasado. — Eu não sou assim. Você me conhece. Eu jamais machucaria você ou Ava. Você *sabe* disso. Você precisa saber disso.

Ele chorou.

Eu chorei também.

Nunca mais falamos daquela situação, mas ela me transformou. Ela me deixou muito mais atenta a tudo que fazíamos ou pelo que passávamos. Eu devia ter sido mais esperta. Afinal de contas, era terapeuta. Estudei para reconhecer os sinais e ver como se formavam. Devia ter imaginado que aquela não seria a última vez que veria Henry explodir. Devia ter imaginado que seus ataques se tornariam mais e mais frequentes. Devia ter imaginado que, quanto mais tempo eu permanecesse ali, mais à vontade ele se tornaria, porque estava descobrindo o quanto eu permitiria. Até que ponto ele poderia chegar.

Então ele comprava flores.

Então ele chorava.

Então eu chorava.

Só que eu sempre chorava por mais tempo que ele. A dor se tornava cada vez pior, e as flores sempre morriam.

Pelo menos ele nunca grita perto de Ava.

Pelo menos ele pede desculpas.

Pelo menos ele nunca me bate.

Essas eram as justificativas problemáticas que minha mente havia começado a criar enquanto eu tentava me recuperar de suas palavras maldosas. A mais importante para mim era sobre o relacionamento dele com Ava. Para ela, Henry era um herói. O homem que a protegeria de tudo de ruim que pudesse acontecer com ela.

No meu caso, por outro lado, meu marido havia se tornado meu monstro. Eu estava aprisionada no reino dele, e nunca sabia o que despertaria sua raiva. Eu vivia pisando em ovos e me transformava o tempo todo, dependendo de quem ele queria que eu fosse naquele momento. O problema de ter um parceiro abusivo e controlador é que, com frequência, não se consegue ver todos os sinais de alerta até olhar para trás. No começo, eram bobagens. Ele fazendo um comentário sobre a minha roupa, dizendo que eu deveria me vestir como uma mãe e não como uma garota de 20 anos. Ele oferecendo pagar a academia para mim, para que eu perdesse alguns quilos — quilos que eu não havia notado. Ele mencionando que a esposa de um colega do trabalho sempre esperava o marido com o jantar na mesa.

E havia as manipulações. Ele vivia me dizendo que eu deveria ser... melhor. Uma esposa melhor, uma amiga melhor, uma pessoa melhor. Dizia que adorava quando eu usava batom vermelho e que outras cores ficavam estranhas em mim. Então eu usava batom vermelho. Aí ele me dizia que odiava batom vermelho, e eu o lembrava do que tinha dito antes, ao que ele respondia: "Nunca falei isso. Você está lembrando errado." Se eu fosse minha paciente, diria que ele estava fazendo *gaslighting*. Mas este era o problema de conselhos: é mais fácil oferecê-los aos outros do que a si.

Além do mais, eu conseguia lidar com as mudanças de humor de Henry porque eu tinha minha Ava. Durante uma das nossas brigas, depois de eu dizer que ele havia me magoado, ele disse que eu devia pedir o divórcio e deixar que ele e Ava seguissem a vida sem mim.

Ele sabia que esse era o jeito mais fácil de calar a minha boca: ameaçar tirar a coisa mais importante da minha vida, minha filha. Chegava a ponto de dizer que ela não era minha. Só que ela *era* minha. Ela era tão minha quanto eu era dela. Tudo bem, não tínhamos o mesmo nariz nem os mesmos olhos, mas nossos corações batiam em sintonia. Ava Melanie Hughes tinha salvado a minha vida quando eu estava me afogando. Eu não sabia que o sorriso de uma garotinha seria capaz de curar a garotinha arrasada dentro da minha alma. Eu nunca tinha amado daquele jeito.

Então continuava com ele.

Continuava quando queria deixá-lo. Eu não reclamava quando ele me machucava. Eu não brigava mais, porque não podia perdê-la. Não podia perder meu coração.

Não seria para sempre. Um dia, Ava faria 18 anos. Um dia, ela teria a liberdade de escolher com quem queria viver. Um dia, eu me libertaria das maldades de Henry e ainda teria minha filha.

Quando a sexta seguinte chegou, Ava foi dormir na casa de Tamera. Meu dia no trabalho havia sido cansativo, e eu estava exausta. Meus pacientes estavam lidando com problemas difíceis, e, apesar de eu me esforçar para não assimilar as emoções deles, nem sempre isso era fácil. Eu só precisava de uma noite para descansar e voltar aos eixos. Mesmo assim, sabia que Henry iria querer o jantar, então coloquei uma pizza no forno quando ele mandou mensagem dizendo que estava vindo para casa.

— Não acredito que Lena pediu demissão. Você não podia ter feito outra coisa além de pizza congelada? — reclamou Henry às minhas costas enquanto eu estava inclinada, tirando a pizza do forno.

O som repentino da sua voz me fez pular de susto e bater a mão na parte de cima do forno, a dor da queimadura me atravessando inteira. A forma da pizza escapuliu dos meus dedos, sujando o forno todo, e isso fez Henry ter um ataque.

— Porra, você está de sacanagem, Kierra? Olha a merda que você fez! — bradou ele enquanto eu ia correndo para a pia jogar água gelada na queimadura.

— Até parece que eu me machuquei de propósito — rebati sem pensar.

Meu principal foco era garantir que eu não tivesse uma queimadura de segundo ou terceiro grau.

— Se você não fosse tão preguiçosa e cozinhasse de verdade, essa merda não teria acontecido. — Ele bufou, foi até o fogão e desligou o forno. — Agora, o queijo está queimando, e a casa vai ficar fedendo. Só você mesmo para conseguir estragar uma pizza congelada.

Fiquei paralisada com as palavras dele.

Ele olhou para mim, e, no momento em que nossos olhares se encontraram, vi o vazio que o habitava. Talvez ele tivesse tido um dia ruim no trabalho. Talvez alguma negociação tivesse dado errado. Talvez fosse por isso que ele estivesse irritado. Talvez fosse por isso que ele estivesse me culpando em vez de verificar se eu estava bem.

Seus olhos baixaram para a minha mão, onde bolhas já se formavam sobre a pele fina. Ele franziu a testa, e, quando voltou a me encarar, tive um vislumbre de tristeza em seu olhar.

Fale, implorei em silêncio.

Olhe nos meus olhos e peça desculpa por perder a cabeça comigo.

Pergunte se estou bem. Pegue gelo.

Faça qualquer coisa, Henry.

Qualquer coisa para mostrar que ainda se importa.

Em vez disso, ele resmungou qualquer coisa, deu as costas para mim e disse:

— Vou jantar fora.

Saiu de casa, deixando o cheiro de queimado se intensificar ao meu redor.

Ele não dormiu no nosso quarto naquela noite. Ficou no quarto de hóspedes. Provavelmente era melhor assim. Eu preferiria acordar ao lado de qualquer outra pessoa que não fosse ele. Fingíamos ser um casal apaixonado o tanto quanto possível na frente de Ava; mas, quando ela não estava por perto, nosso romance de faz de conta também desaparecia.

Quando acordei na manhã seguinte, havia um buquê de rosas e um creme de queimaduras na mesa de cabeceira.

Continuei deitada do meu lado da cama, pensando em Gabriel, Coquinho e na ideia de uma vida sem Henry. Quando olhava para o buquê, queria vomitar.

Rosas estavam se tornando a flor que eu mais odiava.

14

Kierra

Depois que queimei a mão, fiz exatamente o que fazia sempre que Henry tinha um ataque. Fingi que nada havia acontecido. Mas a verdade era que, sempre que algo acontecia, parecia que eu perdia parte de mim. Mesmo assim, a vida seguia em frente, e nossa casa continuou sendo construída enquanto os alicerces da nossa vida continuavam ruindo.

Ao longo das semanas seguintes, a base de concreto foi feita. A estrutura da casa subia rápido. Junho passou voando, e, conforme entrávamos mais no verão, eu ia me acostumando com a ideia de conviver com Gabriel. É claro que estar com ele não era difícil. Ele tornava tudo surpreendentemente fácil. Desde as reuniões com Henry para falar sobre os detalhes da casa até tratar Ava como uma princesa no programa de mentoria, Gabriel fazia questão de garantir que todos se sentissem bem.

Isso incluía tomar um café com muffin de canela comigo pelo menos duas vezes por semana. Um dia, quando a Florence não tinha muffins suficientes, concordamos em dividir o último. Nos nossos encontros, a conversa sempre fluía com facilidade. Ele me perguntava sobre mim, sobre o que eu gostava e desgostava. Era bom conversar com alguém diferente de Joseph, Rosie e Ava. Meus pais também eram incríveis, é claro, mas eles haviam se mudado para Austin, no Texas, alguns anos antes. Só que falar com Gabriel era diferente. Era como voltar para casa depois de um longo inverno gelado. Ele ainda ria da mesma forma. Ainda esfregava o polegar e o indicador enquanto pensava. Ainda franzia os olhos antes de franzir os lábios.

Ainda parecia o meu lar.

A culpa que eu sentia por considerar que meu lar era um homem que não o meu marido ainda me corroía, apesar de Henry não me tratar sempre bem. Mesmo que não houvesse amor no meu casamento, eu não devia me sentir tão próxima de outra pessoa.

Eu me esforçava para lutar contra meus sentimentos por Gabriel. Tentava afastar os pensamentos conflitantes que corriam pela minha mente. Para mim, o melhor jeito de fazer isso era me concentrando o máximo possível nos meus pacientes, e não em mim. Eu gostava de deixar meus problemas bem longe de mim, com uma placa que dizia em letras garrafais: RESOLVER MAIS TARDE.

Claire Dune estava tendo um dia bom. Era raro, mas eu adorava quando ela entrava no consultório com um ar confiante. Ela ainda brincava com as mãos enquanto falava, e, em certos momentos, dava umas escorregadas e caía em autodepreciação, mas costumava perceber o que estava fazendo e não se deixava afundar na tristeza.

— Peter me convidou para sair — disse ela como quem não quer nada. Seu sorriso ia de orelha a orelha enquanto ela balançava a cabeça, incrédula. — Dá para acreditar? Dá para acreditar que ele me convidou?

— Claro que dá. Você é uma pessoa incrível, com um coração de ouro.

— Também tenho muitos problemas — comentou ela, recostando-se na poltrona. — Às vezes, acho que sou coisa demais para alguém amar. Acho que sou tão ferrada pelos meus traumas que vou acabar estragando qualquer relacionamento.

— De onde vêm essas inseguranças? Elas são seus próprios pensamentos ou de alguma outra pessoa?

Ela deu de ombros.

— Às vezes, na minha cabeça, é difícil saber o que vem de mim e o que veio dos meus pais.

— Você quer saber uma coisa legal sobre pensamentos?

— O quê?

— Eles não precisam te definir. Eles podem ir e vir sem se prender a você e ao seu valor. Nem todo pensamento merece uma resposta. Você tem o direito de dizer: "Não, pensamento. Você está errado e precisa ir embora agora." Você está no controle da sua vida e pode deixar para trás qualquer pessoa, lugar ou pensamento que faça você se sentir inferior. Um bom truque é dizer em voz alta o oposto do pensamento negativo, três vezes seguidas, para cimentar uma crença melhor na sua mente.

Ela franziu a testa.

— Então, quando as vozes na minha cabeça me chamarem de feia, posso dizer...?

— Sou bonita, sou bonita, sou bonita. — Sorri para ela e acenei positivamente uma vez com a cabeça. — E você é bonita, Claire. Mas não importa o que eu penso nem o que Peter pensa. O que importa é o que você realmente acha de si mesma. E, se aprender a lutar contra os pensamentos negativos, você pode mudar a sua vida.

— Sou bonita, sou bonita, sou bonita — repetiu ela, fechando os olhos. Ela levou a mão ao peito, sobre o coração, e soltou o ar. — Sou boa o suficiente, sou boa o suficiente, sou boa o suficiente.

— Isso, assim mesmo.

Ela bateu os olhos na foto de Henry e Ava na minha mesa. Abriu um sorriso discreto e balançou a cabeça.

— Sua filha tem muita sorte por ter você. Aposto que você ensina coisas maravilhosas para ela também.

— Eu me esforço para mostrar que ela é maravilhosa.

— Meus pais nunca fizeram isso. Acho que, se eu tivesse tido uma filha antes, também não conseguiria fazer isso. Eu teria sido dura com ela, porque nunca soube ser de outro jeito. É bom que mães como você existam. Vocês salvam vidas e criam pessoas que vão ser mais fortes do que as que vieram antes. Você é uma pessoa muito boa, Kierra.

Sorri e me inclinei para perto dela.

— Agora, diga a mesma coisa para você mesma, porque é verdade.

Seus olhos brilharam com emoção enquanto ela fazia que sim com a cabeça e dizia as palavras.

Trabalhamos com os pensamentos dela naquela tarde, e, surpreendentemente, ajudá-la também aliviou um pouco a pressão no meu peito. Era como se ela tivesse me lembrado de que eu também deveria ser mais gentil comigo mesma.

Porque eu era boa o suficiente, eu era boa o suficiente, eu era boa o suficiente.

Mesmo que as vozes na minha cabeça tentassem me convencer do contrário.

Uma tarde, Gabriel passou por aqui para deixar alguns documentos para Henry, que tinha ficado até tarde no trabalho, algo que sempre acontecia. Ele havia mandado uma mensagem pedindo que eu ficasse em casa para receber os papéis. Não seria difícil me convencer a encontrar Gabriel naquela tarde, isso era certo.

— Oi, pode entrar — falei, abrindo a porta da frente para ele. — Tudo bem com você?

— Tudo, tudo. Eu estava dando uma olhada em uns documentos que Henry queria, então achei melhor deixá-los aqui para ele assinar antes de eu voltar daqui a dois dias para dar uma olhada nos alicerces e na estrutura da casa. — Ele passou a mão pelo cabelo bagunçado e sorriu. — Você está bonita.

Olhei para mim mesma. Eu estava com meu casaco e minha calça de moletom largos.

— Estou toda largada, mas obrigada pelo elogio.

Ele ofereceu a pasta para mim.

— Obrigado por me deixar passar aqui para dei...

— *Mãããããe!* Estou com cólica, e odeio tudo, e ser garota é a pior coisa do mundo, e eu arrancaria as minhas entranhas fora se isso significasse que não iria mais...

Ava ficou paralisada ao entrar na sala batendo os pés. No instante em que viu Gabriel, uma expressão de horror e vergonha tomou seu rosto.

Gabriel ergueu a mão para ela.

— Oi, garota.

Os olhos de Ava foram de Gabriel para mim antes de ela abrir a boca e seus olhos se encherem de lágrimas.

— *Ai, nossa! Mããae!* Por que você não avisou que ele estava aqui? — disse ela, exalando humilhação. — Que vergonha! — berrou enquanto voltava com passos pesados até o quarto, batendo a porta com força.

Eu não estava pronta para adolescentes cheios de hormônios. Entretanto, Ava também não devia estar pronta para se deparar com Gabriel enquanto reclamava das suas cólicas menstruais.

— Desculpa. Essa época do mês a deixa meio nervosa — falei.

— Não tem problema. Imagino que, se homens menstruassem, a gente começaria guerras para descontar a raiva. Bater a porta não é nada. Espero que ela não tenha ficado com vergonha.

— Ah, ficou, e vou ter que implorar pelo perdão dela, mesmo que eu não soubesse que ela sairia do quarto falando essas coisas.

Ele sorriu e esfregou a mandíbula.

— Enfim, eu só queria deixar os documentos.

— Quer beber alguma coisa? — ofereci. Eu nem sabia por quê. Balancei a cabeça. — Desculpa, foi esquisito oferecer isso. Imagino que você tenha mais o que fazer, mas parecia estranho não te oferecer nada depois de você vir até aqui.

Ele fez uma pausa.

— Aceito uma bebida.

Peguei uma cerveja para ele e vodca e água com gás para mim e saímos para o quintal, nos sentando no chão diante da casa sendo construída. Ficamos de pernas dobradas, com os braços apoiados nos joelhos, enquanto o sol descia pelo céu.

— Eu adoro esse terreno — falei, olhando para a frente. — A natureza me traz muita paz. A gente não tinha isso na casa antiga.

— Também gosto de natureza. Ficar sentado em meio a ela faz todas as minhas preocupações desaparecerem por um tempo.

— Você tem muitas preocupações?

— Por sorte, não. Minha vida é bem feliz. Faço o que amo. É só... — As palavras foram sumindo, como se ele tivesse percebido que estava falando demais.

— É só o quê?

— É solitário, às vezes. Eu trabalho muito. Passo tempo demais sozinho. No geral, não me incomodo. Mas, quando tenho projetos como esse e vejo famílias como a sua, me pergunto como seria ser... mais que só eu.

Quem dera a realidade fosse tão boa quanto a imagem que Henry vendia da nossa família.

— Acho que algumas pessoas têm família e continuam sendo muito solitárias — comentei.

— Mas você não é. Admito que tenho um pouco de inveja da sua vida e de como ela não parece nada solitária.

Ah, Gabriel. Se você soubesse das sombras no meu mundo...

— Pois é. — Concordei com um aceno de cabeça. — Ava não deixa que eu me sinta sozinha.

— E Henry — adicionou ele.

Sorri e menti.

— É, ele também. — Eu me remexi um pouco enquanto olhava para a construção. — Você acha que a casa vai parecer acolhedora, como um lar, e não como uma mansão? É tudo muito grande, e, às vezes, fico com medo de uma casa desse tamanho ser fria e solitária.

— Ela *é* imensa — concordou ele. — Mas vai ser acolhedora.

— Como você sabe?

— Porque você vai morar nela.

Sorri para ele.

Ele sorriu para mim também.

Senti seu sorriso no meu peito.

Senti Gabriel na minha alma.

E foi então que aconteceu.

Aquele foi o exato instante em que comecei a me apaixonar de novo por um homem que jamais seria meu. Por outro lado, talvez eu nunca tivesse parado de amar Gabriel. O amor que eu sentia por ele permaneceu quietinho no meu coração e lá continuaria pelo resto da minha vida. Amá-lo não era apenas uma escolha: era o meu destino. Eu nasci para amá-lo, e, por um breve período, achei que ele havia nascido para me amar também.

— Gabriel? — sussurrei.

— Oi? — sussurrou ele em resposta.

— Gosto muito da pessoa que você é.

O sorriso dele aumentou, e me apaixonei mais.

— Kierra?

— Oi?

— Gosto muito da pessoa que você é — repetiu ele.

E isso bastou para eu me apaixonar ainda mais. Eu estava tropeçando, cambaleando, caindo de amores por ele.

E, naquele momento, senti uma vontade imensa de contar tudo. De contar sobre nós. De contar sobre Elijah. Porque não existem segredos quando o amor é verdadeiro.

Engoli em seco e soltei um suspiro pesado.

— Gabriel, tem uma coisa que preciso te co...

— Desculpa interromper — disse uma voz atrás de nós, me fazendo abandonar meus pensamentos e voltar para a realidade.

Olhei por cima do ombro e vi Rosie, exibindo um imenso sorriso bobo.

Eu me levantei, e Gabriel fez o mesmo.

— Rosie, oi. O que você está fazendo aqui? — perguntei, indo até minha amiga.

— Caramba — soltou ela, baixinho. — Olha só.

— Rosie — sussurrei antes de encará-la com um olhar sério.

Um olhar que dizia "Finja que está tudo normal e não faça estardalhaço".

Infelizmente para mim, Rosie sempre fazia estardalhaço.

Ela pressionou a língua na bochecha antes de dizer:

— Meus pais finalmente começaram a arrumar a garagem e encontraram umas caixas antigas que você guardou lá em casa na época da faculdade. Deixei com Ava. Ela me disse que você estava aqui com...?

Ela abriu um sorriso de orelha a orelha, arqueando uma sobrancelha para Gabriel.

Ele deu um passo para a frente e ofereceu a mão.

— Gabriel Sinclair. Sou o arquiteto do projeto dos Hughes.

Rosie apertou a mão dele.

— Ouvi muito a seu respeito, Gabriel.

Ele riu.

— Espero que tenham sido coisas boas.

— Só as melhores. — Rosie o encarava como se estivesse vendo um fantasma. Eu conseguia entender. Também fiquei em estado de choque quando ele reapareceu na minha vida. Ela levou as mãos à cintura e balançou a cabeça, incrédula. — Nossa, como você é bonito.

— Rosie — falei, dando uma risada de nervoso.

— Não, é sério. Você é bonito pra cacete. E forte. — Ela passou a mão ao redor do bíceps dele, porque a palavra *limite* não existia no seu vocabulário. — Você malha?

Gabriel continuou rindo e flexionou um pouco o braço.

— De vez em quando.

— De vez em quando — repetiu Rosie, rindo e me cutucando. — Esses não são músculos de "de vez em quando". Esses são músculos de "todo dia".

— Rosie! — exclamei, batendo na mão dela para afastá-la de Gabriel. Senti as bochechas esquentando pela conversa enquanto eu abria um sorriso pesaroso para Gabriel. — Desculpa. Minha melhor amiga não tem limites nem tato.

— Nem todo mundo é tão humilde e fofo quanto Kierra — disse Rosie. — Algumas pessoas acabam sendo mais escrotas mesmo.

— Gosto de sinceridade — declarou Gabriel. — Para falar a verdade, acho que a maioria das pessoas não é tão humilde e fofa quanto Kierra.

— Isso aí. Por isso que sempre preciso xingar as pessoas por ela — completou Rosie.

Gabriel sorriu, parecendo não se abalar com as travessuras de Rosie, o que só serviu para me lembrar de como ele a aturava quando éramos mais novos. Era estranho estar ali, com meus dois melhores amigos. Quase parecia que eu tinha entrado em uma máquina do tempo e voltado para uma época antes de a minha vida ser assolada por uma tragédia.

— Você parece meio familiar — mencionou Gabriel, arqueando uma sobrancelha para Rosie.

O nervosismo revirou meu estômago quando essas palavras saíram de sua boca.

Rosie não se abalou e fez uma pose.

— Bom, você está olhando para a garota do tempo do canal doze, em carne e osso.

— Ah, é. Você me lembra de sair com um guarda-chuva de vez em quando — disse ele.

— Mantenho as pessoas secas há sete anos — respondeu Rosie.

— Obrigado. Isso ajuda o meu cabelo a ficar bonito. — Gabriel olhou para seu relógio e acenou com a cabeça. — Mas preciso ir. Obrigado de novo pela bebida, Kierra. Até logo. E, Rosie, foi um prazer te conhecer.

— O prazer foi todo meu — cantarolou ela, enquanto eu revirava os olhos. Gabriel foi embora, e Rosie o observou até ele desaparecer. Então ela se virou para mim e deu um tapa no meu braço. — *Cacete! Cacete! Cacete!* Kierra, você não me disse que Gabriel tinha ficado gostoso. Tipo, muito gostoso!

— Ele é bem bonito, sim.

— Não. Você não vai diminuir isso. É como se Henry Cavill e Kofi Siriboe tivessem tido um filho, e Gabriel Sinclair nasceu. Ele é tipo um vinho caro: melhorou com a idade e ficou muito mais forte. Minha calcinha quase deu uma cambalhota para longe de mim e voou para dentro da boca dele só de eu dizer oi.

— Rosie.

— Quase perdi o controle e pedi para ele usar sua linguiça para me rechear feito um peru de Natal.

— Rosie.

— Quase implorei para ele me chamar de boa menina antes de cuspir na minha boca.

— *Rosie!*

— Se eu não estivesse noiva e não fosse sua melhor amiga, estaria roçando na perna dele.

Eu a encarei, inexpressiva.

— Acabou?

Ela fez que sim com a cabeça.

— Tá, acho que acabei.

— Que bom. Ainda bem que você não roçou na perna dele.

— Quero que saiba que cogitei fazer isso várias vezes naqueles poucos minutos.

— Bom, a gente pode parar de falar sobre roçar na perna dele agora.

— Ah. — Ela acenou positivamente com a cabeça. — Tá bom. Mas... Ai, nossa. Ele é lindo.

Sim, ele era.

Mas não era só sua beleza que o tornava atraente. Era sua bondade, seu coração. Eu não sabia como era possível, mas Gabriel tinha ficado ainda mais bondoso do que era quando nos conhecíamos, anos antes.

A personalidade vibrante de Rosie se acalmou um pouco enquanto ela levava a mão ao meu ombro.

— Como você está lidando com tudo? Com ter que conviver com ele?

— Bem — menti.

— Mentirosa — retrucou ela, dando-me um tapinha nas costas. — Você está oficialmente ferrada, minha amiga.

— Ele não sabe de Elijah — sussurrei, esfregando meu braço para cima e para baixo.

Ela arqueou uma sobrancelha.

— Como assim ele não sabe de Elijah?

— Depois do acidente, Amma nunca contou que ele teve um irmão... E, quando falei com ela, ela me fez prometer que eu não tocaria no assunto.

— Hum... Isso é loucura. Mas que história é essa? Gabriel merece saber disso. Você precisa contar para ele.

— Eu quero, mas... não posso.

— Pode, sim, Kierra. Por que você acha que não...

— Eu matei ele — falei, engasgando com as palavras, balançando a cabeça enquanto as emoções me assolavam. — Elijah se foi por minha causa. Frank largou Amma por minha causa. Gabriel não se lembra por minha causa... Ela me pediu uma coisa, e é o mínimo que posso fazer depois de estragar sua vida.

— Foi um acidente, Kierra. Você não fez de propósito. Você não é um monstro e não pode carregar essa culpa.

— Esse é o problema — respondi. — Eu *sou* o monstro dela. E, se eu contar para Gabriel, apesar de querer muito fazer isso, só causaria mais sofrimento a ela.

Rosie suspirou e me puxou para um abraço.

— Eu te amo, mas odeio tudo isso. Odeio demais tudo isso.

Fiz que sim com a cabeça enquanto chorava no ombro dela.

Porque eu também odiava tudo isso.

Odiava tudo isso mais do que seria capaz de explicar.

15

Kierra

13 anos

Cinco anos dolorosos e terríveis de sofrimento, e eu estava oficialmente livre da tortura e da agonia de usar aparelho.

A Boca de Ferro finalmente havia se aposentado.

— Ficou ótimo, né? — mencionou minha mãe enquanto eu me encarava no espelho do banheiro depois de voltarmos do dentista.

Era difícil entender que aquele era o meu reflexo. Meus dentes estavam retos, brancos e lindos.

Eu conseguia sorrir sem ter uma estrutura metálica se mexendo junto com a curvatura dos meus lábios. O pessoal da escola não teria mais o prazer de me chamar de apelidos, apesar de eles nem serem criativos. Quando eu fosse me arrumar, também não esgarçaria mais as minhas blusas.

A vida estava prestes a se tornar melhor do que nunca, e eu não conseguia parar de rir.

— Estou gata! — exclamei, fazendo uma pose para o espelho.

Minha mãe riu, mas concordou.

— Você está linda — disse ela, então beijou minha testa. — Mas você sempre foi linda, Kierra.

— Tá bom, tá bom, você é minha mãe, então precisa dizer isso, mas olha só para mim!

Abri um sorriso imenso. Sorri tanto que meus olhos fecharam com a pressão das bochechas.

Fui para a escola me sentindo feliz da vida. Passei o dia todo com um sorriso estampado no rosto. Eu queria que todo mundo visse meu sorriso depois de só terem visto o aparelho.

Depois da aula, fui para o vestiário e coloquei o uniforme branco para o treino de softbol. No caminho para o campo, eu me sentia mais confiante que nunca. As equipes de basquete e de corrida treinavam no mesmo horário que a gente. Havia dezenas de colegas da escola por ali, e me certifiquei de sorrir para o máximo possível deles.

Até as pessoas começarem a sussurrar e apontar para mim. No começo, achei que fosse pelo meu novo sorriso brilhante e lindo, mas então percebi que ninguém estava sorrindo para mim, mas rindo de mim.

Rosie veio correndo até mim com os lábios franzidos.

— Hum... Kierra?

— Oi?

— Não fica nervosa... — começou ela.

E isso já foi suficiente para me deixar nervosa.

— O quê? O quê?!

— Você ficou menstruada e manchou a sua calça branca.

O quê?

O quê?!

Baixei o olhar para a minha calça, então olhei para a frente e vi todo mundo rindo de mim. Fiquei de estômago embrulhado de pânico enquanto as gargalhadas aumentavam. Todo mundo estava rindo, menos Gabriel. Quando olhei para Gabriel, ele estava franzindo a testa e parecia estar com pena de mim, o que só me deixou com mais raiva e mais vergonha.

Larguei a luva e saí correndo para o vestiário, totalmente humilhada por aquela situação toda. Dava para imaginar minha surpresa quando ouvi a voz de Gabriel no vestiário, chamando meu nome.

— Kierra? Você está aqui? — perguntou ele.

— Me deixa em paz, tá? — bradei, sentindo as lágrimas inundando meus olhos enquanto eu me escondia na cabine do banheiro, querendo morrer por finalmente ter ficado "mocinha" um dia depois de ter me livrado do apelido Boca de Ferro. E por essa revelação ter acontecido em público, diante de todo mundo que tinha passado anos fazendo bullying comigo.

E o fato de Gabriel ter testemunhado aquela humilhação só piorava as coisas. Eu teria que passar meses com a cortina do meu quarto fechada para evitar que ele me visse e zombasse de mim.

Fiquei sentada no banheiro, me debulhando em lágrimas, enquanto ele ficou parado do outro lado da porta.

— Você não pode entrar no vestiário feminino! — berrei.

— Você acha que eu quero estar aqui? — resmungou ele.

Eu odiava o som da sua voz, odiava como ela ficava esganiçada de vez em quando. Havia dias em que a voz de Gabriel soava como se ele tivesse 5 anos; em outros, ele parecia ter 50. E, no meio do caminho entre as duas, sua voz era meu som favorito. Eu ainda não entendia essa parte. Mas, às vezes, sua voz fazia com que eu me sentisse segura.

— Se você não quer estar aqui, pode ir embora — ordenei.

— Estou indo — declarou ele, mas notei que seus pés não se moveram.

— Não está, não.

— Estou, eu só... Aqui — disse ele, colocando a mão por baixo da porta da cabine.

A mão que segurava uma bolsa de lona.

— O que é isso?

— Umas roupas limpas que eu ia usar depois do treino de futebol americano. Um moletom e uma cueca. Achei que você poderia querer usar. Botei uns absorventes aí também. Minha mãe deixa uns no carro.

Senti meu peito apertado. Ele estava... me oferecendo suas roupas? Para eu não sair do vestiário totalmente humilhada? Ele estava me ajudando?

— Isso é alguma pegadinha? — perguntei.

— Escuta, se você não quiser a porcaria das roupas, beleza. Posso ir embo...

Antes que ele retirasse sua oferta, pulei do vaso sanitário e peguei a bolsa da sua mão. Eu a apertei contra o peito, sem saber o que dizer. Afastei o cabelo do rosto e abri a boca para falar, mas, antes que eu conseguisse, os pés de Gabriel desapareceram. A porta do vestiário foi aberta e fechada rápido depois disso, mostrando que ele havia saído praticamente correndo dali.

As lágrimas continuaram escorrendo pelo meu rosto enquanto eu vestia as roupas de Gabriel. Coloquei sua cueca, botei o absorvente nela, vesti a calça de moletom preta e então a blusa de futebol americano com o logotipo da escola.

Depois de me acalmar o suficiente para sair do vestiário, fui correndo para o estacionamento, onde meu pai me esperava para me buscar.

No instante em que me viu, ele arqueou uma sobrancelha.

— De quem são essas roupas? — perguntou ele.

Minhas bochechas esquentaram enquanto eu me sentava no banco do carona e colocava o cinto.

— Não importa. Vamos embora, pai.

Ele balançou a cabeça.

— Essas roupas são de um menino. Kierra Elizabeth Hughes, por que você está usando...

— *Eu fiquei mocinha, pai!* — berrei para ele e comecei a chorar.

Mesmo trocando de roupa, eu me sentia humilhada e cansada e estava com pressa para sair da escola o mais rápido possível. A última coisa de que eu precisava era meu pai me perguntando por que eu estava usando roupas de menino. Eu ainda estava traumatizada pelos últimos quinze minutos, que pareciam ter durado quinze anos. Não conseguia acreditar que teria que voltar para a escola no dia seguinte. Na verdade, talvez fosse melhor comprar uma passagem só de ida para a Islândia ou algum lugar parecido.

Meu pai continuou parado. Ele fez aquele negócio que pais fazem quando parecem totalmente confusos com a realidade ao redor.

— Espera, por que você está chorando? O que isso significa, Kier...

— *Eu fiquei menstruada, pai!* — exclamei, jogando as mãos para o alto e desistindo. — Fiquei menstruada no meio do treino, e todo mundo viu por causa do meu uniforme branco, e agora estou morrendo de vergonha e preciso que a gente vá embora, porque quero me afastar o máximo possível desse lugar.

Meu pai piscou algumas vezes, apertando o volante.

— Ahhh. — Ele fez que sim com a cabeça. — Entendi. Escuta, Kierra. Sei que essa conversa é mais o tipo de coisa que você teria com a sua mãe. Mas quero que saiba que ficar menstruada é uma parte natural e linda da vida, e...

Enquanto ele falava, algumas garotas passaram pelo carro e apontaram para mim, rindo.

Eu me inclinei para ele e bati as mãos nos seus ombros.

— Pai, por favor. Esse não é o momento para você ser incrível e pai de garota, tá? Preciso que você dirija o carro.

— Beleza, tá bom, vamos embora.

Ele deu a partida, e afundei ainda mais no banco de couro, desejando poder derreter no tecido e desaparecer para sempre.

Quando chegamos, entrei correndo em casa com a bolsa de lona e passei direto pela minha mãe e segui para o meu quarto.

— Nossa, oi para você também, Kierra. Você está... — começou minha mãe, mas não parei de andar.

Enquanto eu me afastava depressa, ouvi meu pai dizer.

— Ela ficou mocinha hoje.

Bati a porta do quarto antes de conseguir escutar qualquer outra coisa.

— O que foi? — perguntou Gabriel, abrindo a janela do seu quarto depois que passei mais de um minuto batendo nela.

Empurrei a bolsa de lona na sua direção.

— Aqui.

— Ah. Valeu. — Ele coçou a nuca. — Você está bem?

— Que diferença isso faz para você?

— *Nenhuma* — disse ele, dando de ombros. — Mas minha mãe disse que eu devia perguntar como você estava.

— Não quero que você me pergunte só porque a sua mãe mandou.

— Beleza, então finge que eu não perguntei.

Ele fez menção de fechar a janela.

— Espera! — berrei, enfiando a mão na janela para impedi-lo de fechá-la. — Quero te dar um negócio. Só um minuto. — Voltei correndo para minha janela, entrei no quarto e peguei o prato de cookies que minha mãe tinha feito para mim e deixado na minha escrivaninha. Saí de novo pela janela e voltei até Gabriel. — Aqui.

— O que é isso?

— Cookies de menstruação.

Ele arregalou os olhos, totalmente enojado.

— Você fez cookies com a sua menstruação?!

— O quê? Não, seu esquisito. Minha mãe fez cookies para comemorar que fiquei menstruada. Isso significa que sou uma mulher agora.

Gabriel estreitou os olhos.

— Ah. — Ele pegou um cookie e deu uma mordida. — Maneiro.

Eu não sabia o que mais dizer para ele, então falei:

— Tanto faz. Tchau, escroto.

— Tchau, Pinguim — respondeu ele antes de surrupiar outro cookie.

Ele fechou a janela enquanto eu subia na minha. Então passei a porcaria da noite toda pensando nele.

No mês seguinte, alguém bateu à minha janela. Quando abri, encontrei Gabriel parado do outro lado, segurando um prato.

— O que é isso? — perguntei.

— Cookies. Para... você sabe...

Franzi o nariz.

— Como você sabe que preciso de cookies agora?

— Porque imagino que essas coisas aconteçam com garotas todo mês, mais ou menos na mesma época, então fiz cookies com a minha mãe para você não virar um ogro ranzinza.

— Ah... — Era fofo ou meio maldoso? Eu não sabia. Gabriel me deixava mais confusa do que qualquer pessoa. Aceitei os cookies e mordi um. — Valeu.

— Ficou bom?

— Ficou, mas gosto mais de cookies de aveia.

— Só velhas que moram com quinze gatos gostam mais de cookies de aveia.

— Eu também gosto — falei, dando outra mordida. — Com uva--passa. Mas esses também estão gostosos.

— Então tá.

— Então tá.

— Bom... — Ele respirou fundo. — Tchau.

— Tchau. — Fiquei parada enquanto ele se virava e começava a seguir para a própria janela. — Ei, Gabriel?

— Oi?

— Vamos ser amigos e tal?

Ele coçou o queixo e deu de ombros.

— Tá bom.

Depois disso, ele passou a fazer cookies de aveia para mim todo mês. Com uva-passa.

16

Kierra

Dias atuais

Dois dias depois, ao voltar para dar uma olhada na obra, Gabriel estava parado na minha cozinha segurando um pote.

— Você fez cookies para Ava? — perguntei, chocada.

— Fiz. Espero que não tenha problema. Achei que, na situação atual dela... — Ele balançou a cabeça. — Desculpa. Deve parecer muito esquisito, mas achei que era a coisa certa a fazer. Se ultrapassei algum limite...

Voei para cima dele, incapaz de me impedir de envolvê-lo nos meus braços. Ele deve ter ficado confuso com meu comportamento, já que eu estava agindo feito uma doida, dando um abraço apertado nele.

Ele ainda estava ali... meu Gabriel fofo, com quem cresci. Ele havia feito cookies para Ava do mesmo jeito que fazia para mim quando éramos adolescentes e eu estava na TPM. Seria impossível não abraçá-lo. Por um breve instante, foi fácil esquecer que ele não se lembrava do seu passado comigo. Só que, em algum lugar lá dentro, ele lembrava. Em algum lugar no seu inconsciente, a pequena Kierra ainda existia. Ele ainda a conhecia. Ele ainda tinha essas memórias. Ele ainda era meu.

Que pensamento idiota, Kierra.

Solte esse homem.

Eu me afastei com os olhos marejados e me sentindo boba por ter pulado em cima dele daquele jeito. Por um instante, senti vontade de contar sobre nós. Queria desabafar com ele sobre todos os detalhes de como éramos não apenas melhores amigos mas apaixonados. Queria contar a ele das nossas aventuras, nossos altos e baixos, nossos melhores e piores dias. Queria contar a ele de Elijah.

Ah, como eu queria contar a ele de Elijah... Queria que ele soubesse de todos os momentos que compartilhamos com seu irmão caçula. Queria que ele soubesse que eu ainda escrevia cartas para Elijah toda semana. Queria que ele soubesse que eu mal conseguia assistir aos fogos de artifício na noite de Ano-Novo sem me debulhar em lágrimas.

Queria contar a ele da risada de Elijah. Como ela tomava conta dos espaços e era capaz de amolecer até a pessoa mais ranzinza do mundo. Queria contar como os dois eram próximos. Como tínhamos ficado surpresos quando sua mãe e Frank anunciaram que teriam outro filho quando Gabriel estava com 15 anos. Como ele tinha reclamado no começo, mas então se apaixonado pela ideia. Como ele costumava dormir do lado do berço de Elijah para ver se o irmão caçula continuava respirando. Como ele havia ensinado Elijah a jogar beisebol, a andar de bicicleta, a contar piadas bobas.

Queria contar tantas coisas sobre Elijah para ele que meu peito doía só de pensar nisso.

Mas eu sabia que não podia, por causa de Amma. Essa era a última coisa que ela queria que eu fizesse.

— Desculpa — falei ao soltar Gabriel, sentindo-me completamente idiota por me jogar em cima do homem. — Acho que ando muito emotiva ultimamente.

— Talvez eu devesse ter feito cookies para você também — brincou. Ele sorriu, e em nenhum momento pareceu irritado com meu ataque. Ele me ofereceu os cookies, e peguei um.

Quando dei uma mordida, quase comecei a chorar de novo. Parte de mim se perguntava se ele sabia que eu não tinha sido sempre assim, que eu não era uma esquisita que vivia em uma jaula dourada, que não era um passarinho assustado, com medo de nunca mais voar, que não era um caco.

Ele me conheceu quando eu ainda sonhava. Quando eu ainda imaginava. Quando eu ainda me sentia segura. Ele conheceu as melhores e as piores partes de mim e dizia que todas eram lindas. Ele me conhecia até quando eu não sabia quem era. E, agora, aqui estava ele, fazendo cookies para minha filha, sem saber que um ato tão simples significava tanto para meu coração frágil.

Gabriel sorriu e esfregou o queixo com o polegar.

— Bom, ruim, intragável?

— Perfeito — respondi.

O sorriso dele se alargou, e eu queria dizer o quanto tinha sentido sua falta.

Por outro lado, o quanto isso faria mal a ele? Quem sabia como isso o deixaria confuso. Além do mais, de que adiantava contar sobre nosso passado compartilhado? Uma vida inteira em que tínhamos existido como a pessoa um do outro. Isso não mudaria nossa situação atual. Se muito, só serviria para afastá-lo ainda mais. Se ele descobrisse o que eu tinha feito anos antes, se ele se lembrasse do acidente, me odiaria. Ele me culparia da mesma forma que sua mãe fazia. Isso me deixava apavorada.

— E obrigada, Gabriel. Por ser tão gentil com Ava. Sei que ela é um pouco antissocial. Ela fica ansiosa. Talvez seja uma característica que pegou de mim, o que é uma pena — mencionei antes de dar outra mordida no cookie.

Ele franziu a testa.

— Você está bem, Kierra?

Inclinei a cabeça.

— O quê?

— Você está bem? — repetiu ele.

Nada mais acompanhou essas três palavras. Seus olhos castanhos continuaram fixados nos meus, cheios de um carinho que fazia meu mundo virar de cabeça para baixo. Eu não conseguia me lembrar da última vez em que uma pessoa fora da minha família tinha me perguntado isso.

Não respondi. Eu não sabia por quê, mas não conseguia mentir para ele. Então continuei em silêncio.

Ele franziu a testa enquanto colocava o pote de cookies na bancada. Então cruzou os braços e se apoiou na ilha da cozinha.

— Você está segura?

Essas palavras me fizeram cambalear um pouco para trás.

— O quê? — falei, engasgando com as palavras, balançando a cabeça. — O que isso quer dizer?

Antes de ele conseguir responder, Ava berrou do quarto:

— Mãe! Preciso falar com você!

Essas palavras me tiraram da conversa por completo, e voltei ao meu papel de mãe. Eu não tinha tempo para responder às perguntas dele. Eu não tinha tempo para pensar no fato de que não estava bem e que nunca me senti segura.

Ser mãe significava deixar os próprios problemas de lado para cuidar dos outros. Ser mãe significava se perder para salvar seu bebê. Como Gabriel ousava me fazer esse tipo de pergunta? É claro que eu estava bem. Mães não podiam estar de outra forma, pelo menos por fora. Por fora, fingíamos que tudo estava incrível e maravilhoso, embora o nosso mundo interior estivesse se desfazendo em um milhão de pedaços.

— Desculpa, preciso... — comecei, mas Gabriel balançou a cabeça. Ele pegou o pote de biscoitos e o ofereceu para mim.

— Pode ir. Espero que ela esteja se sentindo melhor. Já vou indo.

Peguei o pote e agradeci de novo antes de correr para o quarto de Ava.

— *Mããããe!* — berrou ela outra vez antes de eu entrar no seu espaço.

— Tem alguma coisa pegando fogo, ou você só está com mania de gritar ultimamente? — indaguei. Ava estava sentada na cama com uma caixa à frente. Na caixa havia álbuns de fotos e anuários antigos. — O que você está fazendo com isso? — perguntei, confusa.

Fazia uma eternidade que eu não via aquelas coisas.

— Rosie deixou a caixa aqui no outro dia. Ela disse que estava limpando a garagem dos pais e encontrou umas coisas suas que você guardou lá na época da faculdade. Eu estava dando uma olhada.

Deixei os cookies na cômoda dela e me aproximei.

— Nossa, não vejo nada disso há...

— Mãe — insistiu ela, olhando para mim como se eu tivesse três chifres. — Você está de brincadeira? Vai fingir mesmo que está tudo normal?

Estreitei os olhos.

— Não está tudo normal? — perguntei, com medo de talvez ela ter ouvido minha briga com Henry naquela manhã.

Ele gritou comigo por tomar banho primeiro, já que ele tinha uma reunião importante e precisava sair logo de casa. Não gritei também. Eu nunca gritava, e Henry não tinha o hábito de fazer isso quando Ava estava em casa, mas sua ansiedade com a reunião tinha ficado bem clara naquela manhã. Eu me esforçava para esconder esses momentos de Ava.

— É claro que não está normal! — exclamou ela, jogando as mãos para o alto. — Tudo está bem, *bem* longe do normal.

Suspirei e me sentei na beira da sua cama.

— Escuta, querida...

Ela bateu nas minhas mãos com uma pilha de fotos.

— Quando você ia me contar que já conhecia Gabriel?

Suas palavras me deixaram em parafuso enquanto eu olhava para as fotos. Fotos de mim e Gabriel pequenos. Fotos de nós na adolescência, abraçados. Naquele momento, fui lançada de volta à infância enquanto olhava para o sorriso dele.

— Hein? — insistiu ela. — Você vai se explicar?

— Ava... — Senti meu estômago se embrulhar por inteiro enquanto eu devolvia as fotos para a caixa. — Não conte para o seu pai.

— Vocês estavam apaixonados? — perguntou, as palavras carregadas de confusão. — Vocês dois estão apaixonados? Ai, nossa! — disse ela arfando ao pular da cama e começar a andar de um lado para o outro. — Vocês dois estão tendo um caso? — berrou.

— *Shhh!* — ordenei enquanto pulava para fechar a porta do quarto. — Não, nós não estamos tendo um caso. Eu jamais faria uma coisa dessas, Ava. Pare com isso, vamos falar sério.

— Estou falando sério, mãe! Que história é essa? Por que existem fotos de você e Gabriel agarradinhos? E por que vocês dois estão fingindo que não têm um passado juntos?

— Não estamos fingindo. Bom, ele não está fingindo. Eu só estou... — Eu só estava o quê? Fingindo. Eu estava fingindo. — É complicado, Ava.

— Então descomplica, mãe. — Os olhos dela carregavam muita confusão, o que era compreensível. — O que está acontecendo?

Suspirei, pensando na melhor maneira de explicar tudo para ela. O quanto eu poderia compartilhar com uma garota de 14 anos? Era óbvio que Ava era muito madura para a idade, mas a verdade era que continuava sendo uma adolescente. O ponto de equilíbrio entre ser mãe e amiga era sempre confuso para mim, mas, naquele momento, segui a única opção que parecia certa: a verdade.

Voltei a me sentar na beira da cama dela.

— Éramos vizinhos na infância. Ele foi primeiro meu inimigo, depois meu amigo, depois meu melhor amigo, e aí... namoramos por um tempo.

— Ai, nossa — comentou ela, sentando-se ao meu lado. — Me conta tudo.

Então contei. Contei cada memória que eu tinha do homem que já havia chamado de meu. Contei os pontos altos e baixos da nossa história. Então contei da noite que mudou tudo. Contei de Elijah. Contei da promessa que eu tinha feito para Amma, apesar de me sentir péssima com aquilo. Contei tudo e implorei para ela guardar segredo também, até Amma conversar com Gabriel.

No fim, Ava estava de olhos marejados.

Ela deixou as mãos no colo enquanto balançava a cabeça.

— Você o amava.

— Sim, amava.

— E ele amava você.

— Sim — concordei —, amava.

— E aí ele simplesmente... esqueceu?

Fiz que sim com a cabeça.

— O acidente foi horrível. Fico surpresa por termos saído vivos dos escombros, de verdade. Mas Gabriel perdeu todas as memórias. Ele se esqueceu de tudo sobre nosso relacionamento. A mãe dele teve dificuldade para lidar com tudo e me culpou pelo acidente. Eles se mudaram logo depois, e nunca mais tive notícias deles.

— Até ele aparecer como arquiteto do meu pai?

— Ã-hã.

— E... ele ainda não tem a menor ideia de quem é você?

— Não.

— *Ai, nossa!* — exclamou Ava, arfando e cobrindo a boca. — Parece uma merda saída direto de *Diário de uma paixão.*

— Olha a boca, Ava.

— Mãe. — Ela gemeu. — Você não pode me contar que seu primeiro amor não se lembra de você, mas apareceu aleatoriamente como seu arquiteto anos depois, e esperar que eu não fale um palavrão.

Justo.

— Na verdade, não importa. Isso tudo aconteceu há muito tempo, Ava. É passado. Nós dois seguimos em frente com as nossas vidas, e nós dois somos felizes como estamos. Isso é tudo que importa.

— Mas, mãe...

— Mas nada. Não podemos ficar olhando para o passado se quisermos chegar ao futuro.

Ela franziu a testa e balançou a cabeça.

— Mas você não se pergunta o que teria acontecido se vocês dois tivessem se reencontrado antes de você conhecer o meu pai? Depois de se reencontrar com ele, você não pensa nas possibilidades?

Penso.

O tempo todo.

Eu estava pensando nisso há cinco minutos.

— Não — menti. — Eu deixei essa história toda para trás quando ele se mudou, há anos. Então vamos deixar as coisas por isso mesmo. Mas fico arrasada por ele não saber do irmão. Não tenho o direito de contar para ele e prometi à mãe dele que deixaria que ela contasse, mas duvido que isso aconteça.

— Mas ele deveria saber — disse Ava. — Você deveria continuar insistindo para a mãe dele contar. Eu odiaria não saber a verdade.

— Eu sei. Eu também.

Mas eu também sabia que insistir com Amma não daria em nada. Mas tentei.

Nas semanas seguintes, sempre que eu passava no prédio de Gabriel para deixar Ava, dava um pulo na sala de Amma e conversava com ela.

Eu expliquei que era importante que ela fosse sincera com Gabriel.

Ela me disse que fosse embora.

Eu implorei.

Ela me ignorou.

Mesmo assim, eu tentei.

Na última vez que nos encontramos, falei que, se ela não contasse a verdade para Gabriel logo, talvez eu mesma precisasse fazer isso.

Ela me mandou para o inferno.

Mas, por algum motivo estranho, eu sentia que já estava vivendo entre suas labaredas.

17

Gabriel

Kierra: Ava não vai hoje. Ela está resfriada.
Gabriel: Melhoras para ela.
Kierra: Ela só precisa de um dia de descanso.
Gabriel: Tenho uma pergunta doida para te fazer.
Kierra: Pode falar.
Gabriel: Quer comer um muffin de canela comigo hoje?
Kierra: Chego em vinte minutos.

O problema com Kierra era que não havia problemas com Kierra. Quanto mais tempo eu passava com ela, mais tempo queria parar. Eu sabia que isso era uma questão, e sabia que eu inventava um milhão de motivos para encontrá-la, mas não conseguia parar. Ela era como raios de sol no meio da madrugada. Diferente e brilhante, surgindo nos momentos mais aleatórios, mas parecendo certo mesmo assim. A sensação era de que minha vida inteira havia sido escuridão. Eu nem tinha me dado conta disso antes de a luz dela aparecer. O jeito como eu me sentia era ridículo, e eu não conseguia evitar. Por si só, esse fato já era extremamente preocupante.

Em um sábado, eu e Ramona combinamos de ajudar Henry e Kierra a escolher acessórios para a casa. Normalmente, Ramona lidava com os aspectos de design de interiores dos projetos, mas eu queria participar desta vez. Era uma desculpa para passar um sábado inteiro com Kierra? Talvez.

Nós nos encontramos na primeira parada: a loja em que compraríamos as coisas para o banheiro. Nós quatro ficamos parados em frente à loja, e arregacei as mangas da minha camisa de botão antes de trocar um aperto de mão com Henry.

— É bom ver vocês — disse ele enquanto apertava a minha mão e a de Ramona.

— Vocês também — respondi. — Bom dia — falei, sorrindo para Kierra.

Ela sorriu também e assentiu de leve com a cabeça.

— Bom dia.

Juntei as mãos.

— Hoje vai ser um longo dia, mas vai dar tudo certo se nos organizarmos direitinho. Vamos começar com as ferragens de banheiro, depois passamos para a cozinha. Essa região tem essas lojas todas, então vamos conseguir ir andando até algumas delas. No fim, vamos à marmoraria para ver bancadas e azulejos. Combinado?

Henry estava olhando para o celular, sem prestar muita atenção em mim.

— Combinado — disse ele, digitando no telefone. — Desculpe, o trabalho não me deixa em paz.

— Gabriel sabe disso melhor do que ninguém — comentou Ramona.

Kierra ergueu uma sobrancelha.

— Meio viciado em trabalho?

— É um jeito de me ocupar — brinquei.

— É, nem todo mundo tem um expediente certinho que nem você, Kierra. Alguns de nós temos carreiras, não empregos — disse Henry enquanto abria a porta para todos entrarmos.

— Eu diria com segurança que o trabalho dela é mais importante do que o de todos nós — rebati, irritado com a maneira como ele tentava menosprezar Kierra e sua profissão.

Era ela quem tinha um doutorado, afinal.

Aquele comentário bastou para me mostrar que seria um dia bem, bem longo.

E foi longo mesmo.

Depois de ver Henry criticar todas as preferências de Kierra, eu o vi fazer *gaslighting* com ela para mudar suas escolhas — as melhores escolhas, na minha opinião. Infelizmente, sempre que eu tentava apoiar Kierra, Ramona começava um papo de design de interiores, falando que a opção de Henry era a melhor.

Os únicos momentos em que Kierra parecia se divertir eram quando ela e Henry se separavam nas lojas. Quando Ramona e Henry foram escolher torneiras para as pias, encontrei Kierra deitada em uma banheira imensa, que parecia grande o suficiente para abrigar um time de futebol americano. Seus olhos estavam fechados. Ela parecia tão relaxada que quase me senti mal por interromper o momento.

— Confortável? — perguntei, fazendo-a abrir os olhos.

O sorriso tranquilo em seus lábios mostrava que sim.

— Ah, sim. Isso aqui seria o paraíso para mim.

— Está dentro do seu orçamento. — Para falar a verdade, tudo estava dentro do orçamento deles. — E ficaria incrível com as outras coisas que você escolheu — falei, entrando na banheira e me sentando do lado oposto.

Ainda havia uma quantidade ridícula de espaço ao nosso redor.

— Ah, não. Henry com certeza não iria querer algo assim.

— Por que não?

Ela deu uma risadinha.

— Porque eu gostei.

Eu não ri. Esse parecia o tema do dia. Tudo que ela achava incrível o marido cortava. Eu odiava mais aquele cara a cada segundo que passava.

— Ele sempre faz isso?

— Faz o quê?

— Te menospreza e fala como se você fosse idiota.

Um brilho de surpresa surgiu no seu olhar. Então seus lábios se abriram, e ela disse:

— Sim.

Eu a encarei por um instante, sem dizer nada. Eu me pegava fazendo isso com frequência. Ficando distraído com a mera existência dela.

Kierra soltou uma risada tímida.

— No que você está pensando?

— Nada. É só que você me lembra de...

— Eu te lembro do quê?

— De tudo.

Antes que ela conseguisse responder, Ramona e Henry voltaram. Ramona sorriu para a banheira!

— Mas que banheirona! — comentou ela. — Cabe um time de futebol americano inteiro aí dentro.

— É bem grande — concordei, levantando-me da banheira. — Mas é boa. Acho que é a melhor de todas — declarei, confiante, sentindo que Henry levaria minha opinião mais a sério do que a de sua esposa.

— O que você acha, Kierra? — perguntou Henry com a testa franzida.

Kierra olhou para mim antes de voltar a fitar Henry. Ela deu de ombros.

— Acho meio exagerado.

Henry resmungou um pouco e esfregou o queixo.

— Achei perfeito. Vamos levar essa, Gabriel.

— Pode deixar — falei, sorrindo para Kierra, que mordia o lábio inferior para não rir.

Como Henry era idiota.

— Eu e Henry estávamos conversando... Ainda precisamos fazer muitas paradas, e ele ainda precisa trabalhar hoje, no fim das contas — mencionou Ramona.

— Achei que você tivesse tirado o fim de semana todo de folga — disse Kierra para Henry.

— Eu sei, mas essas coisas acontecem. Tenho uma ligação importante na semana que vem com executivos da China. Preciso me preparar para a reunião — explicou ele.

— Você é tão trabalhador — comentou Ramona. Quase revirei os olhos. — Mas então talvez seja melhor nos dividirmos para dar conta de tudo. Posso levar Henry à marmoraria, e vocês dois podem terminar aqui e depois ir comprar o piso de madeira.

Concordamos.

Senti a diferença em Kierra enquanto terminávamos as tarefas do dia, sem a presença de Henry. Ela parecia... feliz.

Kierra ia à minha casa para passar algumas horas desenhando uma vez por semana. Seu talento me deixava embasbacado, e era impossível não desejar ver uma das suas roupas ganhando vida. Coquinho também parecia idolatrá-la, porque sempre preferia se deitar nos pés dela em vez de nos meus. Em algumas noites, desenhávamos sem falar nada. Em outras, conversávamos também. Ela se tornava cada vez mais uma parte da minha vida, e eu adorava isso.

— Você precisa dar um pouco de vida à sua casa — comentou ela em uma noite na minha cozinha, depois de pedirmos pizza. — Não tem quadros nem nada colorido.

— Ainda não comecei a decorar.

— Há quanto tempo você mora aqui?

— Dez anos.

Ela arregalou os olhos.

— Dez anos e você ainda não encontrou nada para decorar a sua casa?

Dei de ombros.

— Nunca foi uma prioridade.

— Você precisa que alguém acrescente um pouco de cor à sua vida — declarou ela, confiante. — Está faltando um toque feminino.

Não respondi que o toque feminino que eu queria era o dela. Mas foi o que pensei.

— Quero ver um deles ganhar vida — falei para Kierra em uma noite, depois de ela ter arrumado suas coisas para voltar para casa. — Um dos seus vestidos.

— Ai, nossa, não. — Ela balançou a cabeça. — Não costuro há séculos.

— Deve ser como andar de bicicleta.

Ela mordeu o lábio inferior.

Eu preferia que ela não fizesse isso.

Porque me dava vontade de mordê-la também.

— Quem sabe — falou, com um suspiro pesado. — Quem sabe eu tente.

— Tente, por favor — pedi. — E aí quero que você o modele para mim.

O verão estava acabando, o que me irritava, porque isso significava que Ava voltaria às aulas e passaria menos tempo na GS Arquitetura. A equipe inteira estava acostumada à presença da garota, e eu tinha quase certeza de que o prédio ficaria um pouco vazio com a partida dela. Parte de mim cogitou pedir a ela que abandonasse a escola e começasse a trabalhar para mim, mas eu tinha a forte impressão de que seus pais seriam contra a ideia.

Mesmo assim, a garota faria falta.

— Como foi hoje? — perguntou Kierra para mim e Ava ao entrar no escritório. — Alguma nova aventura?

— Passei o dia com Bobby hoje, e ele me ensinou a usar os programas de computador. Mãe! Você pode comprar os programas lá para casa? Preciso deles. Ah! E vou ajudar a organizar o chá de bebê para Eddie e a esposa dele, Sarah! Sabia que eles vão ter uma menina? Ah, mãe, você devia vir para o chá de bebê também! Gabriel, minha mãe pode vir para o chá? Ah! E, mãe, você pode...

— *Devagar* — pediu Kierra, rindo ao ver como Ava estava empolgada por compartilhar os detalhes do dia. — Tudo isso parece incrível. E dizem por aí que um certo chefe vai te dar os programas de presente — mencionou, gesticulando para mim.

Eu tinha mandado uma mensagem para Kierra mais cedo, falando sobre os programas. Eles não eram baratos, mas eu queria que Ava tivesse o melhor do mercado. Nas últimas semanas, ela havia demonstrado sua paixão por arquitetura, e era impossível não querer dar a ela todas as oportunidades para ajudá-la em sua jornada. Ela já estaria à frente de muita gente antes mesmo de completar 16 anos.

— Não acredito. — Ava ficou boquiaberta e pulou nos meus braços. — Valeu, patrão! — exclamou ela, me dando um abraço apertado. — Ai, caramba, preciso contar para Bobby antes de ir embora! Ele vai ficar tão empolgado quando souber que vou poder treinar em casa.

Então ela saiu correndo da minha sala para contar a novidade para Bobby.

O sorriso de Kierra não desapareceu depois da partida de Ava.

— Acho que você acabou de fazer com que a vida daquela menina seja perfeita.

— Que bom que ajudei. Ela é muito motivada. Nunca vi uma garota de 14 anos tão focada e talentosa quanto ela. Ela tem um dom.

— Ela é bem mais organizada do que eu era quando tinha a mesma idade, sem dúvidas.

— Eu não sou nem tão organizado agora — brinquei. Eu me apoiei na minha mesa e cruzei os braços. — Então, eu estava pensando...

— Podemos ser amigos? — perguntou ela, do nada.

Arqueei uma sobrancelha.

— O quê?

— Desculpa. Foi uma pergunta aleatória, mas as melhores noites que já tive em muito tempo foram desenhando na sua casa com você. Ultimamente, eu me sinto melhor quando você e Ava estão presentes. Você é uma boa pessoa, e tenho certeza de que seria um ótimo amigo, então é isso. Eu queria ser sua amiga.

Soltei uma risadinha e balancei a cabeça.

Ela mordeu o lábio de novo.

Puta merda, para com isso, Kierra.

— Qual é a graça? — perguntou ela.

— Nenhuma. É só que eu achava que já éramos amigos.

Ela ergueu uma sobrancelha.

— É?

— É.

— Ah. Bom. Então tá.

Ela abriu um sorriso de orelha a orelha, e ele foi o suficiente para fazer com que eu quisesse mais que uma amizade. Eu queria passar o resto da vida fazendo aqueles lábios se curvarem. Eu queria passar o resto da vida me esforçando para ter uma oportunidade de provar aqueles lábios, de sentir aquele sorriso no meu. Eu queria que ela fosse minha e só minha.

Mas, por enquanto, uma amizade ia bastar.

18

Gabriel

17 anos

— Não me empurra, não me empurra, não me empurra — gritou Kierra enquanto segurava a corda na beira do precipício.

De biquíni amarelo, ela parecia prestes a cair no choro enquanto olhava para a água lá embaixo.

— Não pensa demais — falei, rindo. — É só se balançar na corda e se soltar.

— Ah, tá, valeu, Gabriel. É fácil *assim* — rebateu ela em um tom sarcástico, revirando os olhos.

Quando ela ficava assustada, seu sarcasmo chegava ao auge. Era meio fofo vê-la morrendo de medo de se balançar na corda e pular na água. Coisa que tinha sido ideia dela, inclusive. Eu havia falado que era loucura, sabendo que ela não teria coragem e acabaria exatamente como estava agora.

Mas, naquele verão, ela estava determinada a sair da zona de conforto, a tentar coisas novas antes de começarmos nosso último ano do ensino médio. Estava convencida de que tinha passado a vida sendo uma boba que nunca se arriscava, então o verão inteiro foi dedicado a fazer as coisas mais idiotas do mundo juntos.

Eu não me incomodava muito, porque nunca me incomodava de passar os dias com Kierra. Mesmo que ela tivesse péssimas ideias e fingisse que eram minhas.

— Escuta, foi você que quis fazer isso, não eu. Eu queria assistir ao filme novo do Spielberg — brinquei. — Mas, já que estamos aqui, você precisa pular, Kierra.

— Mas... — Ela hesitou. — E se eu cair?

— Acho que a ideia é essa mesmo.

— *Mas* — repetiu ela — e se eu cair e quebrar o pescoço?

— Bom, vai acontecer tão rápido que você nem vai perceber que morreu, então tudo bem.

Ela deu um empurrão no meu ombro com uma das mãos enquanto segurava a corda com a outra.

— Para de fazer piada. Estou com medo.

Eu queria continuar implicando com ela, mas o medo nos seus olhos fez com que eu me sentisse culpado. Então me aproximei, segurei a corda e pressionei Kierra contra mim.

— Tá bom — sussurrei. — Você não precisa pular.

Os olhos dela brilharam com emoções intensas.

— Sério?

— É, sério. Você pode ser covarde se quiser.

Ela ficou boquiaberta e empurrou meu peito. Não me importei. Parte de mim gostava quando ela me tocava. Parte de mim a provocava só para ela reagir desse jeito e me tocar. Minha vida girava em torno dos empurrões dela.

— Não sou covarde, Gabriel Sinclair!

Comecei a rir.

Ela me mostrou o dedo do meio.

Eu quis beijá-la.

Que besteira.

Ignore esse impulso, Gabriel.

— Só estou brincando — falei. — Você não precisa pular.

Ela fez beicinho.

— E não sou covarde.

— Você não é covarde, não. — Passei os braços ao redor dela e cheguei mais perto da borda sem ela perceber. — Você é corajosa. E forte. E durona, e...

Antes que ela conseguisse responder, me segurei com mais firmeza nela e na corda e nos impulsionei para fora do precipício. Ela se agarrou a mim, berrando o tempo todo enquanto voávamos pelo ar, até atingirmos a água, espirrando-a por todo lado.

Kierra voltou à superfície jogando água para todos os lados, berrando a plenos pulmões.

— Gabriel Ayodele Sinclair, eu vou te matar!

Era impossível não rir da irritação dela.

Ela ficou sacudindo os braços, jogando água em mim.

— Você é um babaca!

— Eu só queria te ajudar a riscar um item da lista.

Ela resmungou enquanto saía da água e foi correndo buscar a toalha. Fiquei um pouco decepcionado quando ela se enrolou. Preferia a vista sem a toalha.

Saí da água e me aproximei dela. Ela me lançou um olhar irritado e apontou um dedo para mim.

— Eu te odeio.

— Você não me odeia.

— Eu não te odeio — concordou ela. — Mas eu podia ter morrido! A gente podia ter morrido!

— Mas não morremos.

— Não morremos — concordou ela. — Mas... Argh! Você é doido.

Eu sorri e fiz que sim com a cabeça.

— Estou orgulhoso de você, Kierra.

— Tá bom, tá bom. Que seja.

Ela jogou uma toalha em mim, e me enrolei nela. Eu me sentei em uma pedra, encarando a água. Havia outras pessoas nadando no lago, se divertindo. Kierra se aproximou e se sentou ao meu lado.

Ela resmungou e fez beicinho.

Dei uma cutucada no braço dela.

— Desculpa por ter te assustado.

— Não tem problema. — Ela suspirou. — Parte de mim sabia que você ia me obrigar a pular.

— A ideia foi sua, não minha. Eu só queria que você conseguisse riscar alguma coisa da sua lista de verão, já que desistiu das últimas cinco.

— Olha só, andar de quadriciclo parecia muito perigoso, tá?

— Não estou julgando.

Dobrei os joelhos e apoiei os braços neles.

Kierra se apoiou em mim e colocou a cabeça no meu ombro.

— Só estou cansada de ser boba.

— Quem foi que te disse que você é boba?

— Todo mundo diz.

— *Mas*...

— Todo mundo além de você — corrigiu ela. — Quer dizer, a gente está prestes a começar o último ano, e não fiz nada de interessante. Nunca beijei ninguém. Minha carreira no softbol anda mal. As roupas que desenho nunca vão dar em nada, e não vou entrar na faculdade de moda, porque só aceitam pessoas muito boas, e eu sou só razoável.

— Suas roupas são incríveis pra caralho.

— Não tenta me animar só porque você me empurrou lá de cima, Gabriel.

— Não estou fazendo isso. Eu acho...

— Gabe.

— Oi?

— Estou na TPM. Me deixa reclamar.

Fiz que sim com a cabeça.

— Continue.

Ela suspirou.

— Minhas notas nem são boas. Sou uma aluna mediana. Sou uma pessoa mediana. Sou um ser humano que fica no meio da lista.

— O que é um ser humano que fica no meio da lista?

— Você sabe. As pessoas que são figurantes na história dos outros. As medíocres que nunca fazem nada empolgante com a vida.

— Quer saber? Eu sonho em ser medíocre. Quero uma vida medíocre.

Ela riu.

— Não quer, não.

— Quero, sim. Quero uma vida comum, com conquistas comuns.

— Beleza. — Ela ergueu a cabeça do meu ombro e se virou de leve para mim antes de estender a toalha. Então se deitou sobre ela. — Me conte sobre a sua vida básica.

Coloquei a minha toalha ao lado da dela, então me deitei, apoiando as mãos atrás da cabeça.

— Tá bom. Primeiro, eu teria um emprego normal. Se eu pudesse trabalhar com arquitetura que nem o meu pai, seria legal. Quero ser bem-sucedido com uma vida tranquila, não bem-sucedido tipo um ricaço. Sabe, um salário decente, o suficiente para ter uma vida, mas não uma vida que os outros invejem. Uma casa pequena em um terreno grande. Seria bom que ficasse perto da praia? Seria, mas só acho isso porque sou de um signo de água, como você diria, porque acredita nessas besteiras de astrologia. E a casa também não precisaria ser nada absurdo. Eu só ia querer que ela fosse acolhedora e confortável. Mansões me parecem muito vazias. Solitárias. Quero que a minha casa seja um lar. Meio que como o meu pai fez para mim e para a minha mãe. Quero uma varanda que dê a volta nela toda e cadeiras de balanço para eu poder me sentar quando chegar em casa e reclamar com a minha esposa do meu dia chato no trabalho. Então a gente ia planejar a nossa viagem anual para a Flórida com as crianças.

— É bem comum *mesmo.*

Sorri.

— Obrigado.

— Quantos filhos?

— Um ou dois. Nada muito excessivo, senão a gente nunca vai conseguir ir para a Disney sem limpar a conta do banco para comprar orelhas do Mickey. E você? Qual é o seu sonho?

Kierra

Qual é o meu sonho?

— Quero um marido legal — falei para Gabriel. — Um marido muito legal, que não se incomode quando eu ficar de mau humor. E uma casa simples também. Quero filhos e um cachorro chamado Coquinho, para eu poder dizer para as pessoas "catarem Coquinho" quando quiser que o peguem. Ele vai ser um pastor-alemão com coração de ouro. Meu avô tinha um pastor-alemão chamado Tufão que eu amava, então sempre quis ter um.

— Viu só? Não tem nada de errado com uma vida medíocre. Acho que elas são mais divertidas. Caça aos ovos de Páscoa com pegadas de coelho. Amigo-oculto no Natal. Churrasco no Dia da Independência. Acho que algumas pessoas pensam que, quanto maior o evento, melhor ele fica, mas tenho lá minhas dúvidas. Acender velas estrelas e soltar uns fogos de artifício no quintal de casa no 4 de Julho é mais divertido do que se apertar em um parque lotado só para ver um show de fogos enquanto crianças choram e as pessoas ficam bêbadas e ridículas.

Quanto mais ele falava sobre uma vida medíocre, menos pior ela parecia. Talvez ser figurante não fosse tão terrível assim. Entretanto, Gabriel fazia tudo parecer melhor. Eu poderia passar a vida inteira escutando-o falar sobre seus sonhos medíocres sem ficar entediada.

— Acho que não deve ser tão ruim assim — concordei. — Mas, antes de eu ter um marido e uma vida comum, devia pelo menos beijar alguém antes dos 50 anos.

— Não tem nada de mais você ainda não ter beijado ninguém.

— Diz o garoto que já beijou um monte de gente.

— É, mas ninguém que fizesse diferença. Beijos que não significaram nada. Seu primeiro beijo é importante. Ele deveria acontecer com alguém que goste muito de você.

— E onde é que eu vou encontrar essa pessoa, se os garotos só me dão atenção quando estão caindo de bêbados nas festas?

— Eu te dou atenção — murmurou ele. — Eu te dou atenção o tempo todo. Então posso te beijar — disse ele, sentando-se.

Senti um frio na barriga enquanto dobrava os braços e me levantava um pouco, apoiada nos cotovelos.

— O quê?

— Eu posso te beijar — repetiu ele. — Aí você pode tirar seu primeiro beijo da lista de pendências. Acho até que estou te devendo, por te jogar do penhasco.

Mordi o lábio inferior e estreitei os olhos para ele.

— Não posso te beijar, Gabriel.

— Por que não?

— Porque você é o meu melhor amigo.

— Melhor ainda. Como eu disse, devia ser com alguém que goste de você. Eu gosto de você, Kierra. Eu gosto mais de você do que de qualquer outra coisa.

Por que o frio na minha barriga aumentou?

— Ah, bom... Tá? — respondi, mas saiu como uma pergunta. Eu me sentia nervosa e tímida, e isso era novidade quando se tratava de Gabriel. Eu me sentei direito. — O que eu faço? Mastigo um chiclete primeiro? Passo hidratante labial ou gloss? Devo...

Antes de conseguir continuar, Gabriel segurou meu rosto com as duas mãos e me puxou para perto. Seus lábios roçaram os meus, e ele me beijou devagar, inclinando minha cabeça para encontrar a sua. Seus lábios eram macios, e ele não os pressionou muito contra os meus. Eu retribuí o beijo, apoiando minhas mãos no seu peito exposto. Fechei os olhos e me perdi no beijo, deixando meus pensamentos pararem de analisar tudo naquele instante. Gabriel Sinclair. Meu melhor amigo. Meu primeiro beijo.

Ele intensificou o beijo, sua língua abrindo levemente meus lábios. Meu coração batia disparado no peito. Eu não sabia o que fazer nem como agir, mas, por sorte, Gabriel tomou a iniciativa de todas as formas possíveis. Seus beijos pareciam uma promessa. Uma promessa de que ele não me magoaria. Uma promessa de que ele sempre estaria ao meu lado. Uma promessa de que ele se importava comigo.

Apesar de ele desejar uma vida medíocre, seus beijos estavam longe disso. Seus beijos eram... ardentes. E reais. Eu já tinha pensado muito em primeiros beijos, mas nem imaginava que seria assim. Eu nem imaginava que beijos podiam fazer o corpo inteiro formigar. Eu nem imaginava que beijos poderiam fazer a vida parecer menos assustadora e o amor, mais real.

Se eu só pudesse ter um beijo na vida, queria que fosse aquele.

Com ele.

Com a gente.

Quando ele se afastou bem devagar, parecia que o mundo estava em câmera lenta. Abri os olhos e encontrei seus olhos castanhos fixados em mim. Seu sorriso preguiçoso se abriu naqueles lábios. Aqueles lábios que, por um instante, tinham parecido meus e apenas meus.

Gabriel passou o polegar pelo lábio inferior.

— Agora você pode riscar isso da sua lista.

Vou tirar mesmo, Gabriel. Pode acreditar.

— E vou tirar da minha também — disse ele.

Eu ri, tentando deixar de lado o nervosismo que ainda assolava o meu corpo.

— Você já beijou outras pessoas. Esse item já tinha sido riscado da sua lista. Várias vezes.

— Não era isso que estava na minha lista — disse ele, se levantando.

Ele ofereceu a mão para mim. Aceitei. Ele me puxou para cima.

— Então o que você vai riscar dela?

— Minha lista só tinha quatro palavras.

— Que seriam...?

— Beijar Kierra um dia.

Soltei uma risada baixa, discreta.

— Por que isso estava na sua lista?

Os olhos dele ficaram mais calmos, refletindo uma intensidade de emoção que eu nunca tinha visto nele antes. Gabriel balançou a cabeça devagar.

— Fala sério, Kierra — respondeu ele, a voz gentil, mas firme. — Por que isso não estaria na minha lista?

Suas palavras pairaram no ar, um lembrete marcante do laço implícito entre nós dois.

Será que ele sentia a mesma coisa que eu? Que, apesar de nunca termos tocado no assunto, ele também estava se apaixonando? Talvez esse fosse o problema de se apaixonar pelo seu melhor amigo. Vocês não tocavam no assunto porque não havia palavras suficientes para explicar o tipo de amor que sentiam. Ele era grande demais para sílabas, forte demais para ser articulado. O amor simplesmente se formava com o tempo e se encaixava, como peças de um quebra-cabeça.

Ele continuava segurando a minha mão.

Eu continuava segurando a dele.

— Kierra? — perguntou ele.

— Oi? — respondi.

— Você quer comer um sanduíche?

— Ã-hã. Quero.

Pegamos nossas coisas, e ele nos levou de carro para nossa lanchonete preferida, onde comemos sanduíches de peru no pão de centeio com batata chips ondulada e Coca Diet. Passamos mais de uma hora conversando sobre qualquer coisa que não fosse o beijo, mas o beijo não saía da minha cabeça. Imaginei que nunca mais sairia.

Depois, Gabriel nos levou para casa, e agradeci por ele ter me empurrado do precipício. Ele me fazia ser corajosa. Mesmo quando eu não queria ser.

— Kierra? — perguntou ele.

— Oi? — respondi.

— Se eu fosse seu marido, seria legal com você. Eu faria o seu café de manhã e te daria um cachorro chamado Coquinho. E te diria para catar Coquinho para a gente ir até o parcão. E eu sempre te daria um beijo de bom-dia e um beijo de boa-noite. Toda manhã e toda noite, eu faria isso.

Senti minhas bochechas esquentarem.

— É, Gabe. Eu sei disso.

— Boa noite.

Suspirei.

— Boa noite.

No dia seguinte, me encontrei com Rosie. Ela havia ido à minha casa para a gente fofocar e ler revistas.

Quando ela se sentou na minha cama, falei:

— Beijei Gabriel ontem.

Ela levantou o olhar por um instante e fez uma pausa.

— Sério?

— Sério.

— Ah. — Ela voltou a folhear a revista. — Porra, até que enfim, Kierra.

19

Kierra

Dias atuais

Ava passara a manhã inteira dando pulinhos, empolgada com o chá de bebê. Ela não parava de falar de como Eddie era legal e simpático. Quando chegamos à festa, Ava logo se afastou de mim para ver se todo mundo estava se divertindo. Ela colocou a mão na massa, ajudando com os petiscos e organizando brincadeiras.

Era tão bom vê-la tão leve e tranquila ultimamente. Parecia que ela havia deixado a timidez de lado, conseguindo rir com os outros sem se preocupar com nada. Esse era o maior presente para uma mãe: ver a filha não apenas tendo sucesso na vida mas fazendo isso com felicidade.

Essa era a ordem do dia para o chá de bebê: felicidade.

— Eles parecem felizes — mencionei para Gabriel enquanto nos apoiávamos no mesmo armário. Cruzei os braços enquanto analisava Eddie e Sarah rindo feito adolescentes enquanto abriam os presentes. — São fofos.

— Eles vão ser pais incríveis.

— Estou com um pouco de inveja. Nunca passei por essa parte da maternidade. Nunca tive um chá de bebê e as brincadeiras bobas. Nem escolhi coisas para o quartinho ou algo assim. Eu queria ter tido essa chance com Ava. Aposto que ela foi uma bebê perfeita.

— Você seria uma mãe de primeira viagem perfeita.

Dei uma risadinha.

— Não, eu teria sido péssima. Preocupada com cada respiração dela. Eu seria neurótica.

— Você seria uma mãe perfeita — repetiu ele.

Meus lábios tremeram em um leve sorriso.

Não havia motivo para ele estar me causando tanto frio na barriga quanto causava ultimamente. Eu nem sabia que meu corpo ainda era capaz de sentir frio na barriga.

Apoiei as mãos na beira do armário e o apertei, tentando dissipar a sensação.

— Você já quis ser pai?

— Já — respondeu ele, confiante. — Ainda cogito essa ideia, às vezes. Mesmo que eu não encontre minha pessoa, já pensei em adotar. Só queria ter o meu próprio pai aqui para me ajudar.

— Deve ser difícil... não se lembrar dele.

— Acho que a parte mais difícil é saber que ele era um homem incrível. Eu queria me lembrar das coisas boas do meu passado. Parece injusto ouvir histórias maravilhosas e não ter lembrança alguma delas.

Ele apoiou as mãos na beira do armário, apertando-o como eu tinha feito. Nossos braços se encostaram, e não me afastei. Nem ele. E gostei disso. Gostei da nossa proximidade. Gostei do calor que fluía pelo meu corpo inteiro com os leves toques dele.

— Você quer mais filhos? — perguntou ele.

Soltei uma gargalhada, repentina e incontrolável.

— Com Henry, de jeito nenhum.

— E se fosse com outra pessoa?

A pergunta me fez parar e pensar, porque eu nunca tinha cogitado essa ideia. Eu nunca tinha pensado em um mundo em que não estivesse presa a Henry Hughes. Um mundo de faz de conta, onde eu poderia ter a família dos meus sonhos.

Baixei a cabeça, sentindo um aperto no coração.

— Mais um filho — sussurrei. — Sempre imaginei que teria dois filhos e um cachorro.

Gabriel riu.

— Que esquisito. Eu imaginava a mesma coisa.

Eu sei, Gabriel. Eu sei.

Suas palavras destruíram uma parte de mim. Eu me perguntei o que teria acontecido se não tivesse desistido tantos anos antes. Eu me perguntei o que nós dois teríamos nos tornado. Se ele teria sido meu final feliz. Se estaríamos sentados lado a lado, abrindo presentes em um chá de bebê e participando de brincadeiras bobas juntos. Agindo como adolescentes apaixonados, fascinados por chupetas.

— Posso te contar um segredo, Kierra? — perguntou ele.

— É claro.

— É difícil ficar perto de você às vezes — confessou, baixinho.

— Por quê?

Ele fez uma pausa, e uma expressão de afeto resignado tomou seus olhos.

— Porque, quando você vai embora, todos os outros pensamentos que tenho durante o dia ainda giram em torno de você.

Ah, Gabriel.

Por que você precisa ser tão... você?

Minhas mãos começaram a suar enquanto o pânico crescia dentro de mim. Não conseguia mais me segurar. Eu me empurrei para longe do armário, encontrei o olhar chocado de Gabriel, balancei a cabeça e marchei para fora da sala. Eu precisava de ar. Eu precisava de espaço. Eu precisava dele.

Ah, eu precisava dele mais do que ele poderia imaginar, e era impossível continuar fingindo que, por muito tempo, ele não tinha sido a maior parte da minha vida.

— Ei, ei, o que houve? — perguntou Gabriel enquanto me seguia pelo corredor vazio. Eu me virei para encará-lo, e seu olhar confuso fez com que eu me sentisse péssima. — Eu... Desculpa. Eu não devia ter dito aquilo, Kierra. Foi inapropriado, e...

— Nós éramos melhores amigos — disparei.

Ele ficou paralisado e piscou algumas vezes antes de arquear uma sobrancelha.

— Desculpa... Como é?

Gesticulei de mim para ele.

— Nós éramos melhores amigos. Eu e você. Você e eu. Nós fomos melhores amigos por uma eternidade.

— Do que você está falando?

— Quando éramos crianças. E adolescentes. E... — Respirei fundo. — A gente era tudo um para o outro.

Ele franziu a testa e balançou a cabeça.

— Mentira.

— É verdade.

— Por quanto tempo?

— Como assim?

— Por quanto tempo fomos amigos?

Pisquei e balancei a cabeça.

— Desde pouco antes de o seu pai morrer.

— Você conheceu o meu pai?

— Eu adorava o seu pai.

O sofrimento nos olhos de Gabriel perfurou meu coração. Eu não conseguia imaginar o que ele estaria pensando. Ai, nossa, o que eu estava fazendo? Por que tinha confessado a ele nosso passado? Por que eu tinha sentido a necessidade de mexer naquele vespeiro e soltar essa bomba na vida dele? Eu simplesmente não conseguia mais fingir que não sentia o mesmo que ele, que não o via da mesma maneira que ele me via. As coisas estavam fugindo do controle.

— Quando deixamos de ser amigos? — perguntou ele.

Engoli em seco.

— Depois do acidente.

— Você sabia do acidente?

Eu causei o acidente.

— Sim — sussurrei. — Eu sabia.

Ele franziu as sobrancelhas e pareceu irritado com seus pensamentos, seja lá quais fossem. Eu queria poder ler sua mente. Não sabia o que estava se passando pela cabeça dele. No passado, eu conseguia ler todos os pensamentos do garoto que amava. Mas então, com aquele homem novo, parecia quase impossível entender o que ele estava pensando.

— Você está confuso e nervoso — comentei.

— Está tudo bem — disse ele, bufando e parecendo com raiva.

— Gabriel. Por favor. Eu entendo que você esteja com raiva de mim...

— Não estou com raiva de você — rebateu ele, ríspido.

Eu me empertiguei, um pouco chocada.

— Você não está com raiva de mim?

— Não. — Ele esfregou o nariz com o polegar e afastou o olhar de mim. — Só não entendo.

— Não entende o quê?

— Como a minha mente de merda poderia te esquecer.

Meu coração perdeu o compasso enquanto eu seguia olhando para ele.

Quando ele ergueu a cabeça e aqueles olhos escuros encontraram os meus, quase comecei a chorar por tudo que poderíamos ter nos tornado.

— Posso te fazer uma pergunta, Kierra?

— Pode. Claro. Qualquer coisa.

— Eu te amava? — perguntou ele, baixinho.

Meu lábio inferior tremeu enquanto meus olhos se encheram de lágrimas. Fiz que sim lentamente com a cabeça.

— Amava.

— E você me amava também?

— Mais do que eu poderia explicar.

Ele brincou com as próprias mãos e acenou positivamente com a cabeça, fungando um pouco.

— E a gente deixou de se amar?

— Não — respondi de imediato. — Acho que pessoas como nós jamais deixam de se amar.

— Então o que aconteceu com o nosso amor?

— Eu fugi dele.

— Por quê?

Porque fiz você sofrer demais.

Quando não consegui responder com palavras, Gabriel continuou falando:

— Faz sentido eu ter te amado, porque, quando te vi pela primeira vez... Eu não te conhecia, mas conseguia *sentir* você. — Ele pigarreou e fungou mais um pouco. — E, quando senti você, não me senti mais sozinho. Não sei de muita coisa, e minha mente ainda está confusa, mas acho que o amor é isso. Algo que te faz se sentir um pouco menos perdido.

— Gabriel...

— Eu te machuquei? — perguntou ele. A expressão sofrida nos seus olhos mostrou o quanto ele se sentia culpado. — A culpa foi minha?

Corri até ele e segurei suas mãos.

— Não. Ai, nossa, não. De jeito nenhum. Eu juro. Fui eu, Gabriel. Eu fui embora. Você não fez nada de errado. Você jamais poderia fazer algo de errado.

— Então por que você não ficou comigo?

Quem dera eu pudesse contar a história toda. Mas eu sabia que Amma odiaria se todos os detalhes fossem revelados, e isso prejudicaria a relação dela com o filho. Eu não queria causar ainda mais sofrimento a ela. Mesmo assim, eu não podia continuar fingindo que a conexão que eu e Gabriel sempre havíamos tido não existia. Ele era uma das partes mais importantes da minha vida — talvez a maior, depois de Ava.

A verdade era que parte de mim também se ressentia de Amma. Para mim, o fato de ela estar guardando aquele segredo imenso parecia muito cruel com Gabriel. Quanto mais eu pensava em tudo que Gabriel havia perdido, que ele não tinha lembranças do irmão, mais eu me irritava.

— Eu cometi muitos erros naquela época. Eu era jovem e fiquei assustada.

— Isso parece papo-furado — murmurou ele enquanto esfregava a têmpora. — Então, espera aí. Calma. Se nós éramos tão próximos assim, você conhecia a minha mãe?

— Conhecia.

— E, quando vocês se reencontraram, se reconheceram?

Eu sabia aonde ele iria chegar. Sabia que sua mente estava começando a juntar as peças de como ele havia sido enganado nos últimos meses, desde que tínhamos nos reconectado no jantar.

Fiz que sim lentamente com a cabeça.

— Sim.

— Então, minha mãe te conhecia, mas fingiu que não?

— Gabriel, é mais complicado...

— Obrigado por me contar tudo isso — disse ele, sua voz ainda mais fria do que antes. Vi a mudança no seu corpo conforme ele ficava tenso e se empertigava. — É melhor eu voltar para o chá.

— Gabriel, espera...

— Não, está tudo bem. É bobagem. Estou bem.

— Você não está bem.

— Como é que você sabe? Você me conhecia antes, Kierra. Você não tem a menor ideia de quem eu sou agora — rebateu ele.

Isso me magoou, mas eu não podia culpá-lo. Eu tinha acabado de vê-lo passar por um turbilhão de emoções em poucos minutos. Eram informações demais para assimilar ao mesmo tempo, e, agora, ele estava passando direto para a raiva.

Só que ele continuava sendo Gabriel, afinal, então sua raiva não era expressiva. Ela fervilhava por trás do olhar. Ela era a mão que passava sem parar pelo cabelo. Era o maxilar cerrado.

— Você está irritado — sussurrei.

— Não estou — mentiu ele.

Ele não olhava para mim. Eu entendia. Eu tinha passado meses escondendo a verdade dele. Não esperava que ele simplesmente aceitasse tudo e engolisse minha revelação sem sentir nada.

— Gabriel...

Ele ergueu a mão para me silenciar e começou a andar de um lado para o outro. Esfregava o rosto sem parar, resmungando baixinho.

— Gabe! Nós vamos cortar o bolo e não conseguimos encontrar... — Amma entrou no corredor e se deparou comigo e Gabriel. Seu olhar encontrou o meu por um segundo, seus olhos castanhos tomados pela confusão, antes de fitar o filho. — Está tudo bem?

— Sim, está tudo ótimo — bufou Gabriel, balançando a cabeça enquanto uma risadinha escapava de sua boca. — Você sabia que eu e Kierra já fomos apaixonados um pelo outro? — Ele continuou rindo. — Quem eu quero enganar? É claro que você sabia, mas, por algum motivo, achou que seria melhor mentir para mim sobre isso. Então, sim. Está tudo bem pra caralho. Só estou cercado por mentirosas. Vou ajudar com o bolo.

Ele saiu a passos firmes, me deixando parada ali, pasma. Os olhos de Amma encontraram os meus. Não vi nada além de fúria nela.

Dei um passo na sua direção.

— Amma...

— Qual é o seu problema? — sussurrou ela, revoltada. — Você contou para ele?

— Eu precisava contar. Ele não parava de falar que sentia uma conexão comigo, e parecia errado continuar mentindo.

— Eu não pedi para você mentir. Eu pedi pra você ficar longe dele.

— Eu sei, eu sei. Mas era impossível fazer isso.

— Não — respondeu ela. — Não era. Você só é egoísta demais e precisou se enfiar na vida dele de novo.

Fiquei de estômago embrulhado e balancei a cabeça.

— Eu não contei para ele de Elijah, Amma, mas preciso que você faça isso. Você devia contar tudo para ele. Ele merece saber. Eu amo Gabriel e não posso continuar fingindo que Elijah não existiu. E você também não deveria querer continuar fazendo isso. Mesmo que seja difícil. Ele merece saber do irmão.

— Você não pode fazer isso...

— Uma semana — alertei. — Vou te dar uma semana para contar a ele. Depois disso, eu conto.

— Nós estávamos bem sem você. Estávamos ótimos. — Ela fechou os olhos e balançou a cabeça, incrédula. — Você estava morta para nós. Por que não podia ter continuado morta? — sussurrou, o corpo tremendo um pouco.

Enquanto ela ia embora, meu peito se encheu de culpa, como se eu tivesse cometido um erro ao contar a verdade para Gabriel. Mas eu sabia que não tinha. E isso só tornava tudo ainda mais doloroso.

Permaneci no corredor por mais alguns minutos. Eu não sabia se teria forças para voltar para o chá de bebê e ver Gabriel. E encarar Amma de novo. Talvez ela tivesse razão. Talvez eu devesse ter me mantido longe de Gabriel, mas era como se o universo o tivesse devolvido para mim. Como eu poderia simplesmente ir embora depois de receber uma segunda chance?

— Mãe? Mãe! — chamou Ava, atravessando às pressas o corredor. Assim que me viu, seus lábios se curvaram em um sorriso enorme. — Ei! O que você está fazendo aqui? Está na hora do bolo.

Abri um sorriso falso e tentei não chorar. Passei um braço ao redor de Ava enquanto fazia que sim com a cabeça.

— Tá, tudo bem. Vamos comer bolo.

20

Kierra

Quando uma semana se passou, não tive a chance de verificar se Amma havia contado a Gabriel de Elijah, porque ele não apareceu mais na Florence. Ele ignorava minhas mensagens. Se passava na minha casa para dar uma olhada na obra, fazia seu trabalho, dava oi para Ava e ia embora. Quando eu ia buscar Ava na GS Arquitetura, ele sempre estava misteriosamente ocupado ou havia desaparecido.

Eu estava oficialmente levando um *ghosting* e não sabia como reagir.

Parte de mim pensava que ele não conseguiria fugir de mim para sempre, mas por que não? Não havia nenhum motivo para ele ser obrigado a falar comigo. E, depois de tudo que ele descobriu, dava para entender se nunca mais quisesse me ver. Mesmo assim, doía. Mesmo assim, eu sentia falta dele. Era como ter realizado um desejo apenas para o sonho depois ser arrancado de mim.

— Você precisa insistir mais — disse Rosie quando nos encontramos para nossa ida mensal ao spa. — Faz a heroína de comédia romântica dos anos noventa e diz que ele precisa te ver e falar com você.

Ela apertou o robe enquanto seguíamos até a sala zen para esperar nossas massagens.

Peguei um copo de água com infusão de limão e balancei a cabeça.

— Não vou forçar a barra. Ele deixou claro que não quer nada comigo.

— Deixou mesmo? Ou você simplesmente concluiu isso sozinha? Talvez ele só precise de um tempo, Kierra.

— Já faz duas semanas.

— Exatamente. Então, agora, você força a barra. Homens são idiotas. Eles não sabem quando já tiveram tempo suficiente. Vai até a casa dele, fica parada lá no meio da chuva e diz o quanto ele é importante para você — ordenou ela, desabando em uma poltrona grande. — Caso contrário, quando a gente estiver no asilo aos 90 anos, ainda vamos estar falando que você não aproveitou a oportunidade de construir outra amizade com Gabriel... ou mais do que uma amizade.

— Rosie. Pare com isso. Eu sou casada.

— Com um babaca escroto, Kierra. Não estou dizendo que seja certo, mas você devia sonhar com as possibilidades, pelo menos. Um dia, se Deus quiser, Henry vai sair da sua vida. Não seria legal ter Gabriel nela? Estou te falando... — Ela deu de ombros. — Vocês dois foram o motivo pelo qual comecei a acreditar no amor. Isso é, no amor de verdade.

— Eu só...

Eu não sabia o que dizer ou fazer.

Rosie ficou séria.

— Só considere a possibilidade de conversar com ele, Kierra. Peça desculpas por não ter contado nada antes.

— Tá bom. Vou fazer isso.

Um pedido de desculpas cara a cara era o mínimo que Gabriel merecia.

Ela sorriu.

— Que bom. Mas também, Kierra... se você for falar com ele, precisa contar a verdade. Toda a verdade.

Suspirei.

— Eu estava com medo de você dizer isso.

Depois da minha massagem com Rosie, fui até a casa de Gabriel sem ser convidada. Parte de mim estava torcendo para o carro dele não estar lá. Isso permitiria que eu desse meia-volta e fosse embora. Mas a picape dele estava em frente à garagem, e as luzes estavam acesas dentro da casa.

Demorei uns cinco minutos até reunir coragem para sair do meu carro e bater à porta dele.

No momento em que bati, o frio na barriga voltou com tudo. O nervosismo percorria o meu corpo inteiro, me deixando inquieta.

Quando abriu a porta, ele pareceu um pouco surpreso ao me ver. Estreitou os olhos.

— Kierra. Você está bem?

Você está bem?

Que primeira pergunta estranha.

Ele parecia me perguntar isso o tempo todo. Era impossível não questionar se eu estava o tempo todo transmitindo uma vibe de "estou péssima".

— Sim, bom, não. Quer dizer... Hum... Oi — falei arfando e puxando minhas mangas compridas.

O olhar dele era de pura confusão.

— Oi? O que houve?

O que houve? Você está me ignorando há duas semanas. Isso que houve.

— Eu... Hum... A gente não se falou mais? — falei, mas parecia uma pergunta. — Quer dizer, não desde que eu te contei sobre... nós. E imagino que você esteja com raiva...

— Não estou com raiva.

Soltei uma risada de nervoso.

— Fala sério, Gabriel. Eu sei que está. E entendo você estar com raiva, mas...

— Não estou com raiva — interrompeu ele de novo, frio.

— Gabriel...

— O que você quer, Kierra? — disse ele, a voz cheia de irritação. — Você veio se aliviar da culpa? Beleza. Não precisa se sentir culpada, porque não estou com raiva.

— Não foi por isso que eu vim.

— Então por que você está aqui? — rebateu ele, nitidamente com raiva, mesmo que dissesse o contrário.

— Eu queria pedir desculpas — falei, engolindo em seco.

— Tá bom. Valeu.

Ele fez menção de fechar a porta, então coloquei o pé na frente.

— Gabriel, espera.

— Por quê? Você disse o que queria dizer, e eu agradeci. Fim da conversa.

— Mas não é... Dá para perceber que você continua com raiva.

— *Eu não estou com raiva!* — repetiu ele de novo. Resmungou baixinho e saiu para a varanda. — Beleza. Você quer conversar. Vamos conversar. Você quer acreditar que estou com raiva quando não estou. Só preciso que entenda isso, Kierra. Não estou com raiva.

— Então o que você está sentindo? — sussurrei. — Porque dá para perceber que não está bem.

— *Estou magoado pra caralho* — berrou ele, jogando as mãos para o alto como quem desiste. Sua voz falhou quando a palavra "magoado" saiu de sua boca. Ele deu as costas para mim e apoiou as mãos na balaustrada da varanda. Balançou a cabeça algumas vezes antes de voltar a me encarar. Seus olhos castanhos estavam inundados de emoção enquanto ele mordia o lábio e engolia em seco. — Estou magoado pra caralho, Kierra — murmurou.

— Eu entendo.

— Não, não entende. Você não *entende*. Você não sabe do que estou falando. — Ele balançou a cabeça, incrédulo. — Eu *precisava* de você, Kierra! — exclamou ele, batendo a mão no peito. — Eu precisava de você, porra, e você sumiu. Você foi embora sem nem olhar para trás, deixando esse vazio que eu não conseguia entender. Você me deixou depois de eu passar por uma situação traumática, e eu precisava de você, porra.

A tensão na voz dele esmigalhou qualquer pedacinho do meu coração que ainda continuasse batendo.

Ele baixou a cabeça.

— Eu não tinha ninguém — sussurrou ele. — Eu não tinha ninguém para me ajudar a voltar para casa. Passei anos sem saber o que fazer. E eu achava que estava ficando maluco, porque sonhava com você e acordava me sentindo mais perdido do que nunca. Porra, você passou duas décadas assombrando os meus sonhos, Kierra. Então me perdoa se eu passei as últimas duas semanas ignorando as suas mensagens, mas preciso assimilar muita coisa.

— É, sim. Tudo bem. Eu sei.

— Você disse que a gente era tudo um para o outro e aí teve a cara de pau de falar que precisou ir embora. Você me deu essa desculpa idiota, e aí? Esperava que eu fosse aceitar tudo numa boa? Que deixasse para lá? A situação ficou difícil, então você foi embora? Eu jamais faria isso com você. Sei que não me lembro da gente, mas eu sinto a gente — disse ele, levando a mão ao peito. — Eu sinto você, Kierra, e jamais teria te deixado no seu pior momento. Eu ficaria do seu lado, te lembrando todos os dias de quem você tinha sido.

Lágrimas escorriam pelo meu rosto enquanto eu entendia o tamanho do meu erro.

— Essa não é a história toda — falei, balançando a cabeça. — Essa não é nem metade da história, e foi por isso que vim aqui. Quero te contar tudo. Quero que você saiba os detalhes de quem nós éramos e o que aconteceu naquela noite. Preciso que entenda que, se eu fizer isso, talvez você nunca mais queira falar comigo, mas acho que você deveria saber a verdade toda. A história toda. Você merece.

Ele franziu a testa enquanto inclinava a cabeça e cruzava os braços.

— Você vai me contar tudo?

— Vou. Tudo.

Ele hesitou por um instante, então me convidou para entrar na sua casa. Eu me sentei no sofá, e ele se sentou à minha frente, na mesa de centro.

— Tudo bem. Me conta.

No instante em que comecei, quis parar. Eu queria apagar as memórias da noite do acidente. Não queria me lembrar de todos os detalhes. Não queria mergulhar naquela escuridão de novo, mas também queria que ele entendesse por que eu tinha ido embora. Queria que ele entendesse por que, tantos anos antes, eu havia decidido deixá-lo. Queria que ele entendesse por que seria quase impossível para mim voltar para ele.

E queria que ele soubesse de Elijah.

Mesmo que doesse falar o nome dele.

21

Kierra

19 anos

— Esse é o melhor aniversário que já tive! — exclamou Elijah, coberto de neve enquanto Gabriel carregava os três trenós nas costas. Eu segurava a mão de Elijah, e nós dançávamos pela neve. — Valeu por me trazer, Kierra!

— E o chatonildo do seu irmão queria ficar em casa vendo televisão — comentei, abrindo um sorriso enorme para Gabriel.

Ele retribuiu o sorriso, sabendo que tínhamos nos divertido. A alegria de Elijah valia a pena.

Gabriel andava do meu lado e cutucou meu braço.

— Foi uma boa ideia, Pinguim.

— Foi mesmo, né?

Ele se inclinou um pouco e beijou minha orelha.

— Foi.

Eu ainda estava me acostumando com os beijos dele. Fazia um ano que estávamos oficialmente namorando, e ainda sentia um frio na barriga sempre que ele chegava perto de mim. Eu o amava. Eu o amava tanto que, às vezes, tinha vontade de chorar.

— Está nevando de novo! — exclamou Elijah, soltando minha mão e inclinando o rosto para o céu.

Ele abriu a boca e colocou a língua para fora. Fiz o mesmo, pegando o máximo de flocos de neve possível.

— Tá bom, bonecos de neve, vamos logo, antes que a nevasca piore — ordenou Gabriel, arrastando os trenós.

— Ela é uma boneca de neve, Gabby — disse Elijah. Ele era o único que podia chamar Gabriel de Gabby. Qualquer outra pessoa receberia um soco na barriga. — Não um boneco.

— É verdade. Errei. Boneco e boneca de neve, vamos embora.

— A gente devia fazer anjos de neve primeiro — comentou Elijah, se jogando na neve.

Arqueei uma sobrancelha para Gabriel com um sorriso travesso.

Ele apontou um dedo para mim, sério.

— Não ouse, Kierra.

Dei de ombros.

— É impossível resistir. Não consigo dizer não para esse menino. — Então me joguei ao lado de Elijah, e começamos a fazer anjos de neve juntos, balançando as mãos e as pernas em sincronia. — Vem, Gabriel. Tem espaço para três.

— São quase uma da manhã. A gente precisa ir para casa — disse ele.

— Anjos de neve! Anjos de neve! — cantarolou Elijah.

Eu me juntei a ele na cantoria.

— Anjos de neve! Anjos de neve!

Gabriel revirou os olhos.

— Vocês estão me pressionando.

— Só porque a gente gosta de você — falei, dando um tapinha no espaço ao meu lado. — Vem ser maluco com a gente.

Bufando, ele se rendeu, jogando os trenós ao nosso lado. Então se jogou no chão e começou a fazer um anjo de neve ao meu lado.

Eu não conseguia pensar em um trio melhor para fazer anjos.

Ficamos ali por tempo demais, e a neve aumentou.

— Tá, é melhor a gente ir — falei.

Gabriel se levantou primeiro, ajudou Elijah a se levantar, então ofereceu a mão para mim. Eu a aceitei, e ele me puxou contra seu peito, beijando meu nariz.

— Minha boneca de neve preferida.

Frio na barriga.

Aquele homem *nunca* ia parar de me causar frio na barriga.

— Menos beijos, mais passos — ordenou Elijah, jogando os trenós para Gabriel, um de cada vez.

— Não se preocupem, meninos. Eu dirijo — falei, sabendo que Gabriel tinha deixado os óculos em casa.

Ele não conseguia enxergar quando não estava nevando, que dirá quando a neve se transformava em uma nevasca.

Entramos no carro, e liguei o aquecedor no máximo enquanto Gabriel colocava o cinto em Elijah. Ele riu e verificou de novo, embora o irmão já tivesse idade suficiente para colocar o cinto sozinho. Amma era superprotetora, e, se Elijah aparecesse com um arranhão sequer, ela surtaria. A verdade era que, depois da morte do pai de Gabriel, Amma havia se tornado neurótica. Ela queria saber o tempo todo onde os filhos estavam. Se desconfiasse do nosso passeio naquela noite, teria cortado a ideia imediatamente.

Depois de garantir que Elijah estava seguro, Gabriel se sentou no banco do carona.

Seguimos pela estrada, e logo percebi como ela estava escorregadia. Eu dirigia mais devagar do que nunca, e o rádio estava baixo. Quando nos aproximamos de uma placa de pare, fiz uma pausa, olhei para os dois lados e segui muito devagar.

— Aumenta a música! — pediu Elijah, bocejando.

Olhei por cima do ombro para ele e sorri.

— Você devia estar dormindo.

Quando me virei para a estrada, ouvi o som estridente de uma buzina. Olhei para a direita e vi os faróis vindo em nossa direção. Levou só um segundo. Eu só tinha afastado meu olhar da estrada por um milésimo de segundo.

Um instante.

Só isso.

O carro acertou o lado de Elijah e Gabriel. Começamos a girar com o impacto, e, quando dei por mim, perdi totalmente o controle do carro. Saímos derrapando pela rua, e, antes de conseguirmos parar, outro carro acertou o meu lado.

Minha cabeça voou para a frente e acertou o volante enquanto o carro derrapava para a frente e acertava um carvalho. Ouvi Elijah gritando e chorando enquanto eu tentava levantar a cabeça. Estava tudo embaçado, e saía fumaça do capô amassado.

— Ai — gemi enquanto tentava me mexer. Olhei para Gabriel, cuja cabeça estava caída sobre a janela. Sangue pingava do vidro, e o pânico me dominou. — Gabriel... Ei, ei, olha para mim — disse chorando enquanto tentava abrir meu cinto.

Mas ele estava emperrado, e eu não conseguia me mexer.

O choramingo no banco de trás parou. Eu me virei e encontrei Elijah coberto de cacos de vidro, cheio de cortes.

— Eli — falei chorando, tentando sair do meu banco, cada vez mais desesperada.

Eles estavam quietos.

Tão quietos.

Quietos demais.

Chora, Elijah.

Faz algum som, Gabriel.

Se mexam.

Por favor.

Gemam.

Resmunguem.

Qualquer coisa!

Digam alguma coisa!

— Não, não, não — repeti aos prantos, puxando meu cinto.

Minha cabeça doía. Meu coração parecia prestes a pular para fora do peito.

Quando finalmente me soltei do cinto, me inclinei para Gabriel para verificar sua pulsação. O coração dele continuava batendo.

Com a dor dominando o meu corpo inteiro pelo impacto do segundo carro, me forcei a ir para o banco de trás, ao lado de Elijah, para ver como ele estava. Os cacos de vidro cortaram minhas mãos quando caí no banco.

— Elijah, acorda. Sou eu. É a Kierra, tá? Você está bem. Ei, acorda — chamei chorando e verificando sua pulsação.

Chora, Elijah.

Faz algum som.

Se mexe.

Por favor.

Geme.

Resmunga.

Qualquer coisa. Diz alguma coisa!

Respira, Eli. Só respira.

Nada.

Não havia nada.

Eu engasguei ao respirar enquanto caía sobre o corpo de Elijah. Meu mundo começou a se partir em um milhão de pedaços enquanto segurava seu corpinho em meus braços.

— Socorro! — berrei a plenos pulmões. — Alguém me ajuda! — gritei para qualquer um que pudesse estar por ali, para qualquer um que pudesse me ouvir. — A gente precisa de ajuda! Ele é só uma criança! Alguém ajuda a gente! Por favor.

Eu chorava incontrolavelmente, segurando Elijah nos braços.

Meu rosto caiu sobre seu peito, buscando por batimentos cardíacos, buscando por qualquer sinal de que ele ficaria bem. Chorei sobre ele enquanto gemia, sem parar:

— *Socorro.*

22

Gabriel

Dias atuais

Enquanto Kierra terminava de contar sua história, seu corpo inteiro tremia, e lágrimas jorravam dos seus olhos. Fiquei ali, chocado com as palavras que saíam de sua boca. Não conseguia conceber o que ela estava me contando.

Um irmão?

Eu tive um irmão caçula?

Isso era bizarro demais para conseguir assimilar. Como uma coisa dessas era possível? Por que minha mãe não me contaria?

Foi só quando Kierra pegou fotos de sua bolsa e começou a mostrar imagens reais minhas, dela e de Elijah juntos que comecei a acreditar mesmo na história. Eu me sentia enojado enquanto olhava as fotos. Dezenas e dezenas de nós três, rindo juntos. Dezenas de imagens mostrando a verdade sobre meu irmão. Meu irmão caçula.

Puta merda. Eu tive um irmão caçula.

Como...?

Espera...?

— *O quê?!* — exclamei, passando a mão pelo cabelo. — E a minha mãe falou para você ficar longe de mim?

— Não fique irritado com ela, Gabriel. Antes do acidente, ela já se preocupava demais. Ela vivia com medo de que alguma coisa acontecesse com você, por causa da morte do seu pai. Esse medo só piorou depois que Elijah nasceu. E aí, depois do acidente, ela desabou. Foi demais para ela.

— Demais para ela? — falei, bufando. — Ela basicamente apagou as minhas memórias, garantindo que elas não voltassem. Se eu nunca tivesse te encontrado, passaria o resto da vida sem nunca saber de Elijah. Então me perdoe se eu não estiver sentindo muita pena dela.

Kierra ficou em silêncio, sem insistir no assunto. A verdade era que eu estava em estado de choque com a situação toda, mas isso não mudava o fato de que via a tristeza em Kierra. O tamanho da culpa que ela sentia sobre a situação toda. Ela não queria ter me abandonado; ela havia achado que não existia opção.

Mesmo assim, eu me perguntava o que teria feito se a situação fosse ao contrário. Eu teria escutado os pais dela se eles me mandassem ficar longe? Eu teria ido embora sem tentar de tudo para falar com ela? Ou a culpa e a depressão sobre o acidente seriam traumáticos a ponto de eu querer me esconder e me afastar o máximo possível de quaisquer memórias do que tinha acontecido?

— Obrigado — sussurrei, unindo as mãos. — Obrigado por me contar a verdade. Sei que não foi fácil.

— Aquilo foi a pior coisa que já aconteceu, Gabriel, e, se eu pudesse, voltaria no passado um milhão de vezes para fazer tudo diferente. Se eu pudesse, trocaria de lugar com Elijah. Eu queria que tivesse sido eu. Até hoje, ainda desejo que tivesse sido eu, não ele.

— É muita coisa para assimilar.

— É. Eu entendo. E não quero que você se sinta pressionado a continuar falando comigo. Entendo se quiser espaço, e vou respeitar isso. Só queria que você soubesse a história toda.

Agradeci mais uma vez.

— Mas acho que, talvez, seja melhor você ir. Tem muita coisa passando pela minha cabeça agora, e não sei bem como assimilar tudo.

— Sim, é claro. Não tem problema. Só... se precisar de qualquer coisa, você tem o meu número.

Eu me levantei junto com ela.

— Sim, pode deixar. Boa noite, Kierra.

Ela quase sorriu, mas a expressão parou no meio do caminho.

— Boa noite.

Depois que Kierra foi embora, não dormi.

Passei a noite em claro, tentando entender a vida que eu tinha esquecido e quanto ela influenciava a vida que eu tinha agora. Como as coisas teriam sido diferentes se eu soubesse de Elijah? Que escolhas eu teria feito?

Como eu poderia olhar para minha mãe da mesma maneira depois disso? Era tudo muito intenso.

No dia seguinte, no trabalho, eu continuava perdido em um turbilhão de confusão. Quando entrei no corredor, vi minha mãe se aproximando. Ela era a última pessoa que eu queria ver. Assim que meus olhos bateram nela, me senti enjoado.

Ela ergueu uma sobrancelha.

— Gabriel, o que houve? Você parece...

— Eu tive um irmão?

Ela empalideceu e ficou paralisada. Sua boca abriu, mas nada saiu. Eu já sabia a resposta antes de ela me dizer, mas precisava ver como ela reagiria quando eu dissesse cara a cara

Fiz que sim uma vez com a cabeça.

— Tá, entendi.

— Gabriel...

Ela estendeu a mão para mim, mas afastei o meu braço.

— Não encoste em mim. Não fale comigo. Só... — Soltei um suspiro pesado. — *Não.*

23

Kierra

Gabriel: Oi. A gente pode se encontrar para conversar?

No instante em que o nome de Gabriel surgiu na tela do meu celular, eu me empertiguei na cadeira da mesa de jantar. Fazia duas semanas que não tinha notícias dele, desde que havia contado tudo sobre o acidente. Para ser sincera, eu achava que ele nunca mais falaria comigo. Eu entenderia se ele preferisse manter distância.

Kierra: Claro. Onde e quando?
Gabriel: Às oito da noite na minha casa.
Kierra: Até mais.

Passei o trajeto todo até a casa dele me sentindo nervosa, e, quando cheguei, ele perguntou se eu queria desenhar com ele no pátio dos fundos. Concordei, e demos a volta até lá, onde os cadernos nos esperavam.

Passamos um tempo em silêncio. Eu queria dar a ele a oportunidade de falar quando se sentisse pronto. Mas estaria mentindo se dissesse que não tinha ficado ansiosa enquanto esperava.

— O que teria acontecido se você não tivesse ido embora? — perguntou Gabriel depois de um tempo.

— Como assim?

— Depois do que aconteceu com Elijah... depois do acidente. Depois que minha mãe te afastou e eu não consegui me encontrar. O que teria acontecido se você tivesse ficado comigo?

Meu peito doía só de pensar nisso. Eu me fiz essa mesma pergunta várias e várias vezes ao longo dos anos. Criava imagens de como a vida seria para nós dois. Visualizava cenários diferentes. Cenários em que havia pão fresco nas manhãs de domingo, e ele ia aos meus desfiles de moda nas noites de sexta. Em que ríamos de piadas idiotas enquanto tomávamos café e assistíamos a filmes ruins deitados no sofá. Em que nossos beijos nunca terminavam. Em que o perdão era uma possibilidade. Em que não havia culpa.

— Teríamos sido felizes — sussurrei. — Talvez não no começo, mas a gente encontraria um jeito de ser feliz de novo.

— Eu teria te amado nos dias sombrios.

Soltei uma risada nervosa, porque sabia que isso era verdade. Talvez esse tivesse sido o motivo para eu ter me afastado. Eu achava que não merecia o amor que Gabriel teria me dado.

— Eu sei. — Fiz que sim com a cabeça. — Você teria me amado.

— E você me amaria nas noites difíceis.

— Por completo.

Ele olhou para as mãos no colo. Mexeu nas próprias unhas e deu de ombros.

— Que bom que isso não aconteceu.

Suas palavras me pegaram de surpresa e machucaram meu coração.

— Você acha?

— Quer dizer, claro. A gente teria tido mais alguns anos se amando, e teria mais memórias, mas foi bom você não ter voltado. Acho que precisávamos de um tempo separados para valorizarmos de verdade o que temos agora. Além do mais... você não teria Ava se a gente tivesse continuado junto. Isso seria um crime.

— Ela me salvou — confessei. — Acho que eu não teria aguentado se não fosse por ela.

— Ela foi seu alicerce.

Ergui uma sobrancelha, querendo que ele explicasse.

O sorriso dele sumiu.

— O chão firme que você precisava para recomeçar. Antes dela, as coisas deviam parecer instáveis e bambas. Ava é o seu chão firme. Ela não é sua casa; ela é seu lar.

— *Lar* — cantarolei, baixinho. — É. É isso que ela é para mim. — Balancei a cabeça, ainda me sentindo culpada. — Mas ainda sinto que foi injusto com você. Você perdeu tanta coisa. Suas memórias, Elijah. E ainda me sinto péssima, Gabriel, por não ter te contado.

— Kierra — sussurrou ele —, pare com isso.

— Não consigo. Sinto tanto por tudo que fiz, Gabriel. Sinto tanto por...

— A culpa não foi sua — disse ele. — E eu te perdoo.

Ergui o olhar para ele, balançando a cabeça.

— Como você pode me perdoar por isso?

— Porque tenho quase certeza de que você passou as últimas duas décadas se culpando pelo acidente. Não precisa mais carregar esse peso, Kierra. Eu te perdoo. Agora, você só precisa perdoar a si mesma.

Eu sabia que levaria tempo e que seria difícil. Perdoar a si mesmo é algo extremamente difícil. Eu via meus pacientes lidando com o peso da culpa e me esforçava para ajudá-los a superar erros do passado. Ainda assim, como na maior parte das coisas na vida, isso era mais fácil na teoria do que na prática.

— Vou tentar — prometi. — Me perdoar.

— Que bom. — Ele cruzou os braços. — Mas você pode fazer uma coisa por mim?

— O quê?

— Me conte de Elijah. Todo e qualquer detalhe sobre ele.

Inclinei a cabeça e abri um sorriso tímido.

— Bom, ele adorava super-heróis. E odiava gatos. Achava que Lego era a melhor invenção do mundo. Ele sempre quis um cachorro. Adorava nadar e nadava melhor que nós dois juntos. Ele se recusava a comer qualquer coisa que fosse verde, mas comia cebola como se fosse bala.

— Que garoto esquisito — comentou Gabriel, rindo.

— Muito esquisito — concordei com um sorriso. — Nosso esquisito favorito. Tenho cadernos de cartas que escrevo para ele toda semana desde sua morte.

— Você ainda escreve as cartas?

— Escrevo. Não importa o que aconteça.

— Por que você faz isso?

— Porque sinto saudade dele — confessei, fazendo que sim de leve com a cabeça. — Escrever as cartas parece uma forma de manter nossa conexão. Sei que é bobagem.

— Não é bobagem. É lindo.

Puxei a manga comprida da minha blusa e dei de ombros.

— No começo, eu escrevia todos os detalhes sobre quem ele tinha sido. Queria me lembrar de tudo dele. Queria ter meio que uma cápsula do tempo para manter a memória dele para sempre. Se você quiser, pode ler essas cartas.

— Você deixaria?

— Eu deixaria você fazer qualquer coisa que tornasse a sua vida mais fácil.

— Vou aceitar essa oferta num futuro próximo. — Ele se virou para mim e ergueu uma sobrancelha. — Eu te chamava de Pinguim?

Abri um sorriso.

— Chamava. Desde que a gente era pequeno. A gente brigou, e você disse que eu andava feito um pinguim. O apelido meio que pegou.

— Agora entendi por que fico pensando nesse nome.

— É. É por causa disso.

— Bom... — Ele respirou fundo. — Obrigado, Pinguim.

Meu coração queria chorar só de ouvir aquele apelido. Eu queria desmoronar nos braços dele e abraçá-lo por todos os dias que havia perdido a oportunidade de fazer isso.

Mas falei apenas:

— De nada.

— Amigos de novo? — perguntou ele.

Suspirei.

Assenti com a cabeça.

— Amigos de novo — concordei.

Embora a verdade fosse que tudo que eu queria era *mais*.

24

Gabriel

— Ei, patrão? — chamou Ava, jogando alguns M&M's na boca enquanto fazíamos um intervalo no trabalho para jogar videogame.

— Oi, garota?

— Você acha que pode me ajudar com uma coisa?

— O que houve?

Ela pausou o jogo e se virou para me encarar.

— Sei que a gente já teve um monte de festa, mas acho que preciso dar mais uma festa importante antes de as aulas começarem e preciso da sua ajuda para planejar.

— E que festa é essa?

— Do aniversário de 40 anos da minha mãe. Acho que é um aniversário importante para gente velha, e, bom, meu pai não é muito de fazer surpresas para ela. Na verdade, é sempre ela que planeja as coisas do próprio aniversário, mas, sei lá. Meu pai sempre faz os jantares dele e coisas para se exibir. Minha mãe não faz nada. Só quero ter certeza de que ela tenha um aniversário incrível.

— Você pediu ajuda para o seu pai? Não quero passar dos limites.

— Não importa. Não quero a ajuda dele — respondeu ela, irritada.

Que esquisito. Em geral, Ava e Henry pareciam ter um relacionamento ótimo. Eles não eram tão próximos quanto Ava e Kierra, é claro, mas a garota parecia amar bastante o pai.

— Está tudo bem com o seu pai?

— Meu pai só está sendo o meu pai. Não importa. Você quer ajudar ou não?

— Quero, claro. A gente pode começar a planejar quando você quiser.

O sorriso de Ava se espalhou pelo rosto dela. Qualquer irritação que sentia sobre Henry desapareceu quando concordei em ajudar com a festa.

— Sério?

— Claro. Eu faria qualquer coisa por Kierra. — As palavras saíram da minha boca no automático, então percebi que estava parecendo um maluco. Balancei a cabeça. — Quer dizer, eu faria qualquer coisa por você se isso significa ajudar sua mãe. Minha cliente.

Ava fez que sim com a cabeça.

— Acho que você quis dizer o seu primeiro comentário também. E está tudo bem, patrão. Eu também faria qualquer coisa por ela. Só tem um probleminha.

— Qual?

— Meu orçamento é de cem dólares.

Eu ri.

— Acho que consigo bancar o restante.

— Maneiro! Valeu, patrão.

— De nada, garota.

Ela jogou mais M&M's na boca e voltou para o jogo.

— Agora, hora de te vencer.

No dia da festa de Kierra, eu e Ava passamos horas arrumando tudo. Obviamente, Henry sabia da festa, mas não fez nenhuma questão de se envolver. Por outro lado, quando as pessoas começaram a chegar, ele se comportou como se tivesse cuidado de todos os detalhes, levando o crédito pela criatividade que Ava havia demonstrado nas últimas semanas. No mínimo, aquilo era extremamente irritante. Enquanto eu ajudava Ava com os últimos detalhes, observei Henry de canto de olho, cumprimentando todo mundo com sua personalidade exuberante.

— Odeio isso que ele está fazendo — resmungou Ava enquanto terminávamos de ver se estava tudo certo na mesa de champanhe para o brinde mais tarde.

— *Ele* quem, e fazendo o quê?

— Meu pai. Fingindo que foi tudo ideia dele.

Ah...

Então ela também tinha percebido.

— Sabe o que é mais louco? — perguntou Ava enquanto erguia uma taça de champanhe como se fosse bebê-la.

Tirei a taça da mão dela.

— O quê?

— Minha mãe ri com você. Tipo, ela ri de verdade. Joga a cabeça para trás e tem crise de riso. Não me lembro da última vez que vi a minha mãe fazendo isso com o meu pai.

Senti um aperto no peito.

— Tenho certeza de que seus pais riem o tempo todo.

— Eles não riem — respondeu ela. — Na verdade, minha mãe só chora por causa dele. Ela tenta esconder, mas eu escuto às vezes. — Ela se virou para mim depois de observar os pais do outro lado da sala. Cruzou os braços e balançou a cabeça. — Você não gosta dele, né?

Engoli em seco.

— Seu pai é um homem brilhante. Ele está décadas à frente do mundo com suas tecnologias...

— Não foi isso que perguntei, Gabriel. Eu disse que você não gosta dele. O fato de ele ser inteligente não faz dele uma boa pessoa.

Fiz uma careta, sem saber o que deveria dizer. Eu não estava ali para criticar o pai dela. Não estava ali para fazer com que ela se sentisse mal pelo fato de que o pai era um ser humano terrível que a maioria das pessoas considerava um santo. Eu não contaria para ela que ele havia traído a mãe dela com a ex-chef particular da casa nem que ele tratava Kierra como se ela não fosse ninguém. Ele era um babaca nojento. Mas como eu poderia expressar isso para a filha dele?

— Nós somos só muito diferentes — respondi.

— Ã-hã — concordou ela —, são, sim. Você é melhor que ele.

Arqueei uma sobrancelha e balancei a cabeça.

— Não, não sou.

— É, sim. Só por essa resposta já dá para saber. Se eu dissesse para o meu pai que ele é melhor do que você, ele concordaria. O que provaria que ele não é.

— Ava...

— Peguei ele gritando com a minha mãe algumas semanas atrás — contou ela, os olhos brilhando com lágrimas. — Ele achou que eu tinha ido passar o fim de semana na casa da minha avó, mas voltei para casa para buscar meu livro. — A voz dela começou a falhar. — Eles não sabiam que eu estava em casa, e ele... — Ela baixou a cabeça e a balançou, incrédula. — Ele estava gritando com ela por causa de alguma coisa, como se minha mãe tivesse arruinado sua vida inteira. Eu me escondi no hall de entrada, porque não sabia o que estava acontecendo. Esperei para ver o que ela tinha feito para ele ficar tão irritado. E aí descobri por que ele estava berrando. Por que ele estava tão furioso. Sabe o que minha mãe tinha feito de errado?

— O quê?

— Tinha se queimado enquanto tirava uma pizza do forno. A mão dela bateu no alto do forno, ela deixou a pizza cair e sujou o forno por dentro. Ela estava com uma queimadura feia na mão, e ele gritou com ela por causa disso. Por um erro. E o jeito como ele fez isso... Dava para ver que não era a primeira vez que ele gritava daquela maneira com ela quando eu não estava por perto. Pela primeira vez, vi o meu pai com outros olhos.

— E o que você viu?

— Um monstro.

Eu não sabia o que dizer. Não mentiria para ela. O pai dela era um grandessíssimo de um escroto, e saber que ele havia gritado com Kierra depois de ela se machucar me deixava furioso. Precisei reunir todas as minhas forças para não atravessar a sala e bater a cabeça dele contra uma janela.

Henry Hughes não era um homem. Um homem adulto jamais gritaria com a esposa daquele jeito. Jamais machucaria alguém que amava tanto e a humilharia em público ou quando estivessem a sós. Eu nem imaginava o quanto Kierra se sentia assustada, envergonhada e magoada por esses ataques quando ele achava que estavam sozinhos e poderia torturá-la. Com que frequência esse tipo de coisa acontecia entre os dois?

Com que frequência ele a machucava? Com e sem suas palavras?

— Nem sempre sou bom com palavras, Ava, e a verdade é que nem sei o que dizer agora, porque o que eu queria dizer não é apropriado para sua idade.

— Eu só acho engraçado. — Ela suspirou e pegou um copo cheio de ponche, finalmente aceitando o fato de que eu não a deixaria beber champanhe. — Ele foi meu herói por muito tempo. Como meu herói pode ser o pior pesadelo da minha heroína?

Eu queria consolá-la, mas, acima de tudo, queria encontrar Henry e fazer com que ele se sentisse como as minhas duas garotas se sentiam: pequeno e assustado.

Minhas duas garotas.

Eu sabia que elas não eram minhas, mas meu coração discordava. Eu sentia que precisava proteger Kierra e Ava.

Meus olhos percorreram a casa em busca de Henry, que parecia estar o tempo todo mudando de lugar enquanto interagia com os convidados. Achei que já estava na hora de eu cumprimentá-lo.

— Já volto, garota — falei para Ava enquanto eu pegava a minha taça de champanhe, virava tudo em um gole e a colocava de volta na mesa.

Conforme eu andava pela casa, via diversas pessoas rindo umas com as outras. Algumas dançavam. Outras elogiavam Henry como se ele fosse o melhor homem do mundo. Quanto mais eu ouvia comentários positivos sobre ele, mais minha raiva aumentava.

Quando olhei para o outro lado da sala, vi Kierra com a mãe de Henry, Tamera. As duas sorriam enquanto conversavam. Kierra virou o rosto para mim, e seus olhos brilharam, atentos. Seu sorriso hesitou por um instante antes de seus lábios voltarem a se curvar. Ela ergueu a mão, acenando discretamente. Acenei também. Eu ainda me sentia sem graça depois da nossa última conversa. Só queria estar perto dela, e sabia que havia sido inapropriado dizer tudo o que eu disse para ela, mas não consegui me controlar.

Eu só precisava que ela soubesse que eu me sentia completo sempre que ela estava perto de mim. Algo em Kierra e seus olhos mexia comigo. Eu não sabia que seria capaz de me sentir em casa só de encontrar o olhar de outra pessoa.

Ela falou alguma coisa para Tamera e veio na minha direção.

— Oi, sumido.

— Feliz aniversário, Kierra.

— Obrigada. A festa está incrível. Ava é uma safadinha. Não acredito que ela conseguiu organizar isso tudo sozinha. — Então ela estreitou os olhos. — E é exatamente por isso que acho que ela não conseguiu organizar isso tudo sozinha.

— Talvez ela tenha recebido uma ajudinha. Posso ter feito algumas ligações.

— Gabriel... não precisava.

— Eu sei. Quis ajudar. Você está linda, aliás.

Ela estava usando um vestido vermelho-sangue com caimento perfeito que destacava todas as suas curvas. Meus olhos já tinham percorrido seu corpo muitas vezes desde a primeira vez que eu a tinha visto naquela noite.

— Ah, esse vestidinho básico? É um modelo original Kierra.

Arqueei uma sobrancelha.

— Mentira. Você que fez?

— Terminei na semana passada. Finalmente tirei a poeira da minha máquina de costura.

— Está mais do que fantástico. Você está mais do que fantástica. Estou orgulhoso pra caralho de você, Kierra.

Os olhos dela se encheram de lágrimas.

— Obrigada, Gabriel. — Ela soltou um pouco o ar pela boca. — Posso te contar um segredo?

— Sempre.

— Pela primeira vez em anos, você me fez sentir como se alguém me enxergasse. Você faz com que eu me sinta... boa o suficiente. Fazia muito tempo que eu não me sentia assim.

Mordi meu lábio inferior, me perguntando se estava perto demais dela, levando em consideração a quantidade de pessoas ao nosso redor. O que achariam da nossa proximidade? O que as pessoas diriam se me vissem tão perto de Kierra? O que pensariam?

— Kierra...

Antes de podermos dizer qualquer outra coisa, a sala foi inundada pelo som das pessoas cantando parabéns. Olhamos por cima de nossos ombros e vimos Henry e Ava vindo com um bolo gigante, que era guiado por uma mesa robótica. O bolo de três andares estava coberto de fondant branco, dourado e cor-de-rosa, com velas estrela soltando faíscas, fazendo o bolo parecer extremamente sofisticado.

Kierra arregalou os olhos de surpresa enquanto ela unia as mãos e as levava à boca, fascinada.

Ela se aproximou de Henry e Ava, levando a mão ao peito, sobre o coração, e todos continuaram cantando parabéns, deixando-a à beira das lágrimas. Depois que a música terminou, Kierra soprou as velas. Era impossível não me perguntar o que ela havia desejado.

Se eu pudesse desejar algo, seria ela.

Nossa, aquele vestido estava fenomenal.

Depois que as velas foram sopradas, todo mundo começou a gritar:

— Discurso! Discurso! Discurso!

Kierra acenou as mãos, envergonhada.

— Não, não! — As pessoas continuaram gritando até ela ceder. — Tá bom, tá bom, tudo bem, apesar de a maioria de vocês saber que não sou boa em falar em público. Quando eu tinha 16 anos, precisei dar um discurso em uma premiação de softbol e vomitei em mim mesma. — Risadas soaram pela sala. O sorriso de Kierra parecia bem tranquilo. Sua timidez só fez com que eu me apaixonasse mais. Observei seus lábios se abrirem de leve enquanto ela continuava a falar. — Só me sinto muito grata, de verdade, por todos vocês. Essa surpresa e a presença de todo mundo é importante demais para mim. Minha vida é mais feliz por vocês todos estarem nela. Agora, comam, bebam e se divirtam.

Todos aplaudiram e gritaram incentivos de novo.

Alguém se aproximou de mim e me cutucou no ombro. Eu me virei e encontrei um senhor mais velho, usando o terno mais impecável que eu já tinha visto na vida e exibindo a barba grisalha mais impecável que eu já tinha visto na vida. O cara parecia um modelo da *GQ*.

Ele sorriu.

— Você é Gabriel, certo? O arquiteto.

— O próprio.

Ele fez que sim com a cabeça e estendeu a mão para mim.

— Eu me chamo Joseph. Trabalho na clínica com Kierra.

Troquei um aperto de mão com ele.

— Ah, sim. Kierra já me falou de você.

— Espero que coisas boas — disse ele, pegando duas cervejas do robô que circulava pela sala.

Ele ofereceu uma para mim, e aceitei.

— Ótimas. Ela te admira muito e valoriza sua ética de trabalho.

— Ela é uma das pessoas mais talentosas e empáticas com quem já tive o prazer não apenas de trabalhar mas de conhecer.

— Não é muito difícil de acreditar nisso — respondi, olhando para Kierra, que ria com Ava enquanto elas cortavam o bolo. — Ela é extraordinária.

— Extraordinária — repetiu ele enquanto tirava os óculos e esfregava o nariz antes de colocá-los de volta. — Sim. Essa é a palavra perfeita para descrevê-la.

Antes de eu conseguir responder, Henry tocou algumas teclas no piano, chamando a atenção da sala. Então ele subiu no banco com uma taça de vinho na mão.

— Desculpem interromper, mas acho que todos concordamos que o discurso da minha esposa foi meio desanimado — disse ele com o sorriso presunçoso que sempre parecia estampar seu rosto. — E, se vocês já estiveram em algum dos nossos jantares, sabem que adoro um bom brinde. Então quero aproveitar o momento para fazer um brinde à mulher mais espetacular que já tive a sorte de conhecer. — Ele ergueu a taça no ar. — Sabem, quando conheci Kierra, eu era um pai solo tentando entender a vida. Ela surgiu como um foguete e deixou tudo mais iluminado. Deixou nossas vidas mais iluminadas — disse ele, gesticulando para Ava. — Então, nesta noite, vamos fazer um brinde à minha esposa linda, talentosa e carinhosa, Kierra. A mulher que coloca todo mundo à frente de si mesma. Saúde!

Todos ecoaram o brinde e beberam seu vinho. Joseph continuou ao meu lado, balançando a cabeça, incomodado.

— "A mulher que coloca todo mundo à frente de si mesma" — disse Joseph, repetindo as palavras de Henry. — É engraçado. Isso devia ser considerado um elogio, mas, na verdade, é uma maldição.

— Como assim?

— É um problema amar os outros mais do que a si mesmo. Kierra trata os outros melhor do que trata ela mesma. Nunca conheci uma mulher tão *extraordinária* que fosse tão cruel consigo mesma.

— Por que você acha que ela é assim?

— Profissionalmente, eu poderia citar um milhão de motivos diferentes. Milhares de formas diferentes de analisá-la. Mas, sob a perspectiva de um amigo, é fácil. Algo no passado fez com que ela acreditasse que não merecia certo nível de amor, então ela o oferece em excesso para os outros para tentar compensar o passado.

— Ela está carregando culpa?

— Sim, talvez. — Ele balançou de leve a cabeça. — Ou talvez seja apenas um coração partido que nunca se curou por completo. De toda forma, a maneira como ela vive faz mal. Talvez não seja algo perceptível hoje, mas se entregar tanto e não receber nada em troca é algo que vai se acumulando. Henry sabe disso e se aproveita. Ele sabe que ela faria de tudo por Ava, o que significa que ele pode fazer o que quiser se Kierra tiver medo de perder a filha.

— Ele a controla pelo amor que ela tem por Ava.

— Exatamente. E isso o torna uma pessoa assustadora. Quer dizer, que tipo de homem usa a própria filha para fazer chantagem e conseguir o que quer?

Um monstro. Um monstro faria isso.

Joseph assentiu uma vez com a cabeça.

— Mas vai saber? Talvez eu já tenha bebido demais. — Ele ofereceu a mão para mim. — Foi um prazer conhecê-lo, Gabriel.

Apertei a mão dele.

— Igualmente, Joseph.

— Em um mundo perfeito dos sonhos, eu também te contrataria para construir uma casa nova.

— É só me ligar quando você quiser.

— Duvido que você esteja dentro do meu orçamento.

— Vou te oferecer o desconto de amigos e parentes.

Joseph riu.

— Vou cobrar. Saúde, irmão — disse ele, brindando sua cerveja com a minha. Mas, antes de ir embora, ele fez outro comentário que ficou na minha cabeça. — Sabe qual é a diferença? Entre você e Henry?

— Qual?

— Ele só diz coisas legais sobre Kierra quando os dois estão no meio de uma multidão. Ele faz estardalhaço perto das outras pessoas. Você fala bem dela discretamente, com sinceridade. E, se eu for bom em entender pessoas, e acho que sou, aposto que você também é gentil com ela nos seus pensamentos.

A festa continuou, e as pessoas foram ficando cada vez mais bêbadas. Eu ainda não tinha conseguido falar com Henry, mas, conforme o tempo foi passando, cheguei à conclusão de que a festa de aniversário de Kierra não seria o melhor momento para tirar satisfação.

Sempre que eu olhava para Kierra, seu sorriso estava largo, e ela parecia cercada pelas pessoas que mais amava. Era um grupo diferente dos convidados dos jantares de Henry. Todo mundo parecia amigável e feliz de verdade. A situação inteira era calorosa, e eu estava feliz por ela ter aquela alegria. Eu estava contente ao ver que toda a atenção estava focada apenas nela.

Em certo momento, ela voltou para mim. Estava um pouco bêbada e exibia um sorriso bobo de felicidade no rosto.

— Adivinha só — disse ela, balançando ao som do jazz que preenchia a sala.

— O que foi?

— Estou alegrinha.

— Eu amo que você esteja assim.

— Eu amo você também — respondeu ela. Mesmo bêbada, ela percebeu o que tinha dito e balançou a cabeça. — Quer dizer, eu também amo estar assim. Quer dizer... Bom, você me entendeu. Eu não queria.... Bom, você entendeu.

Eu ri.

— Entendi o que você quis dizer.

Apesar de querer que ela quisesse dizer aquilo, eu entendia o que ela quis dizer.

— Agora, tenho uma pergunta para você. Uma pergunta muito séria — disse ela.

— Beleza. Manda bala.

Ela se inclinou para mais perto.

— Você acha que já posso tirar esse vestido? Porque estou com a sensação de que errei um pouco minhas medidas, e ele está apertado demais, e só quero vestir uma calça de moletom para conseguir comer mais pizza.

— O aniversário é seu. Você pode vestir o que quiser.

Ela levou as mãos ao quadril e soltou um suspiro.

— Ótimo, que bom, porque toda vez que respiro acho que as costuras vão estourar e deixar a minha bunda de fora.

Como se isso fosse ruim, Kierra.

— Já volto — disse ela e subiu correndo a escada.

Eu a observei durante o tempo todo enquanto ela se afastava. Mas não demorou muito para voltar. Só que, quando fez a curva no corredor, ela ainda estava com o vestido vermelho incrível. O único problema era que ela parecia ter visto um fantasma. Seus olhos estavam arregalados de pânico, e cheguei mais perto da escada para ver qual era o problema.

Mas, antes de eu começar a subir os degraus, vi uma Ramona apavorada correndo até Kierra, puxando a alça do vestido para cima. Inclinei a cabeça, confuso. Isto é, até Henry surgir atrás dela, abotoando a camisa. Ao contrário de Ramona, ele não parecia nada nervoso. Parecia orgulhoso.

E foi exatamente nesse momento que entendi o que havia acontecido.

— Kierra, desculpa. Não queria que você tivesse visto. Quer dizer, eu não queria... — tagarelava Ramona.

Kierra nem olhou para a cara dela. Em vez disso, ergueu a cabeça e encontrou meu olhar. Ela piscou uma vez, e a expressão de puro choque em seu rosto fez meu coração se desfazer em mil pedaços. Eu não conseguia imaginar como o coração dela se sentia. Quantas traições um coração seria capaz de aguentar antes de parar de bater?

Em vez de pedir desculpas, Henry deu uma bronca nela.

— Não me venha com ceninhas, tá, Kierra? Você sempre faz uma ceninha. A noite de hoje foi perfeita. Não vai estragar tudo fazendo drama.

Fazendo drama?

Ah, que se foda esse cara.

Ela se virou para ele, de um jeito quase robótico, e disse:

— Vai se foder, Henry.

Ele ficou tão chocado quanto eu ao ouvir essas palavras. Talvez fosse a coragem gerada pelo álcool correndo em suas veias, ou talvez aquilo simplesmente tivesse sido a gota d'água. De toda forma, ela estava se defendendo.

Henry rapidamente agarrou o pulso dela e a puxou com uma força que despertou fúria em cada centímetro do meu corpo.

— Caralho, Kierra, você não vai me fazer passar vergonha — sussurrou ele enquanto ela se retraía da pressão no braço.

Sem pensar, disparei escada acima e fui direto até Henry, acertando o punho na cara dele. Ele cambaleou para trás, seu corpo foi parar no chão. A festa inteira parou naquele momento. O único barulho vinha das caixas de som, preenchendo o espaço com jazz.

A situação horrível fez Kierra descer correndo a escada e sair de casa. Fui atrás dela. Quando passei por Ava, ela parecia tão perplexa quanto todo mundo.

— Gabriel, o que está...?

— Só um segundo, garota. Vou ver como a sua mãe está — falei, passando rápido por ela.

Corri para o quintal, para onde Kierra havia ido. Ela estava inclinada, com as mãos nas laterais do corpo, respirando fundo. Seu corpo inteiro tremia enquanto eu me aproximava. Levei a mão ao seu ombro, e ela tomou um susto, virando-se com um sobressalto.

— Ei, ei, ei. Está tudo bem. Sou eu. Sou eu.

Assim que ela percebeu que não era seu marido quem a tocava, ela se esforçou para se acalmar e recuperar o fôlego.

— Desculpa, desculpa. E-e-eu não consigo... — Ela balançou a cabeça e começou a andar de um lado para o outro. — Eu odeio aquele filho da puta! — exclamou. — Eu *odeio* aquele filho da puta.

— Pois é — concordei. — Eu também.

— Ele gosta. Ele gosta quando eu descubro, porque sente tesão em me magoar. Ele é doente e não suportou a ideia de a noite ser minha. Não suportou a ideia de algo ser meu e não dele. Ele não... — Ela respirou fundo e agitou as mãos no ar, irritada. — Foda-se. Não me importo. Estou cansada de me importar. Não me importo com mais nada.

— Kierra.

— Oi?

— Como posso ajudar?

As palavras fizeram seus movimentos se acalmarem. Ela me fitou, e seus olhos se encheram de lágrimas.

— Você pode me fazer ser forte? Não essa pessoa fraca e humilhada que agora precisa lidar com uma casa cheia de gente que te viu ter um colapso nervoso? Não quero mais ser assim. Não quero ser fraca.

— Você não é fraca.

— Sou — disse ela —, sim.

— Não é, não. Você é forte, Kierra. E ele é um escroto por fazer você achar qualquer coisa diferente disso. Ele é um escroto por mexer com a sua cabeça e te fazer duvidar da mente e da pessoa brilhante que é. Você merece mais que isso.

Ela ficou parada na minha frente com as lágrimas ameaçando transbordar. Seus lábios se abriram, mas nenhuma palavra saiu. Vi a tristeza em seu olhar e odiei isso. Se pudesse, absorveria todo o sofrimento dela. Olhos como os dela não mereciam carregar uma expressão tão desolada. Olhos como os dela mereciam sorrir tanto quanto os lábios. Eles mereciam brilhar de alegria e de uma tranquilidade inalcançável. Ela merecia *mais*.

— Kierra, você é como a galáxia inteira dentro de um único ser humano. Não estou falando isso para te convencer a querer ficar comigo e não com Henry. Dane-se o que eu quero agora. Dane-se o que todo mundo quer agora. Estou te dizendo isso porque preciso que você sinta como me sinto em relação a você. Preciso que você se olhe no espelho e saiba que você é o universo inteiro. E você merece mais do que aquele homem é capaz de te dar. Então, de novo, como posso te ajudar?

Ela abaixou a cabeça, e as lágrimas escorreram por suas bochechas.

— Você pode mandar todo mundo embora? Não quero falar com mais ninguém. Não tenho forças.

— Pode deixar. — Cheguei mais perto dela. E mais perto. *E mais perto*. Perto o suficiente para me inclinar e sussurrar ao seu ouvido: —

Qualquer coisa que precisar de mim, eu faço. A qualquer momento que precisar de mim, me ligue. Não importa o motivo. Sempre vou atender.

Mandei todo mundo embora, me certificando de que ninguém ficasse enrolando pelos cantos, deixando apenas Ava e Tamera.

— Ela está bem? — perguntou Tamera sobre a nora. — Henry fez alguma coisa?

Sorri, apesar de querer dizer que o filho dela era um merda. Mas Ava estava ali. Por outro lado, talvez o fato de eu ter dado um soco na cara do pai dela não passasse a melhor das impressões.

— Ela vai ficar bem. Se vocês puderem ficar de olho nela, seria ótimo.

— É claro — disse Tamera. — Sempre. Vou ver como ela está.

Por mais estranho que parecesse, eu acreditava nela. Ela não se parecia muito com o filho.

Olhei para Ava, que parecia nervosa, o que também partiu meu coração. Eu não sabia que meu coração seria capaz de sofrer tanto por causa de duas mulheres na minha vida.

— Desculpa, garota.

— Você está bem? — perguntou ela, com os olhos arregalados de preocupação.

— Sim. Estou bem. Desculpa pelo que aconteceu. Eu não devia ter feito aquilo.

— Foi para protegê-la? — perguntou Ava.

Fiz que sim com a cabeça.

— Foi.

Ela se aproximou de mim e me puxou em um abraço. Eu a apertei, desejando poder tirar o sofrimento dela também.

— Obrigada, patrão.

Então ela foi até o quintal para ver como a mãe estava.

Fui para a porta da frente e segui em direção ao meu carro.

— Gabriel! Gabriel! Espera! — chamou Ramona, aproximando-se quando abri a porta do carro.

Puxei o ar e o soltei entre os dentes trincados enquanto batia a porta com força.

Eu me virei para encará-la enquanto ela prendia o cabelo atrás das orelhas.

Não falei nada.

Até ela voltar a falar.

— Gabriel, eu...

— Você está demitida.

Ela arregalou os olhos.

— O quê?

— Você me ouviu. Está demitida.

— O quê? Eu... Você não pode me demitir. Isso não foi um evento de trabalho.

Gesticulei para ela, frustrado.

— *Você estava trepando com o nosso cliente na festa de aniversário da nossa outra cliente, Ramona!* — sussurrei com raiva, embasbacado com o comentário dela.

— Mas eu não estava trabalhando — argumentou ela, balançando a cabeça, parecendo chocada. Parecia surpresa por eu estar irritado. Surpresa por eu estar brigando com ela. — Você não pode me demitir pelo que faço na minha vida particular.

— Vida particular — bufei. — Porra, você está de sacanagem?

Ela estreitou os olhos e balançou a cabeça.

— Não estou entendendo por que essa irritação toda. Você está... com ciúme?

— Do que é que você está falando?

Ela mordeu o lábio inferior e deu de ombros.

— Você está com raiva porque outro homem me quis? Por ter perdido sua chance? — Meu olhar enfurecido deve ter deixado a situação clara, porque ela completou com: — Tá, o problema não é esse.

Dei dois passos na direção dela.

— Ramona, você trepou com um homem casado na festa de aniversário da esposa dele. No que caralhos você estava pensando?

— Ele... — Ela balançou a cabeça, parecendo extremamente chocada. — Ele disse que os dois basicamente só moram juntos.

— E que diferença faz o que ele disse? Esquece ele. Por que você acharia normal fazer uma coisa dessas? Como você se sentiria se alguém trepasse com o seu marido na sua festa de aniversário? — Ela não era idiota. Ramona era inteligente demais para estar se comportando daquele jeito, e eu estava furioso por ela ter tido um comportamento tão cruel e desalmado. — Cacete, Ramona. Você deveria ser melhor que isso.

— Eu errei, tá? Eu não... A gente não estava pensando...

— Foi a primeira vez?

Ela ficou quieta.

Ela balançou a cabeça.

Puta merda.

— Quanto tempo, Ramona? — perguntei, sem saber se queria ouvir a resposta.

— Quase nada. Tipo umas cinco semanas.

— *Cinco semanas!* — berrei, chocado.

— Nossa, Gabriel. Não precisa fazer escândalo.

— Você causou um escândalo. De novo, você está demitida.

— Ah, vai se foder, Gabriel! — bradou ela, empurrando meu braço. — Para de ficar botando essa banca de superior.

— Do que você está falando?

— Você acha que eu não percebo? Como você olha para ela? Tem dias em que eu passo pela Florence e vejo vocês dois lá dentro, rindo. E, agora, você deu um soco no marido dela. Seu olhar brilha quando você olha para ela.

— Eu olho para ela do mesmo jeito que olho para qualquer pessoa — menti.

— Que mentira. Para de mentir. E sabe por que eu sei que você olha para ela desse jeito? Por que é tão óbvio para mim?

— Por quê, Ramona?

— Porque... — começou ela e engasgou. Seus olhos ficaram marejados, e ela balançou a cabeça. — Eu passei anos esperando você olhar para mim do mesmo jeito. Então, pode me julgar se quiser. Pode me demitir, se precisar. Não me importo. Mas não finge que eu sou a única que se envolveu com um cliente.

Ela começou a voltar para seu carro, e a chamei.

— Ramona.

— Oi?

— Ele não é o gênio que você imagina. Ele é um babaca, e, se ele fez isso com a própria esposa, o que você acha que vai fazer com você?

— Bom... — Ela deu de ombros. — Acho que isso é algo que preciso descobrir por conta própria.

Enquanto ela ia embora, foi impossível não sentir que ela estava entrando em uma furada. Não demoraria muito para se dar mal.

25

Kierra

— Estou preocupada com você — disse Tamera enquanto eu a acompanhava até a porta.

— Não precisa se preocupar. Vou ficar bem. Só preciso arrumar a casa, então vou dormir.

— Você devia contratar alguém para limpar a bagunça — disse ela, colocando o casaco. — É seu aniversário, Kierra. Não tem motivo para você arrumar tudo sozinha.

— Não tem problema. Vai ser rápido. Divirta-se com Ava. E obrigada pela sua ajuda hoje. Foi tudo lindo.

Ela sorriu, mas a expressão parecia hesitante.

— Mas você está bem? Henry tem se comportado bem? Com você, digo. Na última visita dele, nós acabamos brigando, mas ouvi falar que as coisas não andam bem na empresa.

— Ah, é? Ele não falou nada sobre isso.

Nem falaria. Eu sabia tanto sobre o trabalho de Henry quanto um desconhecido na rua. Por outro lado, eu não queria saber. Se pudesse, nunca mais pensaria nele.

— Ele também não me contou, mas ouvi algumas pessoas comentando na festa. Acho que um contrato importante foi cancelado.

— Ah. Bom, parece estar dando tudo certo para ele.

Mais do que certo.

— Mas ele tem se comportado bem, certo? Com você, quero dizer? Sei que alguma coisa aconteceu hoje, mas, mesmo antes disso... ele tem se comportado bem?

Estreitei os olhos e balancei de leve a cabeça.

— Tamera, do que você...?

Ouvi o som de alguém cantarolando na sala, um sinal de que Henry estava de bom humor. Quando ele estava muito feliz, cantarolava. O fato de estar cantarolando me irritava. Quase parecia que ele estava zombando de mim.

Nós duas olhamos para a sala. Um suspiro cansado escapou dos lábios de Tamera antes de ela tocar meu ombro.

— Deixe para lá, meu amor. Só estou me preocupando demais. Feliz aniversário, Kierra — disse ela, me puxando para um abraço. Tamera era especialista em dar ótimos abraços. Eles faziam com que eu me sentisse cercada de carinho e cuidado. — Eu te amo muito.

— Também te amo, Tamera.

Ava veio correndo e me abraçou de lado, com sua bolsa de lona pendurada em um braço.

— Eu te amo, mãe. Feliz aniversário.

Dei um beijo na testa dela e a apertei.

— Obrigada pela melhor festa do mundo.

Ela franziu a testa.

— Tem certeza de que você se divertiu e meu pai não estragou tudo?

— Não, querida. Foi tudo perfeito. Juro.

— Só o melhor para a melhor. Mas não come o bolo todo. Vamos comer juntas amanhã, no nosso clube do livro.

— Pode deixar.

As duas saíram, me deixando com uma casa bagunçada que mostrava os sinais de uma festa bem-sucedida. Eu odiava não me sentir bem com isso. Porque eu sabia o que Henry tinha feito naquela noite. Eu sabia que ele não estava cantarolando por me amar, mas porque tinha levado outra mulher para nosso quarto. Outra mulher que estava se envolvendo com ele e então tinha a cara de pau de sorrir para mim.

Eu queria escapar.

Eu queria não passar meus próximos anos dividindo espaço com aquele monstro. Uma pessoa péssima, que dava ótimos discursos e então era totalmente insensível.

Eu o odiava.

Eu não imaginava que meu coração fosse capaz de sentir um ódio tão profundo, mas Henry despertava esse sentimento em mim.

— Esse lugar está uma bagunça — comentou ele quando passei pela sala a caminho da cozinha para pegar um copo de água. Ele estava cantarolando, animado, enquanto dançava agarrado a uma garrafa de champanhe. Ele veio até mim e agarrou meu pulso com a mão livre. — Dance comigo.

Ele estava mesmo fingindo que nada havia acontecido? Quanto ele tinha bebido?

— Henry, agora não. Estou cansada.

Ele não me escutou e me puxou contra seu corpo, cantarolando ao meu ouvido.

— Dance comigo, meu amor.

Meu amor.

Foi como levar um tapa na cara.

Enquanto ele pressionava seu corpo no meu, senti seu bafo de álcool.

— Henry, para — falei, empurrando de leve seu peito.

Ele cambaleou para trás, e a garrafa escapuliu da sua mão, caindo no chão. Ela não quebrou, mas começou a derramar champanhe no tapete.

— Porra, Kierra. Olha só o que você fez.

— Ah, bom, acontece.

— Limpa isso — ordenou ele.

Eu suspirei.

— Hoje, não. Fica para amanhã.

— Tá bom — concordou ele. — Deixa isso para lá e vem dançar comigo agora — ofereceu de novo, tentando me puxar.

Bati na sua mão.

— Qual é o seu problema?

— Estou tentando mudar a porcaria da energia dessa casa. A energia que *você* criou. A gente estava tendo uma noite incrível, e você precisava estragar tudo com o seu showzinho.

— Você estava transando com outra mulher no nosso quarto.

— É, e você fez questão de acabar com a festa só porque descobriu. Mandou todo mundo embora. Porra, eu até levei um soco na cara por sua causa.

— Por *minha* causa? — rebati, chocada com suas palavras. Parte de mim queria discutir com ele. Parte de mim queria tentar ser ouvida por ele. Mas outra parte, a maior parte, só queria liberdade. Eu queria me livrar do quebra-cabeça que era minha vida com Henry Hughes, porque estava ficando cada vez mais claro que nossas peças não se encaixavam. — Quero o divórcio — anunciei.

Ele parou de se mexer. Sua cabeça se inclinou. Ele riu.

— Vai dormir, Kierra.

Eu me empertiguei.

— Não. Eu quero o divórcio.

— A gente já teve essa conversa. Se você quiser ir embora, é só ir.

— Eu quero Ava também. Ela vai ficar comigo, e a gente pode ter guarda compartilhada. Se você fizer um tratamento para aprender a lidar com a sua raiva.

— Lidar com a minha raiva? Ah, vai à merda, Kierra.

— Estou falando sério.

— Eu também. Vai à merda. Não preciso de tratamento para lidar com a minha raiva. E você não vai ficar com a minha filha. Se quiser ir embora, pode ir. Vai. Mas Ava fica comigo.

— Ela não é só sua. Ela é minha. Que nem eu sou dela.

Na verdade, eu passava muito mais tempo com nossa filha do que Henry. O trabalho era o mundo dele, e Ava recebia as migalhas do tempo que sobrava depois que ele se entregava por inteiro à sua empresa de tecnologia. Ainda assim, nos últimos meses, a raiva dele parecia estar se tornando cada vez mais intensa, e ele parecia perder a calma com mais frequência. Meu maior medo era que, se eu não estivesse por perto para servir de saco de pancada emocional, se Ava estivesse sozinha quando ele voltasse para casa com seus problemas, ele descontaria tudo nela.

— Nada nela é seu — argumentou Henry. — Nem a risada dela, nem o sorriso dela, nem o DNA dela. E concordamos que, se nos separássemos, Ava ficaria comigo. Ou você não se lembra dos documentos que assinou antes de a gente se casar?

Eu lembrava. Só que, quando os assinei, nem imaginava que ele poderia se transformar naquela criatura. Sempre achei que "até que a morte nos separe" significava exatamente isso: até que a morte nos separasse. Eu não sabia que significaria "até Henry resolver se tornar uma pessoa totalmente diferente".

Ou talvez ele sempre tivesse sido assim. Talvez ele tivesse apenas sido habilidoso em passar muito tempo escondendo seus demônios, até eles se tornarem intensos demais e transbordarem.

— Henry...

— Pode ir — ordenou ele, gesticulando para o hall de entrada. Pegue suas coisas e vá embora, Kierra. Confie em mim, Ava não precisa conviver com uma mulher fraca que nem você. Quer dizer, cacete. Que tipo de mulher é você? Faz anos que eu traio você, grito com você, menosprezo você, e você não faz nada, porque é fraca.

— Não sou fraca — sussurrei, tentando ignorar as palavras dele e não permitir que elas se entranhassem em mim.

Eu sou forte, eu sou forte, eu sou forte.

— É, sim. E é patética. Você é fraca e patética, e, sem Ava, não é nada. E quer saber? Você acabou de perdê-la para sempre. Você não é nada, Kierra. Nada.

— Para, Henry.

— Nada — repetiu ele, chegando perto do meu rosto. A palavra saiu misturada com cuspe quando ele falou de novo: — *Nada.*

— Você nem percebe, não é?

— Percebo o quê? — perguntou ele.

— Que você está se comportando que nem o seu pai.

Sem hesitar, a mão dele se ergueu e aterrissou na minha bochecha — *com força.*

Ele me deu um tapa.

Fiquei paralisada enquanto nós dois tomávamos consciência do ato dele. Comecei a tremer enquanto ele permanecia parado à minha frente, com os olhos arregalados de pânico. Minha bochecha ardia com a força do tapa, e meu coração se despedaçou conforme eu fui entendendo que uma das desculpas a que eu me apegava sobre Henry não era mais verdade.

Pelo menos ele nunca me bate.

Ele deu um passo para trás e levou as mãos à cabeça, chocado com o que fez.

— *Caralho* — murmurou, os olhos se enchendo de lágrimas. — Caralho, Kierra.

Ele andou de um lado para o outro enquanto eu permanecia paralisada. Então voltou até mim e forçou um abraço. Ele me puxou contra seu corpo, me apertando como se tentasse me segurar para sempre.

— Por que você fez isso? — sussurrou ele contra a minha orelha enquanto se pressionava em mim. — Por que você me fez fazer isso? — choramingou, suas lágrimas molhando minhas bochechas. — Nós estávamos bem pra caralho hoje.

Eu queria vomitar.

Eu precisava que ele saísse de cima de mim, mas tinha medo das consequências dos meus atos. E se eu o fizesse perder ainda mais a cabeça? E se eu dissesse a coisa errada? E se as minhas palavras piorassem a situação? Eu devia ter ficado quieta sobre tudo. Não devia ter comentado nada sobre Ramona. Devia ter calado a boca e seguido o meu papel no nosso casamento de faz de conta.

Eu devia ter me comportado, mas não conseguia. Talvez porque estivesse cansada. Talvez porque me sentisse traída. Ou talvez porque Gabriel tivesse razão.

Eu merecia mais do que aquilo.

Eu nem sabia mais que era uma opção até a palavra ter saído da boca de Gabriel. Eu não sabia que podia desejar mais do que uma prisão. Eu achava que os únicos momentos de felicidade na minha vida viriam do tempo que passava com Ava. Eu não sabia que podia me sentir bem quando não estava com a minha filha.

— Está tudo bem — menti, retribuindo o abraço. Com medo de soltá-lo e voltar a despertar a raiva dele por não tê-lo perdoado rápido o suficiente. — A culpa foi minha. Está tudo bem. Eu estou bem.

Ele se afastou e levou a mão à minha bochecha dolorida. Segurou meu rosto e se aproximou para me beijar. Seu toque me causou um nojo que talvez não conseguisse suportar. Ele me deixava enojada. Seus lábios começaram a se mover contra os meus, e senti a bile subir pela garganta.

— Henry — sussurrei, virando de leve a cabeça.

— Me beija — ordenou ele, sua boca roçando a minha.

— Espera — murmurei.

— Me beija — repetiu ele. — Eu te amo, Kierra. Eu te amo.

Isso partiu meu coração.

Eu não conseguia me lembrar da última vez em que essas palavras saíram de sua boca. Eu achava que ele não sabia mais dizer que me amava. O que partia meu coração era a mentira deslavada que a frase carregava. Se aquilo fosse amor, eu queria distância do sentimento. Amor não deveria ser assim.

— Só preciso usar o banheiro — falei. — Só preciso de um instante.

Ele me apertou por um segundo antes de me soltar. Seus olhos pareciam vazios. Quando ele a perdeu? A alma. Eu só conseguia enxergar escuridão enquanto ele olhava no fundo dos meus olhos.

Forcei um sorriso.

— Já volto. Talvez seja melhor eu te encontrar no quarto.

Qualquer desconfiança no seu olhar desapareceu enquanto ele fazia que sim com a cabeça.

— Tudo bem. — Comecei a seguir para o banheiro perto do hall.

— Kierra?

— Oi?

— Hoje vou te comer como se eu estivesse arrependido.

Ele disse isso como se fosse um elogio antes de se virar e seguir para o quarto.

No instante em que fez a curva e saiu da minha linha de visão, calcei os sapatos em silêncio, peguei as chaves e a bolsa e saí de casa.

Dirigi o mais rápido possível.

Continuei dirigindo pelo que pareceram horas, andando em círculos, sem saber o que fazer nem para onde ir. Então me lembrei das últimas palavras que Gabriel disse para mim.

A qualquer momento que precisar de mim, me ligue. Não importa o motivo.

Liguei para o número dele.

Ele atendeu no segundo toque.

Fui até a casa dele.

Ele abriu a porta de tela e saiu para a varanda assim que parei o carro. A luz da varanda lançava um brilho fraco sobre sua pele, e seu olhar era cheio de preocupação.

— Oi. Está tudo bem?

Fiz que não com a cabeça.

Ele chegou mais perto.

— Alguma coisa aconteceu com Henry...?

Eu me retraí ao ouvir o nome dele, com meu coração martelando dolorosamente meu peito. Engoli em seco e afastei as lágrimas que ameaçavam rolar.

— Eu só queria saber se você podia... Você pode... pode me abraçar? — sussurrei, minha voz falhando.

Sem hesitar nem por um segundo, Gabriel me envolveu em seus braços. Enterrei o rosto no peito dele, sentindo seu calor me cercar, sentindo-o acalmar o caos e a instabilidade na minha mente.

Ele não falou nada, e eu não chorei. Apenas me apoiar nele parecia o suficiente para me impedir de desmoronar por completo depois do que aconteceu com Henry. Eu não queria ir para casa. Eu não queria voltar e encará-lo. Queria ficar com Gabriel em um mundo em que eu me sentia segura de todos os males. Em um mundo em que eu me sentia vista. Em um mundo em que uma pessoa olhava para mim como se eu fosse mais importante que tudo.

Ele me levou para dentro e passou horas abraçado comigo no sofá. Não conversamos. Eu nem chorei. Só fiquei nos braços dele, respirando-o enquanto ele se recusava a me soltar. Ele se tornou um cobertor pesado para mim, ajudando a desacelerar os meus pensamentos.

Eu me afastei um pouco dele e encontrei seus olhos.

— Gabriel?

— Oi?

— Você pode me beijar?

Seus olhos analisaram os meus com um misto de emoções: choque, preocupação e uma compreensão implícita profunda. Ele segurou meu rosto com delicadeza e inclinou minha cabeça para cima.

— Kierra, tudo que eu quero há muito tempo é te beijar. Mas eu...

— Sem "mas" — interrompi. — Só um beijo. Eu só preciso saber.

— Você precisa saber o quê?

— Se o que o meu coração está falando é verdade.

A voz dele ficou mais grossa.

— Kierra, se eu te beijar... não vou querer parar.

— É, eu sei — murmurei, chegando mais perto dele. — Então não pare.

Por um instante, ele hesitou, sem saber se estava prestes a cruzar um limite de que eu me arrependeria. Mas não estava. Muito pelo contrário, ele me oferecia mais do que eu sabia que poderia querer. Eu o queria. Eu o queria desde sempre.

Então, devagar, ele se inclinou, seus lábios encontrando os meus em um beijo delicado, tão carinhoso. Ele me beijou com calma, passando os braços ao redor do meu corpo enquanto os meus envolviam seu pescoço. Fechei os olhos, permitindo que eu me perdesse no momento, um momento que eu desejava havia mais tempo do que estava disposta a admitir.

A pressão leve dos lábios dele nos meus fez um calor percorrer todo o meu corpo. Ele me beijou com cuidado, com carinho, com promessas implícitas que pareciam ser eternas. Então, uma de suas mãos subiu até minha nuca, e ele inclinou ainda mais minha cabeça, intensificando o beijo, fazendo minha mente se perder em um turbilhão de paixão. Sua língua começou a explorar minha boca enquanto me beijava com mais força, seus dedos passando pela minha lombar, que arqueou em sua direção. Ele me deitou no sofá, seu corpo pairando sobre o meu. Nossos olhos se encontraram, os dele dilatados e cheios de avidez enquanto ele apoiava a testa na minha.

— É só pedir para parar que eu paro — prometeu ele, as palavras derretendo em meus lábios. Meu quadril arqueou na sua direção, sentindo sua rigidez pressionar a parte interna da minha coxa. Deslizei a mão entre nós, tocando-a de leve. Ele gemeu ao mesmo tempo que seus olhos se fechavam. — Mas, se você não pedir, Kierra, vou querer seguir em frente. Vou querer ficar com você para sempre.

Puxei sua boca de volta para a minha, beijando-o com força, nossas línguas se entrelaçando como se nunca quisessem se separar.

— Quero você para sempre — sussurrei contra seus lábios, desejando apenas me entregar a ele.

Por completo. As partes boas, as ruins e as complicadas.

Sem dizer mais nada, Gabriel me levantou do sofá e me levou até o quarto. Ele me deitou no colchão antes de arrancar a camisa. Eu me sentei um pouco, e ele levou a mão às minhas costas, abrindo o zíper do vestido. Meu coração batia disparado enquanto meus dedos roçavam seu peito duro como pedra. Observei suas tatuagens antigas, que se misturavam a novas que eu nunca tinha visto. Meus dedos aterrissaram em seu peito, sobre o coração, onde estavam as pegadas de pinguim, e lágrimas inundaram meus olhos enquanto eu voltava no tempo, para o dia em que ele fez a tatuagem no peito.

— *Meu coração não consegue bater se você não estiver nele, Pinguim* — disse ele na época.

Ele inclinou minha cabeça para cima quando percebeu que eu tinha parado de me mexer. O carinho e o cuidado em seu olhar fizeram com que eu me sentisse mais segura do que nunca.

— Você está chorando — sussurrou ele, inclinando-se e beijando as lágrimas que escorriam pelas minhas bochechas. — Odeio quando você chora. A gente não precisa...

— Não — interrompi no mesmo segundo, balançando a cabeça. — Eu quero, Gabriel. Você nem imagina o quanto eu quero.

— Então por que as lágrimas?

— É muita coisa. É só... — Respirei fundo, levando as mãos ao peito dele, ao seu coração. — Faz muito tempo que eu estava esperando para me sentir assim. Para estar aqui com você.

O sorriso preguiçoso dele surgiu, e ele lentamente roçou a boca na minha.

— Kierra... Eu passei a vida inteira procurando por você.

Mais lágrimas caíram.

Mais beijos as levaram embora.

— Posso ficar com você hoje à noite? — sussurrei, arqueando-me de leve para sentir a rigidez dele contra mim.

— Kierra... — gemeu ele enquanto sua boca encontrava a minha nuca. Ele a percorreu com beijos. — Você pode ficar para sempre.

Ele puxou meu vestido para baixo, e me remexi para tirá-lo. Ele olhou para mim, para cada centimetro de mim, enquanto eu abria sua calça jeans. Tudo se tornou mais acelerado. As mãos dele me percorreram por inteiro, sua boca também. Ele provou cada centímetro do meu corpo enquanto minha mão deslizava para dentro de sua cueca boxer e se fechava ao redor do seu pau. Comecei a mover a mão para cima e para baixo enquanto ele gemia contra mim.

— Isso mesmo, Kierra. Bem devagar — murmurou ele encostado no meu pescoço antes de chupar o lóbulo da minha orelha e deslizar a mão para dentro da minha calcinha. Seus dedos começaram a esfregar meu clitóris enquanto eu gemia, extasiada com a sensação. — Gostei — sussurrou, pressionando a boca na minha. — Gostei de como eu te deixo bem molhada.

Então ele colocou um dedo dentro de mim enquanto eu rebolava para a frente e para trás. Ele botou outro dedo. E outro. Minha mente começou a girar com a sensação dele dentro de mim. Gritei seu nome, e ele respondeu levando a boca ao meu mamilo, chupando-o com força e me levando à beira de um orgasmo.

— Você gosta disso, né? — perguntou ele, segurando a base do meu pescoço. — Gosta quando as minhas mãos te controlam?

— *Sim* — arfei. — Gosto.

Ele enfiou outro dedo, a mão firme no meu pescoço. Quase gritei com a intensidade do prazer que atravessava o meu corpo. Seus olhos encontraram os meus, e ele passou para minha boca. Eu não soube quando isso aconteceu, mas, em algum momento, ficou impossível distinguir a respiração dele da minha. Parecia que a mera existência dele havia se tornado meu oxigênio. Sem ele e seus toques, eu não conseguiria respirar.

Ele sorriu contra os meus lábios, e lambi seu lábio inferior antes de mordê-lo.

— Me chupa — murmurei encostada em sua boca. — Agora.

O sorriso travesso dele se alargou ao obedecer à minha ordem. Ele desceu pelo meu corpo, deslizou a calcinha pelas minhas coxas grossas e a arremessou do outro lado do quarto. Segurou a parte de dentro das minhas coxas e as afastou. Enterrou a cabeça entre as minhas pernas e começou a me lamber, a me chupar, a me devorar, esfregando um dedo no meu clitóris enquanto eu me arqueava na sua direção, querendo que sua língua fosse mais e mais fundo dentro de mim.

Minhas mãos se entrelaçaram em seu cabelo, e eu o guiava para cima e para baixo, adorando como ele me devorava, como se eu fosse seu doce preferido.

Depois de terminar, ele se afastou e subiu em mim, beijando minha boca enquanto se equilibrava. Seu pau roçou na minha perna enquanto eu puxava sua cueca. Joguei-a num canto do quarto, e, em questão de segundos, seu pau esfregava meu clitóris, me fazendo desejá-lo mais e mais. Os olhos dele permaneceram grudados nos meus. Eu me perdi em seu olhar e passei meus braços pelo seu corpo, fincando as unhas nas suas costas enquanto ele lentamente deslizava para dentro de mim. Arfei com cada centímetro dele me consumindo. Murmurei seu nome enquanto meus olhos se fechavam com a intensidade da sua grossura e a profundidade com que ele me penetrava.

Ele acelerou o ritmo conforme nossos corpos se tornavam um. Ele ainda não estava me comendo, não. Estava fazendo amor comigo. Indo com calma, devagar, me levando para o melhor orgasmo da minha vida.

Eu queria mais dele, dos seus toques, das suas estocadas, dos seus beijos, do seu coração.

Eu queria me enroscar nele por completo e nunca mais soltá-lo.

— Cacete, Kierra, como você é gostosa — sussurrou ele colado na minha orelha antes de mordê-la. — Adoro sentir sua boceta envolvendo meu pau desse jeito.

— É tudo seu — sussurrei em resposta, arqueando o quadril enquanto ele enfiava mais e mais fundo. — Eu sou sua.

— Isso mesmo — grunhiu ele, levando sua boca à minha. — Você é toda minha. Por isso, agora, vou te comer e te marcar como minha para sempre.

A velocidade aumentou enquanto ele estocava e eu gemia de prazer. Ele fez amor como se tentasse compensar o tempo perdido. Ele me bombeava com tanta força e tão fundo que minhas pernas não paravam de tremer enquanto eu alcançava orgasmos múltiplos ao longo da noite. Ele me comeu com força de frente, depois me virou de quatro antes de enroscar as mãos no meu cabelo cacheado e usá-lo de apoio, enquanto eu rebolava o quadril contra o dele, molhada e pingando de suor enquanto ele me possuía por completo.

Depois que ele gozou, deitou-se ao meu lado, sem fôlego nenhum. Subi em cima dele e lambi seus lábios antes de beijá-lo de leve.

— Isso foi... — falei, suspirando.

Ele fechou os olhos e me deu um beijo na testa.

— Exatamente. — Ele me puxou para mais perto. — Eu te amo, Pinguim.

Sorri, fechando os olhos.

— Eu também te amo.

— Me dá uns dez minutos — sussurrou ele, mordiscando minha orelha. — Então vou fazer amor com você de novo em todos os cômodos dessa casa.

Após mais algumas rodadas, ficamos deitados na cama debaixo da coberta, nus, eu apoiada no peito dele, completamente exausta, mas me sentindo em paz diante da loucura que era minha vida fora das quatro paredes de Gabriel. De vez em quando, ele me puxava e beijava minha testa, me lembrando de que eu não estava sozinha. Até então, eu não sabia quanto precisava ser lembrada disso de vez em quando.

— Ainda não consegui te dar seu presente de aniversário — sussurrou ele, passando um dedo para cima e para baixo no meu pescoço, fazendo minhas costas se arrepiarem.

— Quer dizer que aquilo que você fez com a língua entre as minhas pernas não foi o presente? — falei meio brincando.

Se pudesse ter o rosto de Gabriel entre minhas pernas como um despertador todas as manhãs, eu acordaria bem mais feliz.

Ele riu.

— Não, não foi. Você quer ver o seu presente?

— Claro.

Ele se sentou, me levantando com seu corpo. Então saiu da cama, colocou a cueca e ofereceu a mão para mim. Enrolada no lençol, peguei sua mão, e ele me guiou para fora do quarto. Atravessamos o corredor, e ele me levou para um cômodo que havia sido transformado em um quarto de costura.

Um quarto de costura com um papel de parede vibrante, desordenado, em tons de verde e laranja. Havia três máquinas: uma de costurar, uma de bordar e uma de overloque.

À esquerda, havia um armário cheio de tecidos. Havia cestos com agulhas, linhas e tesouras.

Ele tinha feito um quarto de costura para mim.

Ele tinha feito um quarto de costura para mim!

— É meu?

Ele se apoiou no batente e fez que sim com a cabeça.

— Você trouxe um pouco de cor para a minha vida. Achei que merecia um espaço para os seus projetos criativos.

— Gabriel?

— Oi?

Fui até ele, fiquei na ponta dos pés, pressionei minha boca na sua e sussurrei:

— Faz amor comigo aqui também.

E ele fez.

Na manhã seguinte, quando a luz do dia entrou pelas cortinas da janela, rolei na cama e encontrei um espaço vazio ao meu lado. Eu me sentei, procurando Gabriel, mas ele não estava. No entanto, meu nariz conseguiu entender o que estava acontecendo.

Saí da cama, vesti a calcinha e uma das camisetas de Gabriel que estava sobre a cômoda e segui para a cozinha.

Um sorriso se abriu em meus lábios quando o vi parado em frente ao fogão, fazendo ovos mexidos.

— Bom dia — falei alto.

Ele tomou um susto e deu um pulo, deixando a colher de pau cair no chão e espalhando ovos por todo lado.

— Droga, desculpa — falei rápido, indo limpar a bagunça. Peguei uma folha de papel-toalha e balancei a cabeça, com vergonha do meu erro. — Desculpa, desculpa.

— Não tem problema — disse ele, rindo.

Eu ainda me sentia péssima e tentei limpar rápido a bagunça.

— Nossa, eu sou tão desastrada. Descul...

— É sério, Kierra. Não se preocupe com isso.

— Argh. Sujou tudo. A culpa é minha por...

— Ei — disse Gabriel, segurando meu ombro e me obrigando a parar. Ele se inclinou para a frente, os olhos focados nos meus, e abriu seu sorriso preguiçoso. — Oi.

Mordi o lábio inferior e acalmei minha respiração acelerada.

— Oi.

Ele prendeu uma mecha de cabelo atrás da minha orelha.

— Preparei café da manhã para você.

O carinho do seu toque acalmou meu pânico. Se a mesma situação tivesse acontecido com Henry, eu teria sido humilhada e ouvido gritos por ter feito com que ele fizesse uma bagunça. Eu teria sido xingada e ridicularizada pelos ovos mexidos que sujaram os armários. Eu teria sido informada que precisava limpar tudo o mais rápido possível.

Mas Gabriel sorriu e beijou meus lábios com delicadeza. Ele não parecia entender o que aquilo significava para mim — sua delicadeza.

— Bom dia — sussurrou ele.

— Bom dia — murmurei em resposta.

Ele me fez levantar antes de me puxar para um abraço e dar um beijo na minha testa.

Olhei para a bancada, que tinha pratos de bacon, *hashbrowns*, suco de laranja e, é claro, muffins de canela. Além disso, não um, não dois, mas quatro tipos diferentes de ovos.

— Você quer alimentar duas pessoas ou um batalhão? — brinquei enquanto Coquinho entrava na cozinha, balançando o rabo enquanto comia os ovos mexidos que tinham caído no chão.

No fim das contas, não era preciso um robô para limpar a sujeira; um cachorro dava conta do serviço.

— Bom, eu estava cozinhando e me dei conta de que não sei como você gosta de comer ovos. Então fiz cozidos, fritos com a gema mole, fritos com a gema dura e um omelete. Tentei fazer poché, mas não deu certo. E, bom, você viu o que aconteceu com os mexidos...

— Eu te amo — falei arfando, sem conseguir mais me segurar.

Eu tinha quase parado de acreditar nessas três palavras quando se tratava do sexo oposto. Quase tinha desistido da ideia de que conseguiria sussurrá-las para outro homem. Mas Gabriel fazia com que fosse fácil. Tão fácil que o interrompi só para dizê-las.

Mas, talvez, o amor, o amor de verdade, fosse assim. Algo que escapulia da sua língua. Talvez o amor fosse cozinhas bagunçadas e camisetas largas. Talvez o amor fosse manhãs tranquilas e beijos na testa. Talvez o amor fosse tranquilidade. Talvez o amor fosse ele.

Ele sorriu e me puxou. Eu amava o jeito como me sentia sempre que ele me envolvia com seu corpo grande. Eu me sentia segura. Ninguém no mundo sabia como era importante me sentir segura após anos sentindo o oposto.

— Eu te amo também. Sabe o que é muito louco nisso?

— O quê?

— Eu sabia que te amava antes de saber seu nome. — Ele lentamente passou o polegar no meu lábio inferior e disse: — Então, como você gosta de comer ovos?

Abri um sorrisinho e dei de ombros.

— Mexidos.

— Merda — disse ele e riu, passando a mão pelo cabelo. Ele fez menção de seguir para a geladeira. — Só podia ser. Posso fazer mais, e...

— Gabriel. — Eu segurei seu braço, puxando-o de volta. — Vamos comer o que já está pronto. E, da próxima vez, fazemos ovos mexidos.

Ele riu e balançou a cabeça.

— O que foi?

— Nada — respondeu ele. — Só adorei que você disse "da próxima vez". Porque eu quero muitas próximas vezes com você.

Eu me sentei no colo dele enquanto passávamos a manhã inteira conversando e comendo. Ele me fazia rir, mas isso não era surpresa. Tudo naquele homem fazia minhas bochechas doerem de tanto sorrir.

A melhor parte?

Ele também me amava.

Depois de um tempo, percebi que precisava deixar meu paraíso e voltar para a realidade da minha casa. Depois de terminar de me arrumar, segui pelo corredor e encontrei Gabriel parado nos fundos da varanda. Abri a porta de tela, e, quando saí, ele começou a falar.

— Você devia ter me procurado — disse ele, apoiando-se na balaustrada da varanda, olhando para o mar. Ele enfiou as mãos nos bolsos da calça de moletom cinza. — Depois de tantos anos... eu queria que você tivesse me procurado.

Fui até ele e me apoiei na balaustrada também.

— Eu sei.

— Por que você não fez isso?

— Pensei em te procurar várias vezes... mas sempre me convencia a desistir. Eu era jovem e idiota. Eu me culpava por tudo que tinha acontecido. Era tão difícil, sabendo o quanto você tinha perdido... — Respirei fundo, tentando não pensar em Elijah. — E depois, tanto tempo havia passado que eu tinha certeza de que você havia seguido em frente e que eu tinha perdido a oportunidade de te amar de novo um dia. Precisei parar de pensar nisso. Inventei uma história sobre você ter uma esposa, uma família, que você não iria mais me querer. Achei que, depois de eu ir embora sem olhar para trás, você nunca me perdoaria. Além do mais, você se esqueceu de mim, Gabriel. Eu não passava de uma desconhecida.

— Isso não faz diferença.

— Faz, sim.

— Se eu perdesse a memória todos os dias pelo resto da minha vida, eu ainda assim daria um jeito de te amar. Eu amaria todas as suas versões. Eu amaria sua versão jovem. Eu amaria a versão atual, e eu amaria a versão de cabelos brancos, porque te amar não é algo que o tempo mude. Te amar simplesmente é o que acontece. É uma constante em um mundo inconstante. Eu me apaixonaria por você uma vez atrás da outra, sem hesitar. Eu nem precisaria de anos para me apaixonar, Kierra. Só segundos. Acho que foi por isso que acabei aceitando o trabalho de Henry. De algum jeito, minha alma sabia que isso me levaria até você.

— Quando duas almas estão entrelaçadas para sempre... — sussurrei.

— Então elas são para sempre — sussurrou ele.

Baixei a cabeça.

— Quero tanto me separar — confessei. — Mas tenho pavor de perder Ava. Foi por isso que fiquei com ele por tanto tempo.

— A gente precisa descobrir um jeito de negociar com ele. Talvez você possa usar as traições dele. Pelo que vi até agora, ele se importa muito com a imagem que passa para os outros.

Eu ri.

— Se importar é pouco.

— E se você ameaçasse isso? E se você ameaçasse sujar o nome dele na imprensa se vocês não compartilharem a guarda? Pode ser uma opção? Você não precisa fazer nada, só ameaçar.

Franzi a testa e pensei no assunto. Eu nunca tinha cogitado essa hipótese, mas Gabriel tinha razão. Se havia uma coisa com que Henry se importava, era sua imagem. Eu devia manter isso em mente se a situação começasse a seguir rumos preocupantes.

— Vou pensar — respondi.

— Tá. E vou continuar pensando em outras formas de ajudar.

Meu herói fofo.

— Gabriel?

— Oi?

— A gente pode ficar aqui um pouquinho? — perguntei. — Só nós dois, juntos na varanda? Não precisamos conversar nem nada... Só quero passar um pouco mais de tempo com você.

Ele inclinou a cabeça na minha direção por um instante. A sinceridade em seu olhar fez uma onda de tranquilidade me inundar quando ele acenou que sim com a cabeça.

— Pode — disse ele antes de voltar a encarar a manhã. — Eu adoraria ficar quieto com você.

Quem imaginaria que o silêncio podia ser tão gritante e significativo? Quem imaginaria que momentos calmos de amor podiam ser reconfortantes?

Após mais ou menos uma hora juntos, sem falar nada, seguimos para a frente da casa, e me despedi dele com um beijo em frente à porta de tela. Quando comecei a me afastar, ele me chamou.

— Ei, Pinguim? — falou, apoiando-se no batente, sem camisa e perfeito como sempre.

— Oi?

— Você vai voltar amanhã?

Um sorrisinho se abriu nos meus lábios.

— Vou.

— Então tá. — Ele enfiou as mãos nos bolsos e apoiou a cabeça no batente. — Ei, Pinguim?

— Oi?

— Você vai voltar depois de amanhã?

Frio na barriga.

— Vou.

— E depois de depois de amanhã?

Fiz que sim com a cabeça e mordi o lábio inferior.

— Ã-hã.

— Ei, Pinguim?

— Oi?

Ele passou a mão pelo cabelo bagunçado e veio até mim. Colocou um dedo sob meu queixo e inclinou minha cabeça para cima, para encontrar meu olhar. Sua boca roçou a minha.

— Promete...?

— Prometo.

Ele me beijou devagar, e derreti em seus braços enquanto ele sussurrava contra meus lábios:

— Que bom.

26

Gabriel

18 anos

Eu a amava.

Muita coisa havia acontecido antes desse fato e muita coisa aconteceu depois, mas, naquele exato instante, eu estava apaixonado por Kierra. E ela nem sabia.

— Vê se não esquece esse momento, tá? — sussurrou ela, seus lábios se curvando em um sorriso imenso que era igual ao da mãe.

O cabelo preto alisado de Kierra estava preso em um rabo de cavalo alto enquanto ela girava em um círculo na casa da árvore, exibindo o vestido que tinha feito. Uma vizinha tinha gostado tanto que havia encomendado um. E isso seria a primeira venda oficial dela como futura estilista.

Eu tinha sorte em ver os sonhos dela se tornando realidade. Seu sorriso bobo e seus movimentos erráticos me davam vontade de levantar do chão com um pulo, puxá-la contra o meu peito e beijá-la. Eu não conseguia parar de pensar no primeiro beijo dela, meses atrás. Queria que o segundo também fosse comigo. E o terceiro, e o quarto...

Eu sabia que era uma péssima ideia, porque beijar a melhor amiga é sempre uma péssima ideia, mas eu não conseguia evitar, porque a amava.

Amor idiota.

Ele aparecia mesmo quando eu dizia para desaparecer.

— Não vou esquecer — falei para ela, sorrindo com sua alegria.

— Ela vai me pagar, Gabriel. Dá para acreditar nisso? Com dinheiro de verdade. Não com o dinheiro de Monopoly que você usava para me pagar quando a gente era pequeno.

— Aquele era o meu rico dinheirinho suado, Kierra.

— Que você roubava do meu jogo — argumentou ela.

— Pegava emprestado — rebati.

— Você não pode pegar dinheiro de mentira emprestado e me devolver para comprar alguma coisa de mim.

— Não só posso como fiz isso. — Eu me levantei com um pulo e esfreguei o nariz com o polegar. — E ainda uso toda noite aquela coberta que você fez, muito obrigado.

Ela franziu a testa, e suas sobrancelhas espessas se uniram.

— Era para ser um suéter, mas naquela época eu só sabia fazer crochê em linha reta.

— Daqui a uns anos, vou poder vender por um milhão de dólares. Uma peça original da Kierra.

— Só um milhão? Agora fiquei ofendida. Você devia pedir pelo menos três milh...

— Eu te amo — interrompi.

Os olhos dela se encheram de confusão, e ela parou de se mexer. Ela inclinou a cabeça e abriu um sorriso tímido.

— Eu também te amo, Gabriel.

— Não — falei, balançando a cabeça. — Eu te amo.

— Eu ouvi.

— Não — discordei. Fui até ela e segurei seus ombros. Engoli em seco, sentindo como se meu coração fosse pular para fora do peito enquanto minha boca se abria. — Estou apaixonado por você, Kierra. Não é um amor de amizade. Não é um amor tipo "a gente se conhece desde sempre". Mas o tipo de amor que me faz querer te beijar mais do que tudo no mundo. O tipo de amor que me faz querer sonhar com você e aí acordo irritado porque não te encontro na minha cama. O tipo de amor que me faz querer passar todos os dias com você nos meus braços para sempre.

— Ah — sussurrou ela, a voz tímida e baixa. — Esse tipo de amor.

— É. Esse tipo de amor.

— Entendi. — Ela suspirou. — Por que você demorou tanto, seu idiota?

Arqueei uma sobrancelha.

— Espera, o qu...

Antes de eu conseguir continuar, ela me beijou. Seus braços envolveram meu pescoço, e ela me puxou, me beijando como se estivesse esperando aquele dia chegar. Levou um instante para a minha ficha cair, mas, assim que entendi o que estava acontecendo, eu a beijei com a mesma intensidade, talvez mais. Minhas mãos desceram até sua lombar, e a puxei para mim, abraçando-a pelo máximo de tempo que podia.

Quando nossas bocas se separaram de leve, ela roçou os lábios nos meus e sussurrou:

— Gabriel?

— Oi?

— Eu também te amo. O amor do tipo "para sempre".

— Ah. Entendi. *Que bom.*

27

Kierra

Dias atuais

Voltei para casa e encontrei a mesa da sala de jantar cheia de flores. A casa parecia assustadora quando entrei. Sentado à cabeceira da mesa estava Henry, segurando um copo com uma bebida escura. Ele usava a mesma roupa da noite anterior, mas a camisa branca estava desabotoada, e as mangas, dobradas até o cotovelo.

Ele se recostou na cadeira e ergueu a cabeça para encontrar meu olhar. Bufou um pouco.

— Já estava na hora de você voltar para casa.

— Eu precisava de um tempo para pensar.

— Me deixa adivinhar: você ainda quer o divórcio.

— Quero. Mas você está bêbado e parece nem ter dormido. A gente pode conversar....

— Não consegui fechar o negócio — mencionou ele. — Com o pessoal da China.

Fiz que sim lentamente com a cabeça, sem saber com qual Henry eu lidaria naquela manhã.

— Tamera mencionou.

— Era um contrato de bilhões. Recebi a notícia ontem. Foi por isso que eu estava nervoso.

— Sinto muito, Henry. Mas isso não é desculpa para...

— Deixa de ser desalmada, Kierra. Eu tive um dia ruim. Um dia péssimo. Você esperava que eu ficasse bem depois disso? Escuta, eu não queria ter feito aquilo ontem à noite...

— Aquilo o quê? Transar com Ramona no meu aniversário ou me bater no meu aniversário? Qual desses "aquilo" você não queria ter feito?

Ele fez cara feia.

— Os dois? Mas o segundo acima de tudo. Eu não queria ter feito aquilo.

— Você está falando de ter me batido? — interrompi. — Você não queria ter me batido?

Ele se retraiu ao ouvir com todas as letras o que tinha feito. Dizer "Eu não queria ter feito aquilo" era um jeito de não usar as palavras que poderiam fazê-lo se sentir culpado.

Ele tinha me batido.

Ele tinha me *batido.*

Ele fechou os olhos e respirou fundo.

— Achei que você seria mais compreensiva. Por causa do seu trabalho e tal.

Quando ele abriu os olhos, parecia muito triste. Arrasado. Como um garotinho que tentava encontrar o caminho de volta para casa. Por um instante, me senti culpada. Senti como se visse o mesmo garoto triste que me contou dos traumas causados pelo pai. Vi a alma ferida que precisava ser consolada. Vi o sofrimento que ele escondia por trás da raiva. Vi a dor em seus olhos.

Mas ele tinha me *batido.*

Como poderia ser minha responsabilidade consolar a pessoa que me fez sofrer? Por que seria meu dever consertar o homem arrasado que marretava minha alma sempre que tinha uma oportunidade?

— Não consigo mais fazer isso, Henry. Não consigo — falei, gesticulando para as dezenas de flores. — Não consigo continuar fingindo que essa vida é normal. Que nós somos normais. Eu não sou sua esposa, e você não é meu marido. A verdade é que acho que você já sabe disso há um bom tempo.

Ele voltou a abaixar a cabeça antes de beber todo o líquido marrom no copo. Serviu outra dose da garrafa sobre a mesa.

— Onde você passou a noite? — sussurrou ele.

Ele tinha me ouvido?

— Eu só precisava de espaço para pensar — respondi, com medo do que os próximos momentos poderiam despertar nele.

Seu comportamento estava estranho. Claro, eu já o tinha visto agindo de forma estranha, mas ele parecia bizarramente silencioso e calmo, com as mãos segurando o copo.

— Onde você foi pensar?

— Eu dormi na casa de Rosie.

— Você está mentindo — disse ele.

— Não estou.

— Está.

— Não — rebati. — Não estou.

Suas sobrancelhas se uniram enquanto ele se servia de outra dose de uísque.

— Eu rastreei o seu telefone — sussurrou Henry. O tom calmo de sua voz fez calafrios percorrerem meu corpo. — Que esquisito descobrir que o endereço de Rosie é o mesmo de Gabriel Sinclair.

Meu coração foi parar na garganta.

— Você rastreia o meu telefone?

Ele riu.

— Isso já é confissão suficiente para mim.

— Henr...

— Vai se foder, Kierra! — berrou ele, jogando o copo cheio de bebida do outro lado da sala, acertando uma parede e fazendo o copo se espatifar em mil pedaços. Meu corpo entrou em alerta. Meus olhos percorreram nossos arredores. Eu precisava descobrir qual seria a saída mais rápida. Rotas de fuga. Eu precisava de uma rota de fuga. — É assim? — bradou, a parede manchada de uísque ecoando sua raiva. — Eu trepo com Ramona, aí você transa com o chefe dela? É assim que você lida com os seus problemas? Você tenta se vingar de mim?

— Eu quero o divórcio — repeti, me esforçando para não demonstrar medo. — Não importa o que eu fizer, ou o que você fizer, porque não estamos juntos, Henry. Não estamos juntos há muito tempo. Só quero que isso termine.

— Não — disse ele, apenas.

— O quê?

— Eu disse que não. Você não vai me abandonar. Se fizer isso, vai perder Ava, e sei que essa é a última coisa que você quer.

— Não quero que as coisas se compliquem, Henry. Nós dois amamos Ava. Então vamos fazer o melhor para ela.

— O melhor para ela é ter uma família unida.

— Não, o melhor é ter pais felizes.

— Você nem é mãe dela de verdade. O pai dela sou eu. Éramos só eu e ela antes de você, e vamos ser só eu e ela depois de você.

Eu não queria jogar sujo, mas ele estava dificultando a situação. Estava me machucando com suas palavras, e eu só conseguia pensar que precisava proteger Ava. Eu precisava da minha filha.

— Não quero que as coisas se compliquem, Henry, mas nosso acordo pré-nupcial fala sobre infidelidade. E sei que a sua imagem muito importante para você. Não quero fazer isso, mas vou divulgar que você me traiu, agora que tenho provas, para o tribunal. E isso ficaria em registro público. Não quero tomar essa atitude, então me deixe ir embora. Podemos fazer um acordo para nós dois passarmos tempo com Ava. Não precisa ser tudo ou nada.

— Você está me ameaçando? Você está dizendo que vai sujar o meu nome?

— Não é o que eu quero... — insisti. — Mas vou fazer de tudo para manter Ava na minha vida.

Ele riu e balançou a cabeça.

— Você nem tem provas de que eu te traí. Você não tem nada contra mim... mas eu tenho. Duvido que qualquer coisa que você possa dizer seja tão convincente quanto as imagens que eu tenho de você se atracando com Gabriel.

Estreitei os olhos.

— O quê?

— Você acha que eu estava usando só um rastreador no seu celular sem gravar nada? Porra, eu sou Henry Hughes, Kierra. Sou um mestre da tecnologia. Eu vejo tudo que você faz. Cada passo que você dá. Toda vez que você respira. Eu vejo tudo. Você acha que ontem à noite foi a primeira vez que te vi com ele? Não. É só a primeira vez que te conto.

Senti o coração na garganta ao perceber que a única vantagem que eu tinha sobre meu marido agora estava nas mãos dele. Ele me vigiava? Desde quando? Isso fez uma onda de medo me percorrer. Eu me sentia exposta de um jeito que nunca havia imaginado.

Balancei a cabeça, incrédula.

— Não entendo. Você nem é feliz comigo. Por que está fazendo isso? Por que não pode me deixar ir embora?

— Porque você é minha — respondeu ele. — Já construí muitas máquinas, mas você é minha robozinha preferida.

O jeito como ele proferia sua posse sobre mim me deixava enojada. Era algo que exalava controle. Eu queria colocar a culpa no uísque, mas a verdade era que fazia muito tempo que Henry agia assim: como se eu fosse dele. Não sua esposa, mas sua propriedade. Eu era um dos robôs que fazia exatamente o que ele queria, quando queria, e, se eu saísse da linha, ele me ajustava para voltar a ser sua versão preferida de mim — a que não se rebelava nem reclamava, a que permanecia sob sua sombra nos jantares, a que não tinha uma gota de confiança em si mesma, porque ele havia secado a fonte. Só que ele não conseguia mais me controlar, porque eu estava acordando. Eu estava acordando do pesadelo que tinham sido os últimos anos. Henry estava perdendo o controle sobre mim, e isso o deixava apavorado. Mas eu não me importava.

Eu ia me libertar.

O que significava que ele estava perdendo a noção da sua realidade conforme eu começava a encontrar a minha.

— Você não pode me deixar — declarou ele.

— Posso e vou.

Eu disse as palavras, mas elas eram carregadas de incerteza. Eu não sabia o que ele faria a seguir nem como reagiria. Eu não sabia o que estava se passando pela cabeça dele. Eu não sabia do pânico em seus batimentos cardíacos. Eu só sabia que não poderia passar mais um ano vivendo da mesma maneira que tinha vivido a última década. Sabia que não aguentaria mais quatro anos até Ava completar 18 — nem outra semana, para dizer a verdade.

Ele abaixou a cabeça e segurou o rosto.

— Você não está vendo? — sussurrou ele, a voz falhando. — Tudo está desmoronando.

— Ou talvez, pela primeira vez, tudo esteja entrando nos eixos — respondi com calma, ainda sem saber qual seria o próximo ataque dele. Até ele começar a chorar descontroladamente com o rosto coberto pelas mãos.

Seu choro pesado quebrou uma parte do meu coração que, sem eu saber, ainda batia por ele. Apesar de eu estudar emoções e sentimentos de forma aprofundada, nem sempre entendia como eles funcionavam. Como era possível que eu ainda conseguisse sentir culpa pelo homem que havia passado tanto tempo me machucando? Por que eu sentia a necessidade de consolar meu demônio? Por que sentia que tinha sido eu quem o havia traído, e não o contrário?

— Henry — sussurrei.

O corpo dele tremia, e ele engasgava ao puxar o ar. Eu já o tinha visto chorar em momentos de bebedeira. Acontecia com certa frequência. Mas aquele nível de pânico assolando seu corpo era novidade.

— Eu não quero ser igual a ele — choramingou ele enquanto tremia violentamente. — Eu não quero ser igual a ele, porra — repetia sem parar.

Por um instante, senti um aperto no peito. Por um instante, vi o garotinho que tinha problemas com o pai. Vi a criança ferida cujo cérebro o pai tinha confundido tanto que seria quase impossível para Henry crescer sem uma montanha de traumas. Por um instante, meu instinto materno entrou em ação, e quis consolá-lo. Eu queria ajudá-lo. Queria envolvê-lo nos braços e dizer que ele poderia procurar ajuda, que ele poderia se curar e que poderíamos aprender a criar nossa filha separados, em um ambiente saudável e seguro.

Fui até ele para consolá-lo. Não para ser sua esposa, mas um ser humano que reconhecia o sofrimento do outro. Ajoelhei ao seu lado e toquei seu ombro.

— Henry. A gente pode procurar ajuda para você. A gente...

Antes de as palavras terminarem de sair da minha boca, ele levou as mãos molhadas de lágrimas aos meus ombros e me empurrou com força, me jogando contra a parede em que havia atirado o copo. Caí no chão, um caco de vidro cortando minha mão. Gritei e segurei a mão, tentando dissipar a tontura do impacto. Tirei o caco da palma e ergui o olhar para encontrar Henry me encarando. Lágrimas ainda escorriam por suas bochechas, mas ele parecia desvairado. Como se não estivesse mais ali, e eu só conseguia enxergar seu pai me encarando. Um botão havia sido acionado, e Henry tinha desaparecido.

Ele se levantou da cadeira e veio até mim. Ajoelhou-se e apoiou as mãos acima de mim, na parede, me encurralando, e baixou o rosto até o meu.

— Você não vai me deixar, do mesmo jeito que ela não o deixou. Está me entendendo, Kierra? — disse ele, agachado sobre mim. Ele segurou meu queixo e puxou meu rosto para perto. — Você disse "até que a morte nos separe". Então, ou você vai *morrer*, ou vai *ficar*. Você é minha. — Então ele forçou os lábios contra os meus, me beijando com a língua coberta de uísque, me contagiando com as ameaças que pareciam promessas assustadoras. Fiquei imóvel enquanto sua boca cobria a minha. Quando ele terminou de me beijar, empurrou meu rosto, fazendo minha cabeça bater na parede. — Fica longe de Gabriel Sinclair, ou juro por Deus que você vai se arrepender, e vou fazer a vida dele ser tão horrível quanto a sua.

Quando ele passou pelas rosas sobre a mesa, pegou um punhado delas e as jogou em mim.

— E eu ainda me dei ao trabalho de comprar esse monte de rosas para você.

28

Gabriel

Gabriel: Oi, Kierra. Não te vi hoje na padaria. Espero que esteja tudo bem.
Kierra: Oi, desculpa. Manhã agitada. Henry anda nervoso. Está tudo bem. Falo com você depois.
Gabriel: Você está bem? Precisa de mim?
Kierra: Eu estou bem. Podemos nos falar mais tarde?
Gabriel: Sempre. Como você está?

Ela não respondeu.

Eu sabia que não devia ficar pensando demais nas mensagens dela, mas a verdade era que estava preocupado. Ela parecia nervosa. Pelo menos para mim. Isso me deixava mais nervoso do que qualquer outra coisa, levando em consideração com quem ela era casada e as merdas que ele fazia com a cabeça dela. Eu nem conseguia imaginar como Henry poderia estar manipulando Kierra. As mensagens dela pareciam simples, mas cada letra que ela havia digitado parecia transmitir sua ansiedade.

Foi só quando o marido dela apareceu todo nervoso na minha sala mais tarde naquele dia que fiquei extremamente preocupado com a segurança e o bem-estar dela.

— Fique longe da minha família — disse Henry ao entrar com passos pesados na minha sala. Ele usava um terno de grife e ajeitava as abotoaduras. — Está me entendendo?

— É muita cara de pau sua aparecer aqui — falei, levantando-me da cadeira. — É melhor você dar o fora.

— Pode acreditar, não pretendo ficar muito tempo. Só queria deixar claro que não quero mais contato nenhum com você. Não quero você na minha casa. Sua equipe pode lidar com os detalhes de agora em diante, mas você não bota mais o pé no meu terreno.

— Só isso? — perguntei, cruzando os braços.

— Não, não é só isso. — Ele veio marchando até mim, estufando o peito, tentando ser um macho alfa. — Se encostar na minha esposa de novo, vou destruir a sua vida.

— Pelo que sei, você não tem esposa. E Kierra com certeza não tem marido.

— Não é você que decide isso. Estou falando sério. Fique longe dela e da minha filha. Ou você vai ver.

Arqueei uma sobrancelha.

— Isso é uma ameaça?

— É uma promessa — disse ele, enfiando as mãos nos bolsos da calça. — Você acha que Kierra está infeliz agora? Acredite em mim... Vou tornar a vida dela um inferno se ela continuar te encontrando. Não vou só te destruir; vou acabar com tudo de bom que existe na vida dela.

— Você é um merdinha — grunhi, minha natureza protetora se intensificando enquanto ele falava sobre machucar Kierra. — Se você machucá-la...

— Isso é um direito meu — interrompeu ele. — Ela é minha para eu fazer o que quiser. Então fique longe e pare de mandar mensagens para ela. Você parece patético pra caralho.

— Você está lendo as mensagens dela?

— Ela é minha esposa. Minha. Eu posso ler tudo que ela manda. E, pelo que vi, ela deixou claro que não quer mais nada com você. Então acho melhor ficar longe de todos nós. Sorte sua que não prestei queixa por você ter me batido. E ainda foi um soquinho de merda. Se eu não tivesse perdido o equilíbrio, você nem teria me acertado.

Claro, Henry. Acredite nisso mesmo.

— Já terminou? — perguntei entre os dentes, sabendo que ele estava tentando me provocar.

Parte de mim queria peitá-lo, mas outra parte estava com medo do que ele faria com Kierra e Ava se eu o enfrentasse, se eu desse um murro nele. Porque eu faria isso. Eu poderia acertar um murro nele antes que a próxima palavra saísse de sua boca.

— Acho que sim. Você parece ter entendido o recado.

— Ficou bem claro — murmurei.

Ele abriu aquele sorrisinho irritante, alisou o blazer com as duas mãos e saiu da sala.

A primeira coisa que pensei foi em mandar uma mensagem para Kierra, mas agora eu sabia que ele monitorava o celular dela. Não queria piorar a situação, mas precisava falar com ela. Então peguei minhas chaves e fui até a clínica, torcendo para conseguir encontrá-la antes do fim do expediente.

Quando cheguei, encontrei Joseph na recepção, preenchendo alguns documentos com a recepcionista. Ao me ver, ele abriu um sorriso largo.

— Gabriel, olá. Como vão as coisas? — perguntou ele, aproximando-se e oferecendo uma das mãos.

Eu a apertei.

— Indo. Queria saber se Kierra tem um tempo livre para conversar.

Ele olhou para o relógio.

— Acho que a próxima consulta dela é daqui a uns quinze minutos, mas posso ver se ela está livre.

— Seria ótimo. Obrigado.

Ele foi até o consultório de Kierra e saiu com um sorriso calmo no rosto.

— Pode entrar, Gabriel. Ela está te esperando.

Agradeci de novo e segui para o consultório de Kierra. Ela estava parada em frente à sua mesa, puxando as mangas da camisa, algo que eu já tinha percebido que fazia quando estava nervosa.

Depois que entrei, fechei a porta e fui na direção dela. Ela se afastou um pouco, deixando claro que minha proximidade não seria bem-vinda, então parei.

— Oi — falei, ofegante, me sentindo enjoado. Ela estava tão próxima, mas tão distante ao mesmo tempo. Parecia cansada. Como se não dormisse houvesse dias. Sua distância fez minha mente entrar em parafuso, desesperando-se, mas eu não queria ir tão longe ainda. Não até ter certeza de que ela estava bem. — Como você está?

Ela piscou, parecendo prestes a se debulhar em lágrimas, mas não chorou.

— Estou bem. Desculpa. Eu ia te responder, só que passei...

— Como você está? — repeti, chegando mais perto, insistindo na pergunta que tinha feito mais cedo.

Ela deu um passo para trás. Fechou os olhos e respirou fundo. Quando voltou a abri-los, parecia mais triste do que antes. Isso partiu meu coração. Ela sofria em silêncio, mas a dor em seu olhar era nítida. Havia uma tristeza profunda inundando seus olhos castanhos.

— Gabriel, não.

Dei um passo para a frente.

— Como você está, Pinguim?

Ela andou para trás e bateu na mesa. Suas mãos encontraram a beira e a apertaram.

— Eu estou bem.

— Você está mentindo.

— Não estou.

Cheguei mais perto.

Ela olhou para o chão.

Coloquei um dedo sob seu queixo e ergui sua cabeça para ela encontrar meu olhar.

— Ele está te machucando, Pinguim?

— Só emocionalmente — respondeu ela, baixinho.

— Ele já encostou em você?

Ela fechou os olhos, e lágrimas começaram a escorrer por suas bochechas. Ela não me respondeu, mas as lágrimas e a maneira como seu corpo tremia diziam tudo que eu precisava saber.

— Vou matar ele — prometi.

— Não vai. Está tudo bem. Eu estou bem. Tudo está...

— Ele te machucou, Kierra. Ele está abusando de você no sentido emocional e físico. Nada está bem. Não até alguém lidar com ele.

— É isso que estou fazendo — disse ela, tirando minha mão do seu rosto. Ela deu um passo para o lado, para longe de mim, e começou a andar de um lado para o outro enquanto secava as lágrimas. — Estou lidando com a situação.

— Me deixa ajudar.

— Não dá.

— Por que não?

— Porque não. — Ela suspirou. — Ele disse que vai tornar sua vida mais difícil se eu continuar me encontrando com você.

— Eu sei. Ele passou no meu escritório para me ameaçar.

Ela arregalou os olhos.

— Ele foi até o seu escritório?

— Foi. É por isso que estou aqui. Queria ver se você estava bem, e estou vendo que não está, então...

— Ele te seguiu? — perguntou ela, indo até a janela e espiando o estacionamento.

— O quê? Não. Kierra...

— Você não pode ficar aqui, Gabriel. — Um pânico gritante se apossou dela, deixando claro que aquele homem a deixava apavorada. Isso me causou um nervosismo que seria impossível de explicar em palavras. — A gente vai ter que passar um tempo sem se ver. Desculpa. Tem muita coisa acontecendo, e não posso arriscar a sua segurança nem a minha e a de Ava. Estou conversando com advogados para resolver a situação, mas, até lá, a gente não pode se ver.

— Calma. Vamos pensar juntos no que fazer.

— *Não dá!* — gritou ela, jogando as mãos para o alto em um sinal de derrota. — Você não está entendendo? Não tem como ficarmos juntos agora. Não estou bem, e sei que você faria de tudo para me deixar bem, mas a melhor maneira de me ajudar agora é *indo embora.*

Foi como se eu tivesse levado uma punhalada no peito, mas tentei não demonstrar o quanto aquilo tinha doído. A questão ali não era eu. Era ela e sua segurança.

— Não posso ir embora sabendo que ele está te machucando — falei, baixinho.

— Eu sei lidar com Henry. Eu sei lidar com isso tudo. Mas você não pode estar envolvido na história pela maneira como meu acordo pré-nupcial foi feito. Ele está me ameaçando de verdade, Gabriel, e não tenho a liberdade de fazer o que quiser. Então, por favor. Só... — ela respirou fundo e balançou a cabeça — ... preciso que você fique longe de mim.

— Mas... — Minha voz baixou, e a mágoa que dilacerava minha alma transbordou dos meus lábios. — Eu acabei de recuperar você.

Vi nos olhos dela também. A tristeza. A compreensão de que teríamos que nos afastar de novo antes mesmo de termos uma chance de nos reencontrarmos de verdade. Ela estava sofrendo da mesma forma que eu. Ela estava sofrendo mais do que eu. E foi aí que entendi tudo. Eu encontrei Kierra no meio da tempestade dela. Quando reapareci em sua vida, ela travava batalhas, e minha presença só dificultava uma situação já complicada.

Apesar de doer, eu entendia. Eu entendia que ela estava me afastando por não conseguir encontrar um caminho para ficarmos juntos.

— Preciso te perder de novo — sussurrei, a verdade machucando meu coração ao sair pelos meus lábios.

As lágrimas dela escorriam rápido.

— Sinto muito, Gabriel. Eu não devia ter metido você no meio dessa história toda. Eu não devia...

Suas palavras falharam quando ela quebrou o contato visual.

Eu me aproximei e segurei suas mãos. Eu as puxei até minha boca e beijei suas palmas com carinho.

— Estou feliz por você ter me encontrado, Kierra. Eu precisava lembrar.

— Mas está tudo uma bagunça... e nós... E-eu te amo — disse ela chorando e se permitindo chegar perto de mim. Permitindo que recuperássemos nossa proximidade. Ela lutava muito para se segurar, mas não era segredo que sentíamos uma atração magnética um pelo outro, que nos unia.

Ela era meu lar.

Eu queria ser o lar dela também. Seu alicerce, que permaneceria no lugar após ela sobreviver à tempestade — e ela sobreviveria. Ela conseguiria escapar.

— Vou esperar por você — prometi.

— Não posso pedir para você fazer isso, Gabriel. Quem sabe quanto tempo o processo do divórcio vai durar? Henry é mesquinho e cruel, pode demorar muito.

— Vou esperar por você — repeti.

— Não posso pedir que você faça isso.

— Vou esperar por você — prometi de novo.

Ela inclinou a cabeça para cima e a balançou.

— Quero que você viva a sua vida da melhor forma possível. Não quero que fique esperando que eu volte. Estar comigo não seria vantagem nenhuma agora, Gabriel. Estou acabada — chorou ela, balançando a cabeça, arrasada. — Não sei por que você iria me querer como estou agora. Sou um peso. Sou fraca demais.

— Você não é fraca.

— Sou, sim. Faz muito tempo que eu sou fraca. Sei que você pensa assim, por eu continuar com um homem como Henry por tanto tempo.

— Não — discordei. — Aguentar tudo que você aguentou por tanto tempo exige força, Kierra. Mas quero que você saiba que merece mais que isso. Você merece se livrar dele, e estou orgulhoso por estar fazendo isso. E eu entendo, tá? Não quero que se sinta culpada por me afastar. Vai resolver a sua vida com Ava, e vou continuar onde estou. Mesmo que você me diga para não esperar, vou estar aqui, esperando.

— Por quê? — sussurrou ela. — Por que você faria isso?

— Porque eu finalmente sei o que é amar. É ter paciência durante as tempestades. Às vezes, é esperar. Eu vou esperar por você.

Ela me beijou com um ardor gerado por uma compreensão profundamente dolorosa. Seus lábios encontraram os meus, selando nosso passado compartilhado e nosso futuro incerto. Ela me beijou por tudo que tínhamos perdido e por tudo que não sabíamos se teríamos. Detestei as contradições daquele beijo. Ele era uma mistura confusa dos beijos que sussurravam adeus com uma promessa de eternidade.

Foi só naquele momento que entendi que um beijo era capaz de curar e ao mesmo tempo de partir um coração.

— Eu te amo — sussurrei contra os lábios dela. — Eu te amo, eu te amo, eu te amo — repeti. — Eu te amo, eu te amo, *eu te amo pra caralho.*

Falei tantas vezes porque precisava que ela soubesse disso quando estivesse passando pelos momentos mais sombrios. Falei que a amava porque era a única verdade que eu conhecia. Continuei repetindo porque minha alma precisava que a dela entalhasse aquelas palavras no seu coração e se lembrasse delas quando sentisse que não era forte o suficiente para seguir em frente.

— Se ficar muito ruim, você vai me ligar? — perguntei.

— Vai dar tudo certo.

— Se ficar muito ruim, você vai me ligar — repeti, agora como uma afirmação.

Ela concordou com um aceno de cabeça.

— Vou.

— Que bom. E, quando você largá-lo — falei, dando um beijo delicado em sua testa —, volte para casa e me encontre.

— Gabriel...

— Eu sou paciente, Kierra. Passei mais de duas décadas esperando por você. Espero outras duas se for preciso. Você pode demorar o tempo que for. Pode fazer tudo que precisar para se livrar dele. E aí você e Ava podem voltar para casa e me encontrar.

29

Kierra

Claire Dune estava tendo um dia mediano. Sem altos e baixos. Só um dia normal.

Eu, por outro lado... Estava prestes a me debulhar em lágrimas de novo.

Depois de Gabriel sair do meu consultório, tive apenas segundos para me recompor e parecer profissional. Só tive instantes para fingir que não tinha acabado de passar por um dos términos mais difíceis da minha vida antes de Claire entrar. Tive que fingir que meu coração não estava em um milhão de pedacinhos.

Infelizmente, eu era uma péssima atriz, e Claire percebeu minha tristeza de imediato. Quando se sentou na poltrona, ela ergueu uma sobrancelha.

— Você estava chorando.

Balancei a cabeça e forcei um sorriso.

— Não, não. Estou bem. Como você está? — perguntei, sentando-me.

Puxei um pouco minhas mangas, sem perceber que as marcas que Henry havia deixado nos meus pulsos ainda estavam visíveis. Tínhamos brigado na noite anterior, enquanto ele esbravejava comigo sobre os planos de seus negócios não estarem dando certo. Ele segurou meus pulsos com tanta força que causou hematomas. Ainda bem que Gabriel não viu, porque isso só o deixaria mais nervoso.

Claire arregalou os olhos quando viu os hematomas e se empertigou na poltrona, assustada.

— Ai, não.

— O que foi? — perguntei.

Ela apontou para meus pulsos.

— Essas marcas.

Uma onda de vergonha percorreu o meu corpo enquanto eu rapidamente baixava as mangas. Eu me sentia péssima por Claire ter notado os hematomas, ainda mais por ela ter um histórico de abuso.

— Ah, foi uma bobagem. Eu só...

— Ele fez isso com você? — perguntou ela, interrompendo-me.

— Quem fez o que comigo?

— Henry. Ele te machucou?

Balancei a cabeça.

— Não, não, não foi assim. Ele não... — Minhas palavras desapareceram quando a ficha caiu. — Como você sabe o nome do meu marido?

Um brilho de pânico surgiu nos olhos de Claire enquanto ela balançava a cabeça e começava a falar sem parar:

— Sinto muito, Kierra. Eu não achei... Eu nem imaginava que ele também te machucaria. Achei que fosse só comigo, que eu tinha sido uma exceção, porque vocês dois sempre pareceram tão felizes. Eu achava que eu era a culpada, por ser tão problemática, mas você não é problemática, e ele também te machuca, e eu não achava que isso iria acontecer. Eu não achava que ele também te machucaria. E...

Senti um embrulho no estômago enquanto a encarava com perplexidade, totalmente atordoada com as palavras que saíam da sua boca. Empurrei minha cadeira para longe da mesa e tentei entender o que ela estava dizendo.

— Claire. Do que você está falando?

— De Henry. Foi ele que me traumatizou quando eu era jovem. Foi ele que abusou de mim.

Não.

Não podia ser.

Isso era impossível.

Como?

— Do que você está falando? — perguntei.

— Henry Hughes... A gente se conheceu quando eu tinha só 17 anos, e ele, 20 e muitos. Nós nos apaixonamos. Bom, eu achava que era amor, mas entendi, com você, que era *love bombing*. Ele fingia ser alguém que não era, e contei tudo para ele. Contei dos problemas com minha família, e ele pareceu usar isso para se aproximar de mim. Quando fiz 18 anos... eu engravidei...

Um bolo pesado surgiu na minha garganta enquanto eu continuava balançando a cabeça.

— Não... O quê? Eu...

Eu me sentia desconfortável e em perigo enquanto as palavras saíam da boca de Claire. O que ela estava dizendo? Ela estava dizendo que Ava era sua filha? Impossível.

Os olhos dela foram para a foto de Ava na minha mesa, então voltaram para mim. Os olhos de Claire se encheram de lágrimas enquanto ela fazia que sim com a cabeça.

— Henry fez *gaslighting* comigo. Ele me disse que eu não era nada e que seria uma péssima mãe, igual à minha. Fiquei deprimida depois do parto. Eu estava tão perdida, e ele fazia com que eu me sentisse um lixo. Abri mão dos meus direitos como mãe, e ele conseguiu uma ordem judicial para eu não me aproximar dela. Passei esses anos todos sem ver Ava. A única coisa que eu conseguia fazer era ficar à espreita perto da casa dele para vê-la de longe, mas...

— Não — declarei, séria. — Pare com isso, Claire.

Mas ela não parou.

Ela continuou.

— Aí você começou a criá-la. Fiquei com inveja. Eu queria ser você. Passei um tempo te odiando, porque você estava vivendo a minha vida. Eu te odiava por ser linda, e inteligente, e tudo que eu não era. Quando descobri que você era terapeuta, achei que a terapia seria uma boa maneira de te conhecer, de ver como você era e como tratava minha filha. Não achei que você também salvaria a minha vida, Kierra.

— Claire, preciso que você vá embora — anunciei com seriedade, levantando-me.

Eu me sentia apavorada e enjoada por tudo que ela havia me contado.

Mas eu também vi.

Vi os olhos de Ava nela.

Vi o nariz da minha filha no rosto de Claire.

Vi partes de Ava que queria desver.

Ela se levantou também.

— Eu o odiava. Eu o odiava por ter te encontrado e por parecer te amar do jeito certo. Eu o odiava por roubar de mim e fazer parecer que eu era a errada, quando, na verdade, o problemático era ele. Eu o odiava por me fazer pensar que eu merecia apanhar por ser louca. Eu o odiava por me machucar e te amar. Mas, agora, entendo que o problema não era eu. Sempre foi ele. Porque como ele pôde te machucar? Você é uma pessoa boa, Kierra. Você é uma pessoa tão boa — disse ela com lágrimas escorrendo pelas bochechas.

Ela deu um passo na minha direção, e andei para trás, em alerta.

— Claire. Preciso que você vá embora.

Ela arregalou os olhos e balançou a cabeça.

— Não. Você não entende? Você é igual a mim! Nós somos iguais. Somos vítimas. Você precisa entender. Você entende, não é, Kierra? Eu ia te contar em algum momento, juro. Eu queria encontrar um jeito de talvez conseguir ver Ava, e...

— *Claire* — falei, ríspida. — Vai embora.

Um brilho de mágoa surgiu nos olhos dela.

— Mas... Mas você deveria entender.

— Joseph! — gritei enquanto Claire continuava se aproximando de mim.

Eu não sabia o que ela faria, então só consegui pensar em chamar Joseph para alguém tirá-la dali. Berrei o nome dele sem parar até ele entrar no meu consultório.

Ele parecia preocupado ao erguer uma sobrancelha.

— O que houve?

— Você pode tirar a Srta. Dune do meu consultório, por favor? — pedi com toda a calma do mundo.

Claire balançou a cabeça.

— Mas eu sou igual a você! Ele manipulou nós duas, Kierra! Você não entende? — disse ela, chorando. — Eu só queria ver a minha filha. Eu só queria ter acesso a ela por você. E aí, quando vocês se mudaram e eu não conseguia mais ir à sua casa para vê-la de longe...

Ai, nossa.

Ela era a pessoa à espreita na nossa casa antiga. A fanática bisbilhotando nosso terreno, revirando latas de lixo.

Eu queria vomitar.

— Certo, certo, está tudo bem — disse Joseph, levando a mão ao ombro de Claire. — Acho que já chega por hoje. Vamos sair daqui.

— Não, você não entende — gritou Claire. — É ele que é o monstro, não eu! Eu não sou louca.

— Eu nunca disse que você era louca — prometeu Joseph.

Claire balançou a cabeça.

— Mas está olhando para mim como se eu fosse. Eu não sou louca. Conte para ele, Kierra. Conte para ele que eu não sou louca, Henry que é! Conte para ele que Henry está te machucando do mesmo jeito que me machucava. Conte para ele!

Fiquei quieta.

Ela parecia decepcionada quando Joseph a levou embora.

Fiquei paralisada enquanto Joseph lidava com a situação. Policiais foram chamados. Eles vieram conversar comigo. Contei tudo que sabia sem pensar. Minha mente estava confusa. Eu tinha uma *stalker*. Minha paciente estava me perseguindo. Minha paciente era a mãe da minha filha.

Aquilo era demais para mim.

Minha vida estava se tornando demais para mim.

Quando a polícia foi embora, Joseph voltou ao meu consultório. A expressão de tristeza em seus olhos era intensa. Ele veio até mim e colocou as mãos nos bolsos da calça.

— Você está bem, Kierra?

Balancei a cabeça.

Ele assentiu, compreendendo.

— Ela é mesmo a mãe de Ava? — perguntou ele.

— É. Acho que sim.

— Caralho — murmurou ele, apertando o alto do nariz. — Escuta, odeio perguntar isso, porque sei que é demais, mas estou muito preocupado agora. Claire me disse para olhar seus pulsos. Ela disse que Henry está te machucando do mesmo jeito que a machucou. Então... preciso perguntar porque te amo, Kierra. Seu marido está te batendo?

Meus olhos se encheram de lágrimas, e caí no choro enquanto fazia que sim com a cabeça. Em questão de segundos, os braços de Joseph estavam ao meu redor, e, quando desmoronei no seu abraço, ele me apertou ainda mais.

Meu mundo inteiro estava desmoronando.

Eu não sabia o quanto meu coração ainda conseguiria aguentar antes de desmoronar também.

Eu queria que Henry tivesse uma viagem de trabalho. Isso me daria uma folga para refletir por algumas semanas, mas ele parecia passar mais tempo em casa do que nunca. A tensão era indescritível. Eu vivia pisando em ovos, sem saber o que poderia despertar sua fúria. Sem saber o que dizer nem o que pensar.

O comportamento de Ava também tinha mudado. Era compreensível. Henry havia tirado dela a única coisa que a deixava feliz, sem nem lhe dar uma explicação além de "porque sim". Uma coisa era ter a minha felicidade roubada; ver o mesmo acontecer com minha filha despertava outro nível de tristeza dentro de mim.

— Por que eu não posso continuar indo no Gabriel? — perguntou Ava no jantar. — Não entendo.

— Bom, você não precisa entender nada. E, com a volta às aulas, você deveria se concentrar nos seus estudos. Não numa mentoria boba.

— Não tem nada de bobo na mentoria. E eu posso ir depois da escola. Posso ir de bicicleta.

— Nada disso. Você vai ficar bem longe daquele lugar — rebateu Henry.

— Mas...

— Ava — interrompi. — Deixa para lá.

— Não — disse ela, olhando para mim como se eu fosse louca. — Não vou deixar para lá. Por que você está do lado dele? Você sabe o quanto a mentoria é importante para mim, mãe!

Ver os olhos dela se enchendo de lágrimas me deixou de coração partido. Eu odiava estar envolvida naquilo. Eu odiava ser um grande motivo para a decepção dela.

— Escuta, querida — comecei, mas Henry me cortou.

— Pare de falar como se ela fosse criança. Eu já disse que não, e fim da história — ordenou ele.

— Você está sendo um babaca. Você não pode me impedir de ir — disse Ava.

— *Cala a porra dessa boca* — berrou Henry, batendo na mesa. — Não quero ouvir mais um pio sobre aquele homem na minha casa, está me entendendo?

Eu vi acontecer: o momento em que a minha filha se encolheu com o tom do pai. Era como se uma luz brilhante fosse obrigada a diminuir.

Pelo menos ele nunca grita perto de Ava.

As lágrimas escorriam pelas bochechas dela, mas ela manteve a compostura.

— Você só está com raiva porque todo mundo gosta mais de Gabriel do que de você.

Ah, não. Isso não ia terminar bem.

Ele pigarreou.

— Ava...

— Está, sim! Você está com raiva porque gosto mais dele do que de você, e porque minha mãe gosta mais dele do que de você! E você sabia que eles eram apaixonados um pelo outro? — Meu coração foi parar na garganta. *Ah, não, Ava. Por favor, para...* — Eles eram apaixonados na adolescência, e ele sempre foi muito mais legal com ela do que você! Porque ele não é um monstro. Ela é feliz com ele porque ele não é maldoso, não magoa os sentimentos dela e não...

— *Chega!* — berrou ele, batendo as mãos na mesa de novo. — Se você não calar essa boca, eu mesmo calo por você, Ava Melanie.

A mesa inteira balançou, os copos caíram. Meu estômago inteiro estava na minha garganta agora. A fúria que o atravessava me causou um pânico que eu não estava pronta para encarar, que eu não estava pronta para que Ava testemunhasse. Ele estava com a respiração ofegante.

As lágrimas continuavam escorrendo pelas bochechas de Ava enquanto a sala era tomada pelo silêncio. Ela se afastou da mesa, olhou no fundo dos olhos de Henry e disse:

— Eu te odeio.

Ela foi batendo os pés para o quarto, e eu saí atrás.

— Ava...

— Por que você não me defendeu? — gritou Ava quando entrei no seu quarto. — Por que deixa ele falar com você daquele jeito? Por que você deixa ele te machucar tanto?

— É complicado.

— Não é — respondeu ela. — A única coisa que eu não entendo é por que você não se defende. Eu odeio ele, mãe. Eu odeio muito ele, e sei que você odeia também, mas não entendo por que você deixa ele fazer o que quiser.

— Ava, você precisa entender. Estou tentando resolver as coisas. Você nem imagina o quanto estou tentando dar um jeito nessa situação.

— A gente ficaria bem sem ele — disse ela. — Vou para a casa da vovó. Já mandei mensagem para ela, e ela vem me buscar.

— Ava...

— Eu te amo, mãe — interrompeu ela, vindo me abraçar de repente. Ela me apertou mais do que nunca. Engasguei quando puxei o ar, engolindo o choro que se esforçava para escapar de mim. — Eu só queria que você também se amasse.

Fechei os olhos, dei um beijo na testa dela e a soltei.

Continuei no quarto de Ava depois que ela foi embora com Tamera. Parte de mim queria ter ido junto. Eu queria ter feito uma mala e ido para a casa da minha sogra também, para fugir da prisão em que morava.

Depois de um tempo, voltei à sala de jantar para limpar a mesa. Enquanto eu fazia isso, Henry ressurgiu com um olhar de desdém.

— Você conhecia Gabriel Sinclair antes de ele começar a trabalhar no projeto? — perguntou ele.

Um calafrio percorreu meu corpo, porque eu sabia que aquela conversa não acabaria bem.

— A gente não precisa conversar sobre isso.

— Porra nenhuma. Do que Ava estava falando? Você era apaixonada por ele?

— Nós nos conhecíamos quando éramos mais novos. Foi há muito tempo, Henry, e Gabriel nem se lembrava de mim.

— Mas você se lembrava dele — insistiu. — Você estava me fazendo de bobo esse tempo todo?

— O quê? — Dei uma risada rápida, chocada com a pergunta. — É claro não. Não fui eu que contratei Gabriel, lembra? Foi você.

— Mas você passou esse tempo todo rindo da minha cara. — Ele veio para cima de mim enquanto eu juntava os pratos. — Você gostou de me humilhar? E gostou de deixar Ava irritada comigo?

— Eu não te humilhei, Henry. E Ava não ficou irritada com você por minha causa.

— Claro que foi por sua causa. Se não fosse por você e suas mentiras, a situação com Gabriel jamais teria acontecido.

Eu me virei para ir para a cozinha, sem querer discutir com ele. Estava exausta tanto no sentido mental quanto no espiritual. Meu coração estava cansado, e eu já não tinha mais energia. Só queria sumir por um tempo. Queria me enfiar em uma caverna escura e me esconder do mundo, de Henry.

Queria ser invisível.

Coloquei os pratos na pia, e Henry surgiu atrás de mim. Ele segurou meus pulsos e bateu minhas mãos na beira da bancada, me prendendo. Seu corpo pressionava o meu, e fechei os olhos, com medo do que ele faria a seguir. Tudo ficou em câmera lenta quando ele me segurou. Eu odiava não ter ido com Ava. Eu devia ter ido com ela.

Sua respiração quente derreteu na minha pele, lembrando-me de que ele estava no controle. Ele inclinou minha cabeça de leve e esfregou o nariz na minha orelha.

— Você trepou com ele na nossa casa também? — sussurrou ele.

Como agir depois que se percebe que você se casou com o diabo?

Henry não era forte, mas era mais forte que eu.

Henry não era grande, mas era maior que eu.

E ele estava começando a perder a cabeça cada vez mais rápido.

— Me solta, Henry, por favor — sussurrei, rezando para que ele não notasse o medo na minha voz.

Era disso que ele gostava: do meu medo. Ele adorava saber que me deixava nervosa, que tinha controle sobre meu nível de tranquilidade, sobre minha sensação de segurança.

Ele apertou ainda mais meus pulsos.

Será que fez a mesma coisa com Claire?

Ela só tinha 17 anos quando os dois se conheceram.

Uma menina.

Só três anos mais velha que Ava agora.

Minha mente não conseguia entender por que um homem adulto iria atrás de uma criança. Que dirá uma pessoa como Claire, que já tinha passado por tanta coisa.

— Eu vou te soltar quando eu quiser — sibilou ele ao meu ouvido.

— Era isso que você dizia para Claire Dune? — respondi.

As palavras escapuliram da minha boca e devem ter parecido um soco em seu peito, porque ele me largou.

Ele deu um passo para trás e arqueou uma sobrancelha para mim.

— O que foi que você disse?

— Então você a conhece? — perguntei.

— Como você conhece Claire?

— Ela é a mãe de Ava?

Ele balançou a cabeça.

— Não. Claro que não. Eu te disse que a mãe de Ava era uma maluca drogada.

— Pois é, foi isso que você me disse. Mas a verdade é essa mesmo?

— Como você conhece Claire Dune? — perguntou ele de novo, ignorando minha pergunta.

— Ela é minha paciente.

Era nítida a confusão nos olhos dele. Fiquei com medo do que aconteceria a seguir, porque eu nunca sabia como ele reagiria. Ainda mais ultimamente, porque tudo parecia ser um gatilho para sua raiva.

Ele deu um passo para trás, virou-se de costas para mim e resmungou algo antes de dizer:

— Preciso de espaço. Talvez fosse melhor você passar a noite em outro lugar que nem Ava. Não posso sair porque preciso fazer minha mala. Vou para a China a trabalho amanhã. Podemos conversar quando eu voltar.

Eu não sabia o que mais dizer além de:

— Tá bom.

A facilidade com que ele me soltou me causou um calafrio enquanto ele ia embora. Eu estava feliz por Henry ter me largado e sabia a rapidez com que o comportamento dele poderia ter se alterado para pior. Fui inundada pelo alívio enquanto pensava nos próximos passos enquanto ele estivesse na China.

Eu não pretendia conversar com ele após sua volta. Eu não pretendia resolver nada entre nós.

Só conseguia pensar que precisava — junto com Ava — fugir.

Eu só queria minha liberdade.

30

Kierra

Apareci na casa de Tamera com uma bolsa de lona e um sorriso abatido.

— Oi.

Ela sorriu para mim ao abrir a porta de tela. Seus olhos encontraram a bolsa, e ela fez que sim com a cabeça como se entendesse tudo.

— Tudo bem, querida. Entre e me conte o que houve. Vou passar um café para a gente.

— Você conheceu a mãe biológica de Ava? — perguntei a Tamera enquanto conversávamos na varanda dos fundos.

— Claire?

— Isso.

— Conheci. Ela era nova. Muito nova. Mas uma boa menina. Henry fala como se ela fosse louca, mas a verdade é que foi naquela época que percebi que havia algo sombrio nele. Ela era muito jovem e ingênua. E parecia vir de uma casa bem complicada. Achei que tivesse sido por isso que ela abriu mão dos direitos como mãe.

— Você acha que ela fez isso por vontade própria?

Tamera deu de ombros.

— Acho que ela passou por tanta coisa antes e depois de Henry que só queria um pouco de paz. Se juntarmos isso com a depressão pós-parto, a coitada não tinha muitas chances.

Passei as mãos nos meus braços, esfregando para cima e para baixo.

— Ela virou minha paciente.

Ela se empertigou.

— Quem? Claire?

Fiz que sim com a cabeça.

— Ela é minha paciente desde que nos mudamos.

— Minha nossa. Como você descobriu que ela é a mãe de Ava?

— Ela me contou hoje. Sempre soube que eu era madrasta de Ava e queria encontrar um jeito de se aproximar dela. Acho que Henry conseguiu uma ordem judicial para que ela mantivesse distância. Ela disse que só queria ver se Ava estava bem.

— Ai, nossa. Que difícil.

Suspirei e passei a mão pelo cabelo.

— A vida parece difícil mesmo.

— Acho que essa é a primeira vez que entendo de verdade que meu filho é igualzinho ao pai. Eu tentei me convencer de que Henry era diferente, que não havia partes do pai na alma daquele menino, mas eu sabia que isso era mentira desde o começo. Eu sabia que havia partes de mim em Henry, mas que a maioria delas pertencia a Jack — confessou Tamera. — Você sabe quanto isso dói? Ver o bebê que carreguei dentro de mim se tornar um monstro?

— Tamera... — Eu suspirei, sentindo-me péssima por colocá-la naquela situação. — Eu sinto muito.

— Ele te machuca? — perguntou ela. — Ele te ridiculariza? Ele já encostou em você?

Fiz uma pausa. Parte de mim queria proteger a imagem que ela tinha do filho. Mas minha cabeça fez que sim. Encarando o céu noturno, os olhos dela se encheram de lágrimas. Ela fungou um pouco e balançou de leve a cabeça. Eu me senti imediatamente culpada por contar aquilo a ela.

— Ele te deixa com medo? — perguntou.

— No geral, sim.

— Com o pai dele, achei que seria algo que não se repetiria. — Ela brincou com as mãos. — Sempre acontece de novo. Aquela foi só a primeira vez. E você nunca se esquece da primeira vez. Na primeira vez que Jack me bateu, quase achei que eu tinha imaginado. Fazia anos que éramos casados e estávamos tão apaixonados no começo... Minha cabeça não conseguia assimilar a ideia de que alguém que eu amava podia fazer algo tão... cruel. Eu não conseguia entender isso. Eu o amava. E ele me amava também. Na segunda vez que ele me bateu, eu me culpei por deixar a casa bagunçada. Na terceira vez, tive um ataque de pânico no sinal em que estávamos parados. Eu estava grávida de Henry, e ele me deu um soco na barriga.

— Ai, nossa — arfei, as lágrimas escorrendo por minhas bochechas.

— Depois que Henry nasceu, Jack voltou a ser carinhoso. Ele era gentil e atencioso. Prometeu que nunca mais me machucaria. E, por alguns anos, ele cumpriu a promessa. Por um tempo, achei que tivesse recuperado meu marido. Até que ele foi demitido, então percebi que, sempre que algo ruim acontecesse, ele precisaria de um saco de pancada. E o saco de pancada era eu.

— Ele era um monstro.

— Era, mas fiquei com ele... Fiquei com ele até o fim. Sabe quanto eu sonhava com tudo que a minha vida poderia ter sido se eu tivesse ido embora? Sabe os sonhos que eu tinha? — Ela balançou a cabeça em admiração enquanto as estrelas brilhavam sobre nossas cabeças. — Se eu tivesse ido embora, teria voltado a estudar. Teria terminado a faculdade de enfermagem. Se eu tivesse ido embora, criaria Henry em um apartamento pequeno, que não seria luxuoso, mas seria meu, só meu. Eu teria namorado. Ah, nossa, eu teria namorado vários homens diferentes até encontrar o que fosse certo para mim. E eu teria me apaixonado. Um amor de verdade, que não machucasse. O tipo de amor que curaria as feridas. Não seríamos perfeitos, mas seríamos perfeitos um para o outro. Se eu tivesse ido embora, não teria anos de traumas para curar. Minhas cicatrizes seriam mais leves. Meus hematomas não seriam tão roxos. Se eu tivesse ido embora, teria sido feliz mais rápido. — Ela se virou para mim e segurou minhas mãos. — Veja bem, Kierra, não posso te dizer o que iria acontecer se você fosse embora. Essa história é sua para você escrever, para você criar. Se for embora, suas páginas estarão em branco para você criar a narrativa. Mas posso te dizer o que vai acontecer se você ficar. — Sua voz ficou mais baixa enquanto ela secava as lágrimas que escorriam por minhas bochechas. A sinceridade de cada palavra sua fez com que meu coração partido continuasse a bater. — Se você ficar, ele não vai melhorar. Se você ficar, ele vai continuar te machucando. Se você ficar, ele vai continuar te batendo. Se você ficar, você vai perder cada vez mais o seu brilho.

Fiz que sim com a cabeça e sussurrei baixinho:

— Eu sei.

— Mas não é só isso — prometeu ela. — Se você ficar, Ava vai perceber. Se você ficar, ela vai ver o que ele faz. Talvez não no começo, mas em algum momento. Se você ficar, ele nem vai mais tentar esconder dela. Se você ficar, ela pode tentar impedi-lo. Se você ficar, ele pode esbarrar nela, se ela tentar intervir. Se você ficar, ele pode empurrá-la. Bater nela. Chutá-la. Socá-la também. Se você ficar, ela vai começar a perder a força. Se você ficar, ela vai passar a enxergar a si mesma em você e a deixar que homens a tratem da mesma maneira, ou vai ficar com vergonha de você e tentar se afastar, ou culpá-la por não ter forças de ir embora. Se você ficar, talvez não perca apenas o seu brilho, mas o de Ava também.

— Mas você não entende — sussurrei, secando as lágrimas. — Se eu for embora, ele disse que vai tirá-la de mim. Ela é minha filha, mas não oficialmente. Oficialmente, ela é dele, e vou perdê-la. É só por isso que continuo com ele depois de todo esse tempo. É só por isso que aturo tudo, porque a única coisa que quero nesse mundo é a minha filha. Não posso perdê-la. Ela é meu mundo.

— Você não vai perdê-la, querida.

— Vou, sim. Sei que vou.

— Não — disse Tamera, séria —, não vai. Porque, quando você for embora, ela vai junto. Eu vou lutar com unhas e dentes para garantir que isso aconteça. Você não vai ficar sozinha quando deixá-lo, Kierra. Você não precisa resolver tudo sem ajuda. Você tem um monte de gente que te ama, que vai lutar por você nos seus momentos de fraqueza, que vai te defender quando a sua voz falhar. Eu juro. E Ava tem idade suficiente para testemunhar em um tribunal e se defender, e sei que ela vai escolher você.

— Como você pode ter essa certeza?

— Porque ela me disse. Ela escolheria você em cada oportunidade, em todas as vidas. Assim como eu.

Encarei minhas mãos e balancei a cabeça.

— Mas ele é seu filho...

— Sim — concordou ela. — Mas você é minha família. — Ela colocou um dedo sob meu queixo e levantou minha cabeça para olhar nos meus olhos. — E já está na hora de você aprender a respirar de novo. Só preciso que me avise. Se disser que quer ir embora, dou um jeito. Se disser que quer escapar, vamos arrumar um caminho.

— Então tá. — Concordei com um aceno lento de cabeça, e minha voz soou trêmula. — Eu quero escapar.

Lágrimas escorriam pelas bochechas de Tamera. Ela segurou meu rosto e sorriu ao beijar minha testa.

— Que garota corajosa. Muito, muito corajosa.

Um tempo depois de chegarmos à casa de Tamera, eu e Ava passamos algumas horas deitadas na rede, olhando as estrelas. Balançávamos de leve, com a cabeça dela apoiada no meu ombro.

— Que bom que você veio, mãe — sussurrou ela, mexendo na manga da camisa. — Eu amo a vovó, mas precisava de você também hoje.

— Eu sei, querida. Me desculpa por ter demorado tanto para chegar aqui. — Hesitei, mordendo o lábio inferior. — A gente pode ter uma conversa adulta?

Ela me fitou de soslaio e estreitou os olhos.

— Estou esperando você fazer isso há anos. Não sou mais uma criança boba, mãe.

— Eu sei, mas, quando olho para você, ainda vejo minha menina de 5 anos que quero proteger de tudo, não importa o que aconteça.

— É, mas aí quem protege você?

Abri um sorriso triste e dei um beijo na testa dela. Um leve suspiro escapou dos meus lábios.

— Vou deixar o seu pai.

Ela se levantou um pouco, fazendo a rede balançar mais.

— O quê? É sério?

Fiz que sim com a cabeça.

— É. Mas é complicado. Quando casei com o seu pai, a gente assinou um acordo pré-nupcial que diz que, no caso de um divórcio, ele ficaria com sua guarda unilateral.

— O quê? De jeito nenhum. Não quero ficar com ele. Eu odeio ele — bradou ela, sentando-se por completo, quase virando a rede. Ela se levantou. — Ele não pode fazer isso. Você é minha mãe.

— Eu sei, querida. É só um parágrafo em um documento que ele usa para me ameaçar há muito tempo. Mas... conversei com um advogado. Ele me disse que seria difícil impor uma cláusula que estipulasse futuros direitos de uma madrasta em caso de briga pela guarda. O direito de família e de guarda dos filhos é muito complexo.

O medo no olhar de Ava se acalmou.

— Ah. Tá, tudo bem.

— Mas, se seu pai continuar insistindo, talvez ele faça o processo demorar e continue me ameaçando. Talvez você tenha que dizer que quer ficar comigo num tribunal. Sei que seria pedir muito...

— Eu posso fazer isso — interrompeu ela. — Eu faria qualquer coisa por você.

As lágrimas arderam em meus olhos quando as palavras saíram de sua boca.

— Não quero que você se sinta responsável pelo meu bem-estar, Ava. Só me importo com você e com a sua segurança.

— A minha segurança é você, mãe. Além do mais, você disse que era para sempre, né?

Levantei e fui até ela. Ofereci meu dedo mindinho para ela.

— Para sempre.

Ela prendeu o dela no meu.

— Para sempre — repetiu.

Eu a puxei para um abraço e a mantive ali por muito tempo.

— Eu te amo, Ava Melanie.

— Eu também te amo, mãe. E estou muito orgulhosa de você.

Estou muito orgulhosa de você.

Essa foi a frase que fez as lágrimas rolarem.

31

Gabriel

Eu estava arrasado sem elas. Não havia como ignorar que a ausência de Kierra e Ava me afetava mais do que eu achava ser possível. Eu tentava me concentrar em qualquer coisa além do fato de que meu mundo ficava sombrio sem elas, mas tudo parecia vazio. Eu não conseguia comer, não conseguia trabalhar, não conseguia nem pensar.

Fazia três semanas desde que Kierra tinha me dito para ficar longe. Três semanas que me preocupava com o bem-estar dela. Três semanas pensando que Henry poderia ter feito alguma coisa para machucá-la ou para machucar Ava. Três semanas terríveis passando noites em claro, morrendo de medo de receber uma ligação avisando que algo horrível tinha acontecido.

Rosie fazia a gentileza de me dar atualizações diárias, avisando-me quando falava com Kierra. Ela me garantia que estava tudo bem, mas não parecia ser o caso. Era quase impossível explicar, mas eu sentia que algo terrível estava acontecendo.

Podia não ter lembranças de Kierra da nossa juventude, mas a sentia dentro de mim. Eu sabia que não fazia sentido, mas jurava que, nos últimos anos, meu coração só batia porque, em algum lugar do meu subconsciente, eu sentia o dela bater também. E, naquele momento, eu sentia que seu coração estava se partindo. Enquanto ela desmoronava, meu peito doía. Enquanto ela chorava, meus olhos lacrimejavam.

Não fazia sentido.

Eu não fazia sentido.

Mas sabia que ela não estava bem.

Mesmo que ela dissesse o contrário para Rosie.

— Teve notícias dela? — perguntou minha mãe ao entrar na minha sala.

Ela me olhou da forma que sempre me olhava nos últimos tempos: como se eu fosse um cachorrinho triste, abandonado, que não sabia como voltar para casa. Não conversávamos desde que descobri sobre Elijah, e eu não estava pronto para entrar nesse assunto com ela. Mas tinha certeza de que Bobby havia lhe falado o que tinha acontecido com Kierra.

Balancei a cabeça, sabendo de quem ela estava perguntando.

— Não. Não tive.

Ela deu um passo na minha direção.

— Filho...

— Não — pedi. Eu não conseguia olhar para ela. Só de pensar nela, meu estômago se revirava. — Não estou pronto para ter essa conversa, mãe.

— Eu sei. Eu... — começou ela, mas sua voz falhou e sumiu.

Continuei sem encará-la, porque, se fizesse isso, me sentiria mal. Eu veria a tristeza em seu olhar e sentiria vontade de consolá-la. Não estava pronto para isso. Não estava pronto para perdoar. Não estava pronto para melhorar. Eu não estava pronto para ter uma conversa com ela que nos ajudaria a seguir em frente ou nos distanciaria ainda mais.

— Filho, por favor — implorou ela, vindo até mim. — Quero consertar as coisas. Me diga o que preciso fazer para consertar as coisas.

Ergui a cabeça para encontrar seu olhar. Lágrimas escorriam por seu rosto, e meu coração teimoso se partiu quando vi a tristeza dela. Minha mãe era meu mundo... embora ela tivesse roubado tudo que era meu.

— Peça desculpas — respondi, sério.

Ela concordou rápido com um aceno de cabeça.

— Sim, sim. Me desculpa, Gabriel. Sinto muito por...

— *Não* — interrompi. — Não quero que você peça desculpas para mim. Quero que peça desculpas para Kierra pelo jeito como a tratou. Por ter colocado tanto peso nas costas dela. Depois que fizer isso, depois que falar com ela, posso conversar com você.

Ela deu alguns passos para trás e fechou os olhos. As lágrimas continuaram escorrendo, e ela fez que sim lentamente com a cabeça. Seus olhos castanhos, iguais aos meus, se abriram, e ela secou as lágrimas, apenas para novas surgirem. Ela baixou a cabeça e seguiu para a porta. Antes de ir embora, ela se virou para mim mais uma vez e disse:

— Eu te amo, filho. Só queria que você soubesse disso. Todas as decisões que tomei foram por causa desse amor.

Eu odiava que ela tivesse dito isso, porque sabia que era verdade.

O amor nem sempre é perfeito. Com frequência, ele apresenta falhas e problemas. As maiores decepções são sempre causadas mais pelo amor do que pelo ódio.

Por isso é tão difícil entender o amor. Ele é desnorteante, complexo, às vezes difícil de captar.

Minha mãe saiu da minha sala ainda tentando conter as lágrimas.

Parte de mim gritou com meu coração teimoso por não ter dito: “Eu também te amo.”

32

Kierra

— Amma, o que você está fazendo aqui? — perguntei ao encontrar a mãe de Gabriel mais uma vez na recepção da clínica.

No instante que a vi, senti desânimo. Estava cansada demais para me defender dela. Estava cansada demais para ouvi-la dizer que eu tinha sido uma pessoa terrível.

Estava emocionalmente esgotada, e mal me restavam forças. Toda a energia que me restava estava focada nos meus pacientes. Eles não mereciam sofrer só porque minha vida estava em chamas. Eu estava conversando com advogados, bolando uma rota de fuga, certificando-me de ter tudo organizado antes de pedir o divórcio. Tamera mencionou que eu devia tentar conseguir gravações de Henry me atacando nas últimas semanas. Como nossa casa era uma *smart home*, com certeza haveria filmagens dos ataques violentos dele contra mim. Então, enquanto ele estivesse fora, eu iria ao seu escritório e tentaria encontrar alguma prova. Eu também tinha comprado minhas próprias câmeras para quando ele voltasse, só para o caso de ele chegar furioso de viagem.

Mas não conseguia me concentrar com Amma no meu consultório. Precisava que ela soubesse que eu não tinha tempo para qualquer coisa que ela quisesse me dizer.

— Escuta, na verdade, é melhor você não me dizer nada. Não tenho tempo para conversar. Nem para escutar como sou péssima — falei.

— Para ser sincera, acho que já estou saturada de ouvir que sou uma pessoa horrível, e não preciso que você...

— Me desculpa — interrompeu ela, fazendo-me parar e balançar a cabeça, sem entender.

— O quê?

Ela se aproximou de mim.

— Me desculpa. Por tudo. Me desculpa por eu ter sido tão cruel com você todos aqueles anos. Me desculpa por te culpar pelo acidente, porque a culpa não foi sua. Foi trágico, doloroso e traumático, mas nunca foi culpa sua.

— Eu... — As palavras entalaram na garganta. Balancei a cabeça. — A culpa foi minha. Eu devia ter tomado mais cuidado no volante. Eu devia...

— A rua estava coberta de gelo. Você não podia ter previsto isso, e não estava dirigindo o carro que derrapou. Você amava tanto o meu Elijah. Sei que o amava e que jamais machucaria um fio de cabelo dele.

Isso era verdade.

Elijah parecia um presente não apenas para Amma e Gabriel mas para mim também. Ele era o irmão caçula que eu sonhava em ter e nunca tive. Tudo nele era incrível. Da imaginação única até a habilidade de arrancar risadas de todos. Do coração generoso, gentil, até o sorriso simpático. Elijah era a definição de uma alma pura perfeita, e o mundo tinha ficado pior sem ele.

— Eu o amava tanto — sussurrei.

Ela fez que sim com a cabeça.

— Ele te amava também. E sinto muito por ter colocado a responsabilidade toda em você. Sinto muito por ter deixado a minha tristeza estragar a sua vida. Sinto muito por ter deixado você carregar o fardo de se culpar pela morte dele. Foi um acidente. Você não matou o meu filho. A culpa não foi sua.

Foi um acidente.

Você não matou o meu filho.

A culpa não foi sua.

Três frases que eu sonhei em ouvir de Amma agora saíam de sua boca. E isso bastou para pedacinhos do meu coração começarem a se curar.

Esfreguei as mãos no meu antebraço, para cima e para baixo.

— Não sei o que dizer.

— Você não precisa dizer nada. Eu só... percebi o mal que causei. Ver Gabriel tão arrasado é... Eu jamais devia ter mandado você se afastar.

— Você fez o que acreditava ser melhor.

— Isso não significa que as consequências não foram terríveis. — Ela chegou mais perto e tocou meu braço. — Kierra... meu filho está apaixonado por você. Ele é apaixonado por você há muito tempo. E sinto muito por ter interrompido a história de vocês. Mas, se você der uma chance a ele... sei que ele te amaria, que te amaria do jeito certo, pelo resto da sua vida.

Eu acreditava nela. Não por suas palavras, mas porque eu amava quem Gabriel tinha sido. Não precisava que ele me dissesse que me amava, porque isso era algo que eu sentia em seus atos, que eu via em seus olhos. A única coisa boa nas últimas semanas, além de Ava, era o fato de que meus sonhos me levavam de volta a ele. Havia noites em que eu fechava os olhos e sonhava com seus lábios, com seus braços me envolvendo. Nos meus sonhos, éramos tudo que merecíamos ser. Éramos apaixonados, éramos felizes, éramos eternamente conectados.

Eu odiava quando acordava, porque esse era o problema dos sonhos: eles não mostravam a realidade. Eles simplesmente permaneciam na escuridão.

— Eu o amo — falei.

— Então vá atrás dele. Ele está esperando.

— Não posso — sussurrei, balançando a cabeça. — Eu quero, Amma. Pode acreditar, eu quero. Mas, primeiro, preciso garantir que eu e minha filha estejamos seguras.

Os olhos dela, iguais aos do filho, piscaram algumas vezes.

— Ele vai esperar por você.

— Não posso pedir a ele que faça isso.

— Ah, Kierra... Você não entende? — Ela balançou a cabeça. — Ele está esperando por você há mais de vinte anos. Tenho certeza de que pode esperar mais um pouco. Posso dizer a ele...

— Por favor, não — pedi. — Não diga nada, Amma. Não quero que seja assim. Quero que ele tenha uma vida enquanto eu tento resolver a minha. Não quero que ele fique me esperando até eu ter certeza de que vou conseguir me entregar por completo. E, se eu chegar tarde demais, bem... vou ter que lidar com isso.

Porque o amor, o amor de verdade, é assim. É preciso estar disposto a deixar o outro partir para não impedi-lo de encontrar a própria alegria.

Depois do trabalho, voltei para casa para começar minha busca por documentos e arquivos no escritório de Henry. Eu queria encontrar a senha dos vídeos em que ele me agredia em casa. Sabendo quanta tecnologia tínhamos em casa, estava certa de que algum momento violento de Henry devia ter sido registrado. Os vídeos seriam importantes para o processo.

Fiquei de estômago embrulhado enquanto vasculhava as coisas dele. O único problema era que tudo tinha senha e era quase impossível de abrir. Eu não devia estar surpresa por um gênio da tecnologia usar um sistema avançado de proteção. Mesmo assim, torcia para conseguir abrir alguma coisa. *Qualquer coisa.*

— O que você pensa que está fazendo?

Tomei um susto, erguendo o olhar e encontrando Henry na porta do escritório. O olhar de choque em seu rosto era intenso, e em suas mãos havia uma pilha de papéis. Os documentos do divórcio que eu tinha deixado na sala. Eu pretendia ler tudo naquela noite e marcar as mudanças que meu advogado precisaria fazer.

— Henry. O que você está fazendo em casa? — perguntei, nervosa, levantando-me da sua cadeira.

— O que você pensa que está fazendo? — repetiu ele. — O que é isso?

Andei devagar na direção dele, sem saber qual seria sua reação.

— Não achei que você fosse voltar tão cedo. Eu queria já ter organizado tudo para a gente conversar quando você chegasse...

— A gente já conversou. Nós não vamos nos divorciar.

— Vamos, sim.

Ele estreitou os olhos e observou o escritório.

— O que você estava fazendo aqui? Tentando encontrar um jeito de me foder no tribunal?

— Não é isso... Eu só... — Suspirei enquanto o embrulho no estômago piorava. — Eu não posso perder Ava, Henry. Ela é o meu mundo.

— Ela não é sua. Ela é minha.

Balancei a cabeça.

— Ela não é propriedade sua. Ela é um ser humano e quer ficar comigo.

A raiva que brilhou em seus olhos me deixou arrepiada. Suas narinas dilataram quando ele respirou fundo.

— Você quer me destruir. Aposto que quer meu dinheiro também.

— Não — respondi. — Eu não quero nada seu. Pode ficar com tudo. Só quero a minha filha.

— Minha filha — corrigiu ele. — Não sua.

Ele estava bloqueando a porta, minha saída. Tentei manter a calma, porque eu sabia que, no momento em que ele detectasse medo, se aproveitaria disso.

Fiz uma careta enquanto tentava passar tranquilamente por ele.

— Podemos conversar depois. Imagino que seu voo tenha sido cansativo, e...

Ele agarrou meu pulso e me empurrou de encontro ao batente. Gritei de dor quando minhas costas acertaram com força a madeira.

— Ai, Henry! — murmurei, tentando fazê-lo soltar meu pulso. — Me larga.

— Você quer me destruir — disse ele, seus olhos castanhos cheios de ódio e medo.

Ele fedia a uísque, e estava ficando cada vez mais claro que a viagem à China não tinha corrido como o esperado. Agora, era eu quem queria destruí-lo. Agora, eu era sua inimiga, porque ele não podia atacar as pessoas que o tinham decepcionado de verdade. Ele só podia tentar me machucar nas sombras.

— Henry. Você está cansado. Me solta, por favor — sussurrei.

Ele me puxou para mais perto e pressionou a testa na minha. Fechei os olhos, a sensação de perigo aumentando no peito com seu abraço apertado. Ele esfregou a bochecha na minha e roçou os lábios nos meus.

— Eu te odeio tanto — sussurrou ele. Henry falou essas palavras como se fossem cheias de amor, de forma carinhosa. — Está me ouvindo, Kierra? Eu te odeio tanto.

Eu também te odeio.

Só que eu não podia dizer isso.

Porque tinha certeza de que ele entraria em parafuso.

Ele forçou um beijo, segurando meu pescoço, e não me mexi. Estava nervosa demais para fazer isso. Seus beijos tinham gosto de ódio. Ele me beijava como se eu fosse sua maior inimiga e ele quisesse me marcar com seu sabor nojento.

Então ele agarrou minhas bochechas com uma das mãos e me empurrou para o chão. Caí com um baque. Ele olhou para mim de cima, sorriu e balançou a cabeça.

— Levanta, Kierra. Para de ser tão fraca — disse ele, rindo.

Quando tentei me levantar, ele passou uma rasteira em mim, me fazendo cair de volta no chão. Meu coração batia disparado conforme o pânico ia crescendo no meu peito. Comecei a engatinhar para a frente de casa. Fiquei enjoada ao ouvir a risada dele, ao ver que me arrastava. Eu só queria chegar à porta. Sair dali antes que ele conseguisse me machucar. Antes que ele fizesse algo que não poderia ser desfeito.

Quando cheguei perto da cozinha, me segurei no batente e comecei a me levantar. Fiquei de pé, e Henry me empurrou pelas costas, me fazendo tropeçar. Bati a cabeça na ilha da cozinha e senti o sangue começar a escorrer pela testa. Eu me sentia tonta, enjoada, envergonhada. Fraca.

Ele continuava rindo de mim.

— Levanta, Kierra. Você é tão ridícula — sibilou ele, aproximando-se de mim. Ele agarrou meu braço e começou a me puxar. — Vamos conversar lá no quarto. A gente devia sentar e tirar tudo do peito.

— Por favor, Henry. Para com isso — implorei com lágrimas escorrendo pelas bochechas, misturando-se ao sangue da minha testa.

Ele me deu um tapa. Forte. Então me deu um soco na cara, abrindo meu lábio com a aliança de casamento. A aliança que eu tinha dado para ele tantos anos antes. Então riu de novo.

— Seja forte, Kierra. Para de falar que nem uma idiota fraca.

Então ele me arrastou pelos dois braços para a escada, forçando-me a subir cada degrau até nosso quarto.

Ele continuou me arrastando até me empurrar contra nossa parede. Eu me encolhi em posição fetal, sem saber quando o próximo golpe viria. Cobri a cabeça, o coração batendo disparado enquanto a ficha começava a cair. Até que a morte nos separe. Ele ia me matar. Ele ia me matar, e Ava não teria mais ninguém. Ele ia me matar, e Ava saberia que tinha perdido a mãe. Ele ia me matar, e eu nunca mais veria minha filha.

— Por favor, para. — Chorei com as mãos no rosto enquanto meu corpo tremia descontroladamente de medo pelo comportamento desvairado dele. — Me deixa em paz — implorei.

Não olhei para ele. Não conseguia. Porque, se fizesse isso, a alegria em seu olhar me deixaria ainda mais apavorada.

Ele começou a rasgar os documentos do divórcio, jogando os pedaços em mim. Então pegou o vaso com as rosas mortas que eu ainda não tinha jogado fora e o virou sobre a minha cabeça, me deixando ensopada e molhando os papéis. Ele se inclinou e segurou meu rosto de novo.

— Antes mesmo que você chegasse ao tribunal, eu teria tomado todo o seu dinheiro. E aí ia te destruir no tribunal, sua piranha maluca. Não me desafie — ordenou ele.

Ele deu alguns passos para trás, segurando o vaso, e o jogou acima da minha cabeça, na parede. Cacos de vidro caíram em mim enquanto eu tremia sem parar, apavorada em saber que eu estava sozinha em casa com um louco.

Ele vai me matar.

Ele vai me matar.

Ele vai me matar...

Mantive a cabeça baixa enquanto ele me circulava. Ele continuava rindo, e permaneci encolhida.

— Você é tão patética, Kierra. Que situação vergonhosa. Se controla.

Não falei nada, e ele continuou rindo.

— Vou sair para beber e encontrar uns clientes. Limpe essa bagunça. A gente conversa mais tarde.

Ele saiu do quarto, mas eu não acreditava que ele tivesse ido embora de verdade. Meu marido era um mentiroso. Um mentiroso psicótico, monstruoso, que provavelmente estava esperando no corredor até eu me sentir segura o suficiente para me levantar e então me empurraria da escada. Ele diria para as pessoas que eu tinha tropeçado, que eu era muito desastrada, que eu era muito instável, que eu era o problema.

Eu sempre era o problema.

Ouvi a porta de casa bater com força, e um carro foi embora.

Soltei o ar depressa pela boca.

Quando reuni coragem, enfiei a mão no bolso de trás da calça e peguei o celular. Mandei uma mensagem rápida. Então esperei. E esperei. E esperei.

Como eu tinha me metido nessa situação?

No que eu tinha me tornado?

Sangue escorria pela minha bochecha enquanto eu continuava encolhida ao lado da mesa de cabeceira. A água tinha ensopado o carpete, e cacos de vidro me cercavam.

Isso daria outra briga. Ou melhor, ele gritaria de novo comigo, me lembrando de como eu era uma decepção.

Por que você me deixou tão nervoso a ponto de jogar o vaso em você, Kierra? Por que você testa a minha paciência quando a única coisa que quero é te amar? Agora, olha só essa bagunça.

Bagunça.

Que bagunça.

Estremeci ao ouvir a porta de casa abrir, achando que Henry tinha voltado para a próxima rodada. Fazia vinte minutos que eu estava imóvel. Fiquei segurando firme o celular com as duas mãos, e meu sistema nervoso permanecia em alerta, impossibilitando-me de levantar.

— Kierra! — berrou uma voz, alerta e séria.

Em questão de segundos, minha alma atormentada se acalmou com o som daquela voz grave. A voz de Henry não fazia isso, não me tranquilizava.

— Aqui — falei, engasgada.

Senti um pouco de vergonha quando olhei para mim mesma. Minha camiseta estava esgarçada e rasgada por ter sido torcida pelas mãos de Henry, quando ele me jogou de um lado para o outro, feito uma boneca de pano.

A preocupação com minha segurança devia ser meu único pensamento, mas a verdade era que a vergonha tinha aparecido primeiro. Eu sentia vergonha de ser vista naquele estado por outra pessoa. Principalmente por ele.

Não queria que ele me visse assim. Arrasada. Agredida. Machucada. Quebrada.

Sequei rapidamente as lágrimas, mas, mesmo assim, eu não conseguia me levantar. Por que meus pés não se mexiam? Por que meu corpo estava imóvel? Por que eu não tinha me defendido?

Fraca.

Você é uma idiota fraca.

Tantos dos meus pensamentos não eram mais meus. Todos pertenciam a ele. Ele tinha passado anos reprogramando meus pensamentos para soarem em sua voz. Eram pensamentos que me ofendiam em um piscar de olhos, enchendo minha alma de hesitação.

Eles tinham começado tão pequenos, talvez até inofensivos.

Você não vai comer mais pão, né?

Que cor de cabelo interessante.

Você já pensou em começar a malhar para ter mais energia? Podemos ir juntos, fazer um programa de casal.

Eu nunca me sentia sem energia. Mesmo assim, havia me matriculado em uma academia.

Para com isso, implorei ao meu cérebro. Havia uma parte minúscula de mim que permanecia intacta depois de tudo que ele fez comigo. Ela continuava lutando, apesar de estar cansada, apesar de estar ferida, apesar de querer desistir inúmeras vezes. Era a mesma parte que tinha conseguido enviar a mensagem que me tiraria daqui.

Os passos se aproximavam rápido e então chegaram ao quarto e me encontraram.

Eu.

Em um canto.

Encolhida feito uma covarde.

Olhei para cima e encontrei os olhos dele. Os olhos gentis que eu não via havia dias, semanas.

Gabriel.

Ele veio.

A ficha caiu de que ele tinha voltado para mim.

Mesmo depois de tudo que aconteceu.

Ele veio correndo, tocou minha bochecha, e fechei os olhos. Tranquilidade. Era disso que eu mais tinha sentido falta.

— Kierra... — disse ele com a voz embargada, com uma tristeza palpável.

Abri os olhos e vi o sofrimento em seu olhar. Balancei a cabeça.

— São só uns arranhões, mais nada — falei meio de brincadeira.

Ele não riu. Dava para entender. Nada era engraçado.

— Cadê Ava? — perguntou ele, alerta, os olhos percorreram o espaço. — Ela está...?

— Ela está bem. Está na casa da avó.

Gabriel me puxou contra seu corpo.

— Vou matar ele — grunhiu, as narinas se dilatando com uma raiva que eu nunca tinha visto. — Vou matar aquele filho da puta.

— Não. Está tudo bem.

— Está tudo bem porra nenhuma — grunhiu ele, a voz cheia de sede de vingança.

— Eu sei. Mas a gente precisa ir embora antes que ele...

A porta de casa se abriu de novo, e enrijeci. Gabriel olhou para a porta do quarto, depois para mim.

— Fica aqui — ordenou ele.

Não era uma ordem por controle, mas por proteção. Eram ordens diferentes. Henry controlava, Gabriel protegia.

Gabriel se levantou e marchou para fora do quarto. Cobri as orelhas e me embalei para a frente e para trás enquanto a comoção no outro cômodo se intensificava. Parecia que uma guerra estava sendo travada, com coisas sendo derrubadas, quebradas. Eu tremia de medo, sem saber o que estava acontecendo. Segundos pareceram minutos, e minutos pareceram horas enquanto eu esperava.

Quando a agitação chegou ao fim, o silêncio me deixou ainda mais apavorada do que a barulheira de antes. Passos se aproximaram. Minha ansiedade aumentou. Então ele voltou.

Gabriel.

Ele veio até mim com um corte no lábio.

Toquei seu rosto.

— Você está bem? — perguntei.

Um sorrisinho curvou sua boca.

— São só uns arranhões, mais nada.

Gabriel.

Meu Gabriel.

Meu melhor amigo.

— E Henry? — perguntei, a voz falhando.

— Não se preocupa. Você está segura.

Ele me levantou nos braços. Eu me aconcheguei em seu peito.

— Fica de olhos fechados até a gente chegar no carro, tá, Kierra? Não olha para nada.

Concordei. Ele me levou até o veículo e abriu a porta. Enquanto me colocava no banco do carona, continuei de olhos fechados. Ele foi depressa para o banco do motorista e bateu a porta. No instante em que deu partida no carro, abri os olhos e me permiti respirar.

33

Kierra

Sentada na delegacia, eu me sentia suja.

Pediram que eu me despisse.

Tiraram fotos minhas.

Fizeram perguntas sobre meu marido.

Gabriel permaneceu ao meu lado o tempo todo.

Ele segurou minha mão.

Ele respondeu perguntas quando eu não conseguia falar.

Ele me consolou quando eu me sentia mais fraca do que nunca.

Quando fiquei com vergonha, ele me abraçou.

Quando chorei, ele chorou também.

Ele ficou comigo o tempo todo.

34

Gabriel

Henry foi preso logo após o incidente. Não apenas Kierra tinha provas da agressão física por todo o corpo como as câmeras que ela havia instalado mostraram para a polícia exatamente o que era necessário para Henry permanecer atrás das grades por um bom tempo.

Eu a levei para ficar na minha casa, e ela passou o trajeto todo em silêncio. Era compreensível. Eu não conseguia imaginar pelo que ela estava passando, pelo que sua mente estava passando. Depois de um tempo, coloquei-a no chuveiro e a limpei. O sangue seco desceu pelo ralo enquanto eu lavava seu corpo, que continuava muito dolorido. Queria poder poupá-la também da dor mental e da emocional. Queria poder guardar todo o seu sofrimento em uma garrafa para jogá-la na mei da do mar.

— Eu estou bem — sussurrou ela enquanto eu massageava seu cabelo com os dedos. — Eu estou bem, eu estou bem, eu estou bem — repetia ela, como se tentasse convencer a si mesma mais do que a qualquer outra pessoa.

Inclinei a cabeça dela para cima para encontrar seus olhos.

— Kierra, você não precisa estar...

Ela fechou os olhos e balançou a cabeça enquanto a água caía sobre nós.

— Não. Por favor. Eu só... — Lágrimas voltaram a escorrer por suas bochechas enquanto ela continuava balançando a cabeça. — Eu preciso estar bem. Eu preciso estar bem. Apesar de não estar, preciso ficar repetindo isso, tá, Gabriel? Caso contrário, ele vai vencer, e não posso deixar que ele vença — choramingou ela, o corpo tremendo nos meus braços. — Não posso deixar que ele vença. N-não posso. Não po-posso...

Pressionei o queixo no topo de sua cabeça e a puxei para meu peito. Eu a apertei enquanto ela chorava nos meus braços, e sussurrei:

— Você está bem. Você está bem. Você está bem.

Nós dois sabíamos que naquele exato momento ela não estava, mas ofereci o que ela precisava ouvir.

Ela respirou fundo e repetiu minhas palavras.

— Eu estou bem, eu estou bem, eu estou bem...

Eu mal podia esperar para essas palavras se tornarem verdade.

Depois do banho, eu a enrolei em uma toalha e a levei para meu quarto. Eu a vesti com minha camiseta e calça de moletom enquanto ela ficou sentada na beirada da cama. Kierra não disse uma palavra sequer o tempo todo. Seu olhar de derrota era suficiente para partir meu coração.

Eu me ajoelhei diante dela e segurei suas mãos. Sabia que ela estava repetindo as palavras "Eu estou bem" na cabeça. Então lhe dei mais algumas para repetir.

— Você está segura, você está segura, você está segura — sussurrei, gentilmente beijando a palma das suas mãos.

Ela fechou os olhos e virou a cabeça levemente para o lado enquanto as lágrimas escorriam pelas bochechas. Ela concordou devagar com um aceno de cabeça.

— Eu estou segura, eu estou segura, eu estou segura — murmurou ela com a voz fraca.

Eu a deitei na cama e me acomodei ao seu lado. Não a abracei no começo, porque não sabia se era isso que ela queria. Não sabia se ela precisava de um abraço ou de espaço para respirar.

Mas ela se moveu em minha direção, se encolheu e se encaixou no meu corpo, apoiando a cabeça no meu peito. Meus braços a envolveram sem pretender soltá-la nunca mais.

Enquanto estávamos deitados na escuridão, tentei proteger Kierra de ver minhas próprias lágrimas escorrendo. Como ele podia ter feito isso com ela? Como ele podia ser monstruoso a ponto de machucar o ser mais bondoso do mundo?

Foi aí que eu soube que meu coração estava entremeado ao dela.

Foi nesse momento que prometi que jamais me afastaria dela de novo, que ela nunca mais teria medo, não enquanto eu vivesse.

— O que eu vou falar para Ava? — sussurrou ela colada em mim. — Como vou explicar... — Ela suspirou, balançando a cabeça. — Como vou contar para ela o que aconteceu?

— Do meu lado — respondi. — Você vai contar do meu lado. Não precisa fazer isso sozinha.

— Não posso pedir isso a você, Gabriel. Você já fez demais...

— Kierra. Eu estou aqui para sempre agora. Você não precisa fazer mais nada sozinha.

Um suspiro de alívio pesado atravessou o corpo dela.

— Obrigada.

— Descanse — sussurrei, beijando sua testa.

Ela fez o melhor que pôde.

Durante a noite, acordou com pesadelos, mas eu estava lá para reconfortá-la e embalá-la de volta ao sonho. E, quando amanheceu, contamos juntos para Ava.

Ava chorou e deu um abraço apertado na mãe. Ela pediu desculpas, como se tivesse culpa pelo que Henry havia feito. Kierra chorou também, e parecia grata por saber que ele jamais poderia machucar Ava, que ele jamais poderia machucar as duas de novo, se dependesse de mim.

Kierra levou Henry ao tribunal. A situação ficou bem feia quando a imprensa soube que Henry Hughes, o influente empresário, era um monstro agressivo. Matérias de jornal, editoriais e páginas de redes sociais explodiram, dando opiniões sobre o que tinha acontecido. Kierra fez Ava prometer que não entraria na internet enquanto aquela loucura não fosse resolvida. Sua principal preocupação era proteger a filha. Minha única preocupação era proteger as duas.

Queria poder dizer que o caso se resolveu rápido, mas Kierra demorou meses para conseguir a guarda unilateral de Ava, e Henry foi condenado a três anos de prisão pelos atos.

Depois de tudo, houve mais lágrimas, porém, eram lágrimas de liberdade.

Minhas garotas estavam seguras.

— Não podemos simplesmente invadir a sua vida — mencionou Kierra enquanto Ava corria pelo quintal, sendo perseguida por Coquinho. — Você já ajudou demais a gente, Gabriel. Sou grata por você nos deixar ficar aqui, mas não acho justo que mude a sua vida inteira por nossa causa.

Estávamos sentados no degrau mais alto dos fundos da varanda, e dei de ombros.

— Por que não? Quero mudar a minha vida inteira por vocês. Quero que você e Ava tragam cor para esse lugar.

Ela se apoiou no meu ombro.

— Tem certeza?

— Nunca tive tanta certeza na vida, Pinguim.

— Eu só tenho medo de... — Ela baixou a cabeça. — De eu ainda não estar bem o suficiente para você. Sinto que deveria procurar ajuda e me tornar uma versão melhor de mim mesma antes de nós...

— Todas as versões de você são a melhor versão — respondi, sendo sincero. — E, com todo respeito, Kierra, já esperei tempo suficiente para ter você de volta, e não quero esperar mais. Só quero você. De todos os jeitos, de todas as maneiras, em todas as épocas. E podemos tentar nos tornar nossas melhores versões juntos. Podemos crescer juntos enquanto seguimos em frente.

Ela segurou minha mão e beijou a palma.

— Crescer enquanto seguimos juntos?

— É. Crescer enquanto seguimos juntos.

— Tá... tudo bem. Além do mais, duvido que Ava me deixaria ir embora. Principalmente agora que ela tem o cachorro que sempre quis.

Sorri para Ava, que havia caído no chão e recebia um milhão de lambeijos de Coquinho.

— É quase como se fosse o destino.

— Tipo isso.

— Então, agora que você já teve mais tempo para pensar no assunto e assimilar a situação, o que quer fazer sobre Claire?

Kierra suspirou e acenou positivamente com a cabeça.

— Conversei com Ava. Eu queria saber se seria uma boa ideia apresentar as duas. Ela topou. Só preciso confirmar se Claire está estável o suficiente para lidar com isso. É uma questão difícil, e não quero colocar Ava em perigo. Mas também conheço Henry e imagino pelo que ele deve ter feito Claire passar. Todas as maneiras como ele devia manipulá-la. E sabe lá o que eu teria feito no lugar dela. Eu também faria de tudo para reencontrar a minha filha.

— Estou aprendendo que nem tudo na vida é simples.

— Pois é — concordou ela, me cutucando no braço. — E é exatamente por isso que você devia conversar com a sua mãe.

— A gente se fala no trabalho.

— Sobre coisas de trabalho. — Ela mordeu o lábio inferior. — Quis dizer que vocês deviam conversar sobre seu relacionamento e sobre Elijah. Acho que vocês deviam ter uma conversa séria sobre ele.

Suspirei e apertei o alto do nariz.

— Vai ser difícil.

— Vai — concordou ela —, mas nós aguentamos a barra.

— Pinguim?

— Oi?

— Você é minha melhor amiga.

Ela sorriu e se aconchegou mais a mim.

— Eu sei, Gabriel. Eu sei. — Ela se levantou e levou as mãos ao quadril. — Ei, Ava? Vai catar Coquinho. Nós vamos para o parcão.

35

Gabriel

— Entendi uma coisa — falei ao entrar na sala da minha mãe na noite de sexta. — Sobre a vida.

Ela pareceu confusa quando me aproximei e colocou a papelada que segurava sobre a mesa.

— O quê?

Eu me sentei na cadeira à sua frente.

— Que ela é difícil pra caralho.

Um sorriso tímido, incerto, surgiu em seus lábios.

— É, sim.

— E ninguém sabe o que está fazendo. Não de verdade.

— Também concordo com isso.

— Acho que todo mundo só tenta fazer o melhor enquanto enfrenta as tempestades da vida. Você estava se afogando depois do meu pai e de Elijah e fez o que achou ser melhor para conseguir voltar para a superfície. Não posso dizer que eu teria feito a mesma coisa, mas, por outro lado, eu não sou você. Nunca estive na sua pele. Nunca tive que enterrar um marido e um filho. Não sei como isso mexeria com a minha cabeça. Ainda estou assimilando tudo, e vai demorar um tempo, mas, depois do que aconteceu, preciso que saiba de uma coisa.

— O quê?

— Eu te amo.

— Ah, Gabriel... — sussurrou ela, o corpo tremendo.

— Mesmo quando estou irritado. Mesmo quando estou distante e assimilando isso tudo, eu ainda te amo.

Lágrimas começaram a escorrer pelo seu rosto enquanto ela balançava a cabeça.

— Não mereço esse amor.

— Merece, sim. Todo mundo merece amor.

— Mesmo uma pessoa que fez uma besteira tão gigantesca e vai passar a vida inteira se arrependendo dos seus erros?

— Talvez ela mereça um pouquinho mais de amor do que as outras pessoas. — Eu me levantei da cadeira, fui até ela e me inclinei para dar um beijo na sua testa. — Só me conte a verdade daqui por diante, tá?

— É claro.

— Tá, tudo bem. Agora, vamos. — Ofereci a mão para ela. — Vamos jantar.

Ela ergueu uma sobrancelha.

— Você tem muito trabalho. Nunca tem tempo para jantar.

— Estou começando a entender que trabalho não é tudo. Achei que estava na hora de começar a ter tempo para as pessoas mais importantes.

Ela segurou minha mão, e a ajudei a se levantar.

— Obrigada, Gabriel.

— Sempre. — Eu a puxei para um abraço. — Kierra tem cartas que escreveu para Elijah semanalmente desde a morte dele. Achei que nós dois poderíamos lê-las juntos para nos ajudar a lembrar dele. Quero saber o máximo possível sobre ele.

Ela arregalou os olhos, surpresa.

— Ela escreveu cartas para ele?

— É. Toda semana. Ela o amava.

Seus olhos ficaram marejados, e ela fez que sim com a cabeça.

— Amava. — Ela mexeu as mãos antes de dizer: — Acho que eu devia te levar ao depósito.

— Depósito?

— Onde deixei todas as coisas dele guardadas todos esses anos. Mas já vou te avisando que sempre choro quando vou lá.

— Não tem problema, mãe. Dessa vez, vai ser melhor.

— Não sei. Acho que vou chorar do mesmo jeito.

— Sim — concordei —, mas você não vai precisar chorar sozinha dessa vez.

36

Kierra

Em uma tarde de sábado, Claire entrou na Florence puxando as mangas do vestido. Ela olhou ao redor, me procurando, e acenei. A calma em seu olhar ao me encontrar estava repleta de alívio.

Ela se sentou na cadeira à minha frente e abriu um sorriso discreto.

— Oi, Kierra.

— Oi, Claire. Obrigada por vir.

— Obrigada por me encontrar. Eu não esperava, mas fiquei feliz quando recebi seu e-mail. Eu só... — Ela balançou a cabeça, incrédula. — Eu não achava que ia contar tudo daquele jeito. Faz meses que fico me culpando por isso, Kierra. Sei que você acha que sou uma louca que perdeu a cabeça, mas...

— Você é mãe — interrompi. — Você é uma mãe que passou anos separada da filha.

Seus olhos se encheram de lágrimas.

— É.

— E ele foi o monstro que te separou dela.

— Foi.

Eu me recostei na cadeira e analisei Claire. Eu a conhecia bem o suficiente para saber que não era perigosa. Ela havia passado mais de dois anos conversando comigo, me contando sua história. Eu sabia seus gatilhos e o que lhe dava alegria. Eu entendia seus altos e baixos.

Mas, no fim das contas, minha única responsabilidade era garantir que Ava estaria bem e em segurança.

— Ela quer te conhecer — anunciei, falando de Ava.

As lágrimas caíram dos olhos de Claire enquanto ela balançava a cabeça de um lado para o outro.

— Ai, nossa, não. Não, Kierra. Não posso fazer isso. E eu nem esperava isso. Eu só... — Ela suspirou. — Eu só queria ver se ele não estava fazendo com ela o que fazia comigo. Eu só queria ter certeza de que ela estava bem. Sei que não tenho lugar na vida dela. Eu não esperaria uma coisa dessas. E, agora, sabendo que Henry não tem mais contato com ela, não preciso mais me preocupar. Sei que ela está segura com você.

Sorri e fiz que sim com a cabeça.

— Está, sim. Mas... eu sei que ela também estaria segura com você, Claire.

Ela soltou uma risada nervosa, secando as lágrimas do rosto.

— Mas você é mãe dela. Eu não passo de uma desconhecida.

— Uma desconhecida que me deu o melhor presente do mundo. Agora, não quero te pressionar. Se não quiser conhecê-la...

Ela hesitou por um instante.

— Quer dizer... se eu puder. Pode ser só uma vez. Eu... — Suas mãos voaram para o peito, e ela balançou a cabeça. — Eu só queria dar mais um abraço nela.

Eu entendia plenamente.

Quando achei que Henry me mataria, quando achei que minha vida tinha chegado ao fim, eu só conseguia pensar no quanto queria dar um último abraço em Ava. Como queria envolvê-la em meus braços e me certificar de que ela sentisse meu amor.

— Vamos bolar um plano. Vamos dar um jeito de fazer com que o encontro seja tão confortável quanto possível para todo mundo.

— Eu faço qualquer coisa — disse ela. — Faço qualquer coisa para isso dar certo.

— Tá bem. Que ótimo. Agora... posso comprar um muffin de canela para você?

Depois da conversa com Claire, voltei para casa para encontrar Ava e Gabriel. Para minha surpresa, quando cheguei, vi um arco montado ao lado de casa, cheio de pisca-piscas. Embaixo dele estava Gabriel, sorrindo para mim.

Meu coração acelerou quando entendi o que estava acontecendo. Parei o carro e saltei. Cada passo que eu dava na direção dele parecia um passo rumo ao meu final feliz.

— O que você está fazendo? — perguntei, nervosa, ao me aproximar.

Ele abriu seu sorriso preguiçoso e segurou minha mão quando cheguei ao arco. Ele beijou minha palma antes de falar.

— Você sabia que os pinguins machos, quando encontram sua companheira, a presenteiam com uma pedrinha? Eles passam um tempão procurando a pedrinha perfeita. Primeiro, eles constroem um ninho para ter uma boa base para começar uma família, e a última pedrinha que o macho traz é a que o conecta com sua companheira, unindo os dois pelo resto da vida. Eu passei muito tempo procurando a pedrinha certa para te dar, com a ajuda de uma boa amiga — disse ele, gesticulando para Ava, que exibia um sorriso largo na varanda.

Quando me virei para Gabriel de novo, ele estava ajoelhado.

— Kierra, você é meu pinguim, e quero construir meu ninho ao seu lado. Você é tudo para mim. Você é o planeta que eu orbito desde sempre, desde antes da minha cabeça ficar esquecida. Minha alma sempre te conheceu, e ela chamava seu nome todos os dias. Você é tudo com que eu poderia sonhar. Uma mulher incrível, uma mãe incrível, uma companheira incrível e uma melhor amiga incrível. Eu quero você, e isto, e nós, pelo resto dos nossos dias. — Ele abriu a caixa da aliança, e arfei ao ver o diamante lindo no interior. — Quer casar comigo?

Eu não conseguia pensar em nenhuma resposta além de um empolgado:

— Sim!

Pulei nos braços dele e o beijei antes mesmo que ele conseguisse colocar a aliança no meu dedo. Ele me beijou também e riu enquanto tentava colocar a aliança.

— Eba! — gritou Ava, vindo correndo para comemorar.

Ela passou os braços ao redor de nós dois, e todos choramos e nos abraçamos.

Eu não conseguia acreditar.

Não conseguia acreditar que eu e Gabriel tínhamos encontrado o caminho de volta um para o outro.

De tudo que eu já havia pedido ao universo, ainda bem que pedir por ele tinha dado certo.

Epílogo

Kierra

Um ano depois

Eu, Ava e Gabriel estávamos sentados do lado de fora da nossa casa, encarando a árvore enorme diante de nós. Havia pilhas de madeira ao lado da árvore, esperando por nossa futura construção. Isto é, por uma futura casa da árvore. Mas não seria qualquer casa da árvore. Seria uma cópia da casa que o pai de Gabriel havia construído para ele na sua infância. Quando a mãe dele lhe entregou aquela planta, eu sabia que teríamos que recriá-la em nosso quintal. Eu adorava o fato de Gabriel e Ava terem acrescentado suas próprias ideias arquitetônicas ao projeto.

Com Gabriel sentado ao meu lado esquerdo e Ava, ao lado direito, eu segurava a mão dos dois enquanto olhávamos para o céu, embriagados de amor sob estrelas. Senti uma onda de paz enquanto a tranquilidade da noite tomava conta de tudo.

— Ele está chutando! — exclamei, cutucando Ava.

Ela se virou para mim no mesmo instante e levou as mãos à minha barriga cada vez maior. Eu estava grávida de oito meses, e sentia a gravidez em todas as minhas células.

— Ai, nossa. O moleque não para de se mexer — mencionou ela.

— Talvez ele vire um astro da corrida — brincou Gabriel.

Tentei rir, mas o que saiu foi um bocejo.

Gabriel beijou minha bochecha.

— Hora de dormir.

Concordei.

— Hora de dormir.

Ele me ajudou a levantar, e Ava foi para o quarto.

— Estou tão cansada — sussurrei enquanto Gabriel me guiava para o nosso quarto. — Mas tão, tão feliz.

Minhas costas doíam, mas eu estava feliz. Sempre que me sentava, me sentia desconfortável, mas estava feliz. Sempre que meu menino maravilhoso se virava na minha barriga, eu ficava feliz.

Eu tinha tantos motivos para ser feliz. Gabriel. Ava. Meu futuro bebê, Elijah Gabriel Sinclair, que receberia o nome dos melhores homens que já conheci.

Depois de tantos anos difíceis, era impossível não sentir que eu finalmente tinha conseguido a única coisa que achava ser impossível: meu final feliz de verdade.

Gabriel puxou a coberta da nossa cama, e, ao me deitar, desabei nos travesseiros. Eu estava mais do que cansada, e meus pés estavam inchados e doloridos. Sem que eu precisasse reclamar disso, Gabriel se sentou na beira da cama, tirou minhas meias e começou a massageá-los.

Fechei os olhos, sentindo um novo nível de alegria dominar minha alma e a sola dos meus pés enquanto seus dedos faziam círculos neles.

— Obrigada — falei, derretendo ainda mais nos travesseiros.

— Sempre.

— Como você está? — sussurrei quando ele se deitou ao meu lado depois da massagem.

— Feliz — respondeu ele. — Como você está?

— Feliz — repeti. Muito, muito feliz. — Obrigada por me reencontrar.

Ele beijou minha testa e me puxou para mais perto, a ponto de eu conseguir apoiar a cabeça em seu peito.

— Obrigado por ficar comigo dessa vez.

Conforme caíamos no sono, eu sabia que, na manhã seguinte, estaria tão feliz quanto na noite anterior, porque eu tinha tudo que poderia querer ao meu redor. Eu tinha risadas, eu tinha paz, eu tinha alegria e eu tinha amor.

Aquela era nossa vida. Ela era nossa. Com as partes boas e ruins. Com as batalhas e as vitórias. Com os dias fáceis e as noites difíceis. Enfrentaríamos tudo juntos, não importava o que acontecesse.

Gabriel Sinclair era meu, e eu sempre seria dele.

Portanto, eu não tinha escolha além de permanecer ao seu lado, de permanecer em seus braços, pela eternidade. Aquele era o meu lar.

Lar.

Eu finalmente havia voltado para o meu lar, por causa de Gabriel Ayodele Sinclair.

Minha alegria tinha voltado para casa.

Este livro foi composto na tipografia ITC Berkeley Oldstyle Std, em corpo 11,5/16, e impresso em papel off-white no Sistema Cameron da Divisão Gráfica da Distribuidora Record.